AF561565

le Collection illustrée L'ouvrage complet **95** centimes.

Marcelin Gayard

PAR

LÉON FRAPIÉ

Calmann-Lévy, éditeurs

Marcelin Gayard

Paris. — Imp. L. Pochy, 52, rue du Château. — 85[illegible]-8[illegible]08.

LÉON FRAPIÉ

Marcelin Gayard

ILLUSTRATIONS

DE

LOBEL-RICHE

PARIS
CALMANN-LÉVY, ÉDITEURS
3, RUE AUBER, 3

PREMIÈRE PARTIE

I

Par la plus étrange aventure, Marcelin naquit à Paris, de l'union volontaire, disparate et impossible, d'un vulgaire compagnon maçon, Gayard dit Limousel, et d'une demoiselle de belle éducation, Marguerite Parent, fille d'un riche entrepreneur de province.

Marcelin ne différa pas des autres gamins du quartier populeux de Ménilmontant : son langage et ses mouvements furent bourrus et prime-sautiers ; il eut, comme de raison, la figure mâchurée, les mains noires, des culottes avariées. Mais sa mère le faisait regarder autour de lui, l'intéressait par une conversation jamais épuisée, lui apprenait à juger des choses en se demandant :

Cela fait il du bien? cela fait-il de la vie, de la paix, de l'amour? » Il eut donc plus de connaissances que les camarades ; il leur fut un peu supérieur en raisonnement et en bonté.

Limousel se tua en tombant d'un échafaudage, à peu près à l'âge normal fixé par les statistiques.

Marcelin avait alors douze ans. Il reproduisait l'aspect physique de son père : il était maigre avec des attaches fortes ; sa tête blonde, grosse, présentait des traits carrés de race paysanne. La ressemblance de sa mère s'introduisait pourtant dans ses yeux alertes et dans sa bouche sentimentale.

Comme Marguerite n'était pas mariée,

IL RECEVAIT DU PIED...

elle n'eut pas à se déranger pour toucher la moindre *soulte*.

Malgré cette économie de temps, elle ne se débrouilla pas vite, faute de métier appris, faute aussi de la complexion robuste qui eût permis à un patron sensible de lui accorder la préférence sur une bête de somme ou sur un homme de peine. Elle dut accepter l'aubaine du « travail facile », où l'on tire somptueusement de quinze à vingt sous par étape de douze heures.

Ses jours auraient été vite comptés, si un comité de propagande n'eût offert son secours à la condition que Marcelin ferait sa première communion.

L'instruction religieuse fut une distraction impérieuse qui empêcha l'enfant de longtemps pleurer son père et qui laissa chez lui le souvenir favorable d'une saison parfumée d'encens et de pot-au-feu.

Le lendemain de sa sanctification, il recevait du pied au derrière en qualité d'apprenti cordonnier. Mais il avait un derrière facile, sans rancune.

On l'envoyait continuellement en courses ; c'était son affaire : dans la rue, toutes les peines de culottes s'oubliaient. Il déjeunait avec deux sous de frites devant les images d'un libraire ; il sifflait, le nez en l'air, en guignant les têtes des sergents de ville, après avoir imité le cri du chien écrasé, sous les portes cochères ; il grimpait derrière les camions, rêvait devant les pâtisseries, devant les bateaux, les forts et les locomotives des boutiques de jouets.

Le soir, le fumage indispensable des mégots avec les autres apprentis ne l'attardait jamais d'une façon déraisonnable.

Dès sa rentrée à la maison, il racontait à sa mère ce qu'il avait fait et vu dans la journée.

— Aujourd'hui, j'ai coupé du cuir au moins pendant une heure, puis j'ai été rue des Archives. La femme qui reçoit les paquets m'a donné un sou. Elle me regarde drôlement ; elle a des lunettes, une vieille robe noire percée aux coudes. En sortant, j'ai rencontré Badin, qui a été à l'école avec moi ; tu sais bien, celui qui m'avait fait un trou à la tête avec une pierre? Mais, tu sais, il n'est plus méchant du tout, il a un nez pointu, des grandes oreilles écartées, un petit cou mince et une figure blanche, mais blanche! seulement, il n'a pas de casquette, ni de cravate. Il m'a dit :

« — Peut-être que tu ne voudras pas me parler parce que mon père est en prison ?

« — Qu'est-ce qu'il a fait? que je lui ai dit.

« — Je ne sais pas, qu'il m'a répondu.

« Alors je lui ai demandé à quelle prison et s'il y était allé voir. C'est à Poissy ; mais il m'a dit comme ça :

« — Faudrait prendre le chemin de fer et on n'a pas d'argent. Tout de même, on y est allé une fois à pied ; on est parti à six heures du matin, on n'est arrivé qu'à une heure. Maman portait Nanette, moi je portais Louise, les deux autres tenaient maman par son jupon. On n'a pas voulu nous laisser entrer, maman a eu beau pleurer, faut une autorisation. En revenant, il a plu, on s'est perdu. Nanette a attrapé une fluxion de poitrine, elle est morte au bout de neuf jours.

» Je lui ai dit : veux tu mon sou? Il m'a dit :

» — Non, j'aime mieux qu'on s'embrasse.

» Moi, je ne demandais pas mieux; je te promets qu'il n'a plus l'air méchant du tout. Il a les yeux tout violets autour et des poignets pas plus gros qu'une bougie. Il travaille dans les produits chimiques; il avait un grand crochet sur le dos. Je lui ai dit :

» — Prends-le tout de même pour ta petite Louise ; on me l'a donné rue des Archives où je viens de porter un paquet. »

Marguerite tomba malade. Jusqu'alors Marcelin, qui atteignait quinze ans, avait vécu en confiance derrière sa protection invincible. Une peur inconnue le saisit.

— Ce n'est rien, mon enfant, c'est seulement la fatigue.

La fatigue ! Subitement la cruelle gravure du visage vieilli et raviné avait illustré cette révélation. Il se jeta contre le lit, et voilà qu'il sentit le mal de sa mère avec ses lèvres, il sentit la chair usée par le travail injuste qui se creusait comme du coton.

Et, de jour en jour, la douleur continua de l'instruire par filtration profonde.

— Maman est malade, disait-il à tout le monde.

Et il devinait aussitôt le plus ou moins de sympathie par une extraordinaire secousse d'intuition.

La femme qui recevait les paquets, rue des Archives, lui dit précipitamment :

— J'ai une bouteille que l'on m'a donnée aux étrennes, je te l'apporterai, c'est du bon vin.

Elle chuchota ces derniers mots avec un indicible respect : c'était une chose au-

ET VOILÀ QU'IL SENTIT...

dessus de toute estimation, dont elle n'avait jamais goûté, « du bon vin » ; elle ouvrait de grands yeux de charité qui offraient tout son cœur.

— Maman est malade, disait-il, intérieurement, dans la rue, aux passants, aux choses.

Il expédiait ses courses au galop, et chipait le temps de monter à la maison trois ou quatre fois par jour. Sa mère était secourue par l'ensemble du voisinage.

il rencontrait toujours, dans l'escalier, quelque ménagère à mine jaune, quelque gamin souffreteux, apportant à Marguerite, avec précaution, un bol plein ou une casserole fumante, et souriant discrètement d'être une personne si riche et si heureuse.

Marguerite se répara tant bien que mal. Et la vie alla sans cahots excessifs, sans trop de misère. Marcelin retrouva

MARCELIN FUT INCORPORÉ...

sa physionomie placide et ne conserva qu'un genre d'envie peu féroce, facile à nourrir de plaisanteries verbales. A l'aspect d'un personnage gros et reluisant, il disait avec un respect déhanché :

— En v'là un qu'est pas comme mon porte-monnaie, i'n's'en va pas de la poitrine.

Devenu petit ouvrier à trois francs par jour, il apprit avec un étonnement gai que ses parents n'étaient pas mariés et que, reconnu par son père, Gayard dit Limousel, son véritable nom était Gayard. Mais, quelle émotion à l'histoire de sa mère!

C'était un soir, après dîner ; sur la table s'étalait la feuille de convocation de Marcelin au tirage au sort.

— Comme tu as bien fait, dit-il, les yeux agrandis d'admiration et de tendresse. Voilà : ton père s'était remarié avec une femme égoïste, tu n'as pas pu supporter son mauvais cœur, alors tu as tout laissé.

— Tu trouves que j'ai eu raison ? dit, avec un sourire restreint, Marguerite, accoudée pesamment ; je ne me suis jamais repentie ; cependant, aux yeux du monde, quelle chute !... et mon père a dû avoir bien du chagrin...

Marcelin fut incorporé au régiment de ligne caserné à Falaise..

Là-bas, grâce à un camarade « galetteux », il connut l'ivrognerie, le café-concert, la galanterie tarifée. Aussitôt, une confusion facile se fit en lui : ces bamboches, ces fréquentations d'établissements joyeux, c'était censément de la liberté, de l'émancipation. D'autant plus que l'alcool, la musique, le clinquant, la chair dévoilée, l'atmosphère enflammée, pimentée de musc, de tabac, de parfum animal, réveillaient ses idées de Paris, par accès. Des ardeurs de justice et de pitié couraient en son sang avec la fièvre des boissons.

Des crises de sentimentalité le prenaient aussi dans l'estaminet où il se plaisait à causer avec sa partenaire habituelle, la main dans la main, assis sur le divan, à la façon d'un pioupiou courtisant une bonne d'enfants sur un banc de jardin public.

— Alors, c'est vrai, Angèle ? Ton père a été tué par les soldats pendant une grève et tu l'as vu derrière une persienne ? Ah ! je l'aime, ton père, je me figure qu'il est de ma famille, qu'il a fait quelque chose pour moi. Tu dois lui ressembler, avec tes yeux noirs et tes pommettes ressorties ? Mais tu me fais trop de peine quand tu dis que tu es poitrinaire et que tu es contente, parce que les soldats te font mourir aussi... Alors c'est pour mourir plus tôt que tu m'aimes pour de bon ? Ah ! comme je voudrais te rendre heureuse et comme il y a des choses que je déteste dans le monde !

Faudrait reboucler ton ceinturon, disait l'amie.

Il s'en allait, les sourcils contractés, la bouche serrée, les yeux en abîme.

Mais le travail de la conscience est double et souvent contradictoire. Est-ce que les plaisirs payants, les griseries diverses n'assimilaient pas Marcelin aux gens privilégiés? Ancien d'un an au régiment, ne voyait-il pas se réaliser certaines aspirations de pauvre : la subsistance assurée, la vie relativement facile et oisive ? Il devait donc tendre à devenir de plus en plus « rupin ».

En effet, les officiers lui ayant dit : « Vous êtes intelligent, il ne faut pas rester confondu dans le troupeau », il trouva la remarque juste et il obéit à leur direction, presque sans répugnance.

Il passa caporal facilement ; puis, en dépit des notes médiocres, par chance, les galons de sergent lui furent octroyés, six mois avant la fin de son temps de service, et sa belle écriture lui valut d'être employé au bureau du capitaine.

Il était encore dans l'émoi de cette promotion inattendue, quand un coup affreux vint le frapper : sa mère, vidée de toute substance exploitable, dut entrer à l'hôpital, où elle mourut au bout de trois semaines.

Il s'affaissa, lamentable loque : toute une nuit, sans se déshabiller, il resta à pleurer, la tête sur la table, anéanti par l'illogisme de cette catastrophe : Marguerite avait eu récemment l'avantage rare d'être admise dans une grande fabrique où elle jouissait de vingt-deux sous par jour, d'un livret d'ouvrière, d'une carte matricule et d'un carnet de sociétaire. Il se rendit à Paris, afin de réclamer la défunte, et fut tout étonné de la trouver prête à partir dans un appareil honorable.

Grâce à toutes les inscriptions auxquelles Marguerite avait été soumise, l'administration de la fabrique s'était présentée dès qu'elle avait été morte, et malgré le peu de temps qu'elle avait

IL S'AFFAISSA...

appartenu à l'établissement et qu'on avait fait des retenues sur son salaire, elle bénéficiait déjà d'un char de septième classe, d'une couronne de perles grand modèle et d'un service confortable à l'église. De plus, deux délégués, un homme et une femme, et le coupé du directeur, l'accompagnaient.

Pendant le voyage en chemin de fer, la tristesse de Marcelin s'était envenimée de rancune contre la société inique et meurtrière. Mais, tout de suite, il fut impressionné par le cérémonial funèbre, il ne put se défendre d'une sorte de respect devant le coupé du directeur. Puis il nota, chez le personnel de l'hospice et chez les employés des pompes funèbres, une certaine déférence pour son uniforme ; ceux qui avaient à lui parler esquissaient de la main le salut militaire et lui donnaient son titre : « Pardon, sergent, il est l'heure de se mettre en route. » Il n'osa pas tromper la bonne opinion des gens en refusant le passage à l'église.

De retour à la caserne, il raconta à des camarades, avec une certaine complaisance, l'enterrement de sa mère : le char de septième classe, la couronne de perles, les délégués, le service à l'église, le coupé du directeur. Quelqu'un ayant constaté « qu'à Paris l'on faisait beaucoup, maintenant, pour la classe ouvrière », il ne protesta pas. Du reste, c'était vrai : il avoua que, si sa mère avait eu un peu plus d'ancienneté à la fabrique, elle aurait reçu un terrain de cinq ans au cimetière, en plus des autres avantages déjà cités. Assis devant le bureau, le dos rond, le coude sur les états de subsistance, avec sa membrure forte, sa grosse tête à la bouche sentimentale, aux yeux clairs, paysanne par les lignes du front et du menton, il avait l'air de considérer loyalement que sa mère serait devenue propriétaire : honneurs et richesse, quoi !

JEANNE, LA DEMOISELLE...

II

Alors qu'il était encore simple soldat, Marcelin avait commencé d'aller souvent, avec des camarades, boire « un sou de café » sur le comptoir d'un petit épicier de Falaise, qui avait une fille d'une vingtaine d'années.

Jeanne, la demoiselle, petite, brune, avait une tête menue, ronde, aux traits effacés ; mais un certain chatoiement de ses yeux noirs savait remplacer le sourire des lèvres et l'animation des joues. Elle n'arrêtait pas de servir les clients, ou de ranger des boîtes, des bouteilles, des tiroirs. Ce n'était pas précisément elle qui alléchait Marcelin ; il était attiré par l'ensemble : par les parents par la fille, par la boutique, par les marchandises ménagères, par l'accueil complaisant, par ce milieu où l'on retrouvait un souvenir du chez soi et de la vie civile.

En réalité, il ne formait aucun projet, ni sérieux, ni libertin. Tout au plus, quand il considérait Jeanne à loisir, de dos ou de côté, les bras en l'air devant un casier, avait-il une courte audace d'imagination, en pensant que son corps devait être ferme, souple, de couleur bise, et qu'elle différait de certaines autres par le mystère de la virginité.

Et pourtant, il y avait comme une tacite et subtile convention entre lui et ces gens.

On lui témoigna une compassion résolue, après la mort de sa mère. La femme prit tout d'un coup l'habitude de lui parler, les deux coudes posés solidement sur le comptoir, la tête fixe :

— Alors, vous voilà sans famille, monsieur Gayard? Et vous n'avez plus que trois mois de service à faire... Tout de même, votre mère était encore jeune, c'est bien triste...

Le mari intervenait, les deux mains sur son ventre, dans les poches de son tablier à bavette, les yeux sur le pantalon garance :

— Heureusement que votre métier de cordonnier est un métier sûr, ce n'est pas une affaire de fantaisie qui n'a qu'un temps... Et elle est morte comme ça, si rapidement?

La femme reprenait :

— Sans doute, du moment qu'on veut travailler, le métier est bon ; il faut bien que tout le monde se chausse.

Jeanne ne disait rien, mais elle servait, elle rangeait avec un redoublement d'activité. Quand on parlait de la défunte, elle regardait Marcelin franchement, d'un air désolé ; pendant qu'on se livrait à d'autres considérations, elle jetait sur lui de rapides coups d'œil, à la dérobée, en tournant d'un endroit à l'autre.

Debout près du comptoir, Marcelin, cerné, influencé, répondait des phrases dociles :

— Oui, encore trois mois et tant de jours... Oh ! dans la chaussure, il n'y a pas de morte-saison... Sûrement, je ne m'attendais pas à un pareil malheur; elle ne se plaignait pas dans ses lettres, pour ne pas m'inquiéter.

Un matin, il trouva l'épicier seul ; la mère et la fille étaient à une messe de mariage. L'entrée s'offrait trop bien, il fut forcé de s'y engager :

ALORS, VOUS VOILA SANS FAMILLE...

— Je crois que le mieux serait de me marier aussi, dès que je serai libéré...

Le bonhomme prit le temps de mettre en place une mesure d'étain et un broc vide.

— Dame ! il ne tient qu'à vous ! fit-il posément.

— Faudrait que je puisse m'établir cordonnier à Paris, dit Marcelin d'un ton assez dégagé.

— C'est ce qu'on a pensé... C'est l'affaire d'une couple de mille francs, fit avec prudence le bonhomme qui, jadis, avait parlé rondement de donner quatre à cinq mille francs à sa fille.

Il n'y eut pas d'autre formule de demande ni de consentement.

Ce fut dans la rue Saint-Antoine, en face d'un grand magasin de nouveautés, que Marcelin et sa femme s'installèrent.

Contre le vitrage de sa devanture, Marcelin plaça un établi-machine garni d'outils. On le voyait travailler, ceint d'un tablier vert. C'était alors un homme de taille ordinaire, ayant de fortes épaules, le visage gai, plein, les yeux intelligents, les cheveux en brosse, la moustache épaisse et tombante, l'air encore sous-officier.

Madame Gayard, en tablier noir, se

partageait entre la boutique et l'arrière-boutique. Vive et affairée, comme dans l'épicerie de ses parents, elle essayait les chaussures aux clients, à genoux, et faisait l'article avec ténacité. En quelques jours, elle avait attrapé un certain mérite professionnel : carrément, elle palpait tous les pieds, sans dégoût ; pour bien tirer le bas ou la chaussette, elle fermait la main en fourreau, sur le côté du pied et le caressait de plusieurs coups consciencieux.

Malgré la différence des tempéraments, le ménage fut parfaitement uni. Marcelin avait eu la surprise agréable de trouver en sa femme une fausse maigre assez bien modelée ; à défaut de passion, il mettait de l'exactitude à renouveler la découverte. Mais pourquoi, souvent, ne pouvait-il s'empêcher de penser à une autre, de substituer à la réalité, par exemple, une jolie cliente vue dans la journée, ou même cette Angèle vouée au plaisir des soldats, à Falaise?

Madame Gayard paraissait appliquée plutôt que vibrante. Elle était toujours prête, mais on ne savait pas bien si elle remplissait un devoir ou si elle agissait pour son compte.

Marcelin n'était pas malheureux, mais il avait la sensation de vivre incomplètement.

Un jour, il avait voulu plaisanter, en reniflant le parfum musqué laissé par une jeune personne effrontée, fanfreluchée, qui était venue acheter des souliers découverts.

— Je parie que cette petite-là use du bout plus que du talon...

Sa femme avait répondu aigrement :

— Je n'ai pas remarqué ses semelles, mais des créatures pareilles, on devrait les enfermer, les fouetter.

Il se disait :

— Jeanne a le cœur un peu sec ; elle n'a pas souffert et elle ignore la souffrance du monde.

Jeanne devint enceinte. Elle s'obstina jusqu'au dernier moment à contenter les pieds des clients.

Elle mit au monde une fille, à qui fut donné le prénom de Lucette.

Les contorsions exécutées pendant sa grossesse la laissèrent maladive. Alors, le soir, courbée sur les comptes de la journée, pendant que son mari fumait une pipe, elle parla plus souvent d'épargne, d'ordre, de convenances. Ses phrases trahissaient la peur des miséreux, des irréguliers. Le dimanche matin, en allant faire ses commissions, elle entrait dix minutes à l'église, avec Lucette sur le bras. Et, continuellement, son amour maternel débordait en projets ambitieux.

Marcelin chérissait aussi sa fille ; c'était une affection aux racines profondes, nourrie des souvenirs de son sang. Il trouvait que Lucette ressemblait à sa propre mère, Marguerite, et qu'elle était d'une race fine ; il s'en émouvait fièrement ; pensez donc ! sa mère, cette femme issue de la bourgeoisie et dont l'aventure était si belle !

III

Des années s'écoulèrent.

Un matin — l'on était au mois de mai où des caresses jouent dans l'air — Marcelin revenait du boulevard Beaumarchais et il abordait la rue Saint-Antoine d'un pas flâneur, cherchant des yeux une marchande de fleurs. Il souriait à l'idée amusante de traiter Lucette en grande personne, et de lui offrir cérémonieusement un petit bouquet blanc : c'était son anniversaire de naissance, elle avait dix ans.

A quelques mètres devant lui, il remarqua une gringalette d'une douzaine d'années, au chignon couleur de chanvre, qui marchait, tirant l'épaule de côté, sous la charge d'un grand panier bien digne de soin, car, malgré le couvercle, une bouteille de vin sortait son cou, une marmite en terre montrait son ventre, et un pain son trognon.

Le panier, vieux, disloqué, n'avait qu'une anse rattachée par un bout de ficelle passée dans l'osier. Soudain, Marcelin fut pris d'un malaise analogue à celui qui nous viendrait de voir une créature exposée à l'attirance meurtrière du vide : l'anse cédait sous le poids trop fort ; la ficelle tendue vrillait, s'effilochait, réduite à un brin, elle allait se rompre ; les précieuses provisions allaient verser à terre. Et le dos de la petite était si ratatiné !

Pendant un instant, la rétraction organique paralysa la raison de Marcelin au point qu'il ne s'élança pas : la pesanteur du panier tirait ses nerfs ; à chaque mouvement, c'était une transe, son buste sautait, ses jambes n'osaient pas appuyer.

La gamine obliqua, s'engagea sur la chaussée. Le panier, en bascule, paraissait, d'un côté, ne plus tenir à rien. Marcelin se précipita, enfin.

Il n'y a plus que la main à étendre, le sauvetage va réussir. Crac ! l'anse se détache et voici en miettes la bouteille au vin et la marmite qui contenait la soupe et le bœuf. Attention ! un tramway arrive et broie les choses éparses : le pain, un morceau de fromage... Pourtant, le bouilli a échappé au massacre, on l'essuiera. La petite fille revient entre les rails, se baisse pour le ramasser, mais un dogue le lui souffle net, sous les doigts.

Le patron du chien parut courroucé à la pensée que cette viande de hasard dérangerait le régime de son animal, habitué sans doute à des repas hygiéniques et réguliers. Il considéra l'enfant avec sévérité, mais, la préméditation n'étant pas certaine, il préféra ne rien dire et continuer sa route.

La fillette se planta sur le bord du trottoir, plus immobile que le réverbère voisin. Marcelin s'était arrêté, un peu ému de l'accident, par ce fait qu'il l'avait prévu, qu'il aurait pu l'empêcher, remué aussi par une sympathie de souvenirs. Il reconnaissait en quelque sorte sa propre enfance de blême apprenti, dans ce corps maigre de gamine ; il se rappelait sa désolation mortelle, ineffaçable, un jour que, chargé par les ouvriers de la fabrique d'aller acheter un litre d'eau-de-vie, il l'avait laissé tomber en route.

En un instant, le désespoir avait mis son masque tragique sur le visage de la gamine ; en un instant, une vieillesse éprouvée, douloureuse, était tombée sur cette jeune tête. Ce visage anémique et pointu savait toute la misère, il exhalait toutes les rancœurs : les joues caves, décolorées, disaient la dose de fringale qui résulterait de l'accident ; les lèvres minces, collées, marquaient la quantité de secours qu'on pouvait attendre des témoins indifférents ; le menton relevé accusait le sort : les yeux au reflet vert semblaient examiner en dedans toutes les inventions réparatrices, jusqu'au vol et à la violence.

La gamine restait là, devant la chaussée, impressionnante comme une pauvresse, à la tombée de la nuit, qui s'arrêterait sur la berge de la Seine. Et déjà, le passage d'une file de voitures de noces, aux vernis pimpants, aux lanternes argentées, avait dispersé dans un galop joyeux la courte vision de l'accident. Un pierrot, hochant la queue, goûtait le vin dans la rainure d'un rail.

Marcelin s'approcha, toucha l'épaule de l'enfant :

— Ça nous fait combien? demanda-t-il du ton d'un acheteur servi, en montrant les débris.

Sans bouger de place, la fillette sour-

LUCETTE.

cilleuse approcha lentement son menton de son épaule et toisa de biais le questionneur. La transmission de sympathie fut étonnante : la petite fille se tourna d'un coup, comme si elle eût reconnu une parenté entre elle-même et le monsieur qui faisait des yeux et une bouche de gamin.

— J'en avais pour trois francs, dit-elle la voix navrée ; et j'ai cinq petits frères à la maison qui m'attendent.

— Je regrette beaucoup, mais il faut retourner sur vos pas et recommencer vos achats.

En s'excusant ainsi, Marcelin présenta de l'argent et, par sollicitude, se détermina aussi à rebrousser chemin vers la Bastille.

— Oh ! merci, monsieur, fit l'enfant avec un visage tout rajeuni de surprise heureuse, je vais à la Coopérative pour avoir meilleur marché.

— Comment vous appelez-vous? demanda Marcelin, amicalement.

— Phonsine.

— Alors, vous gardez la maison, vous

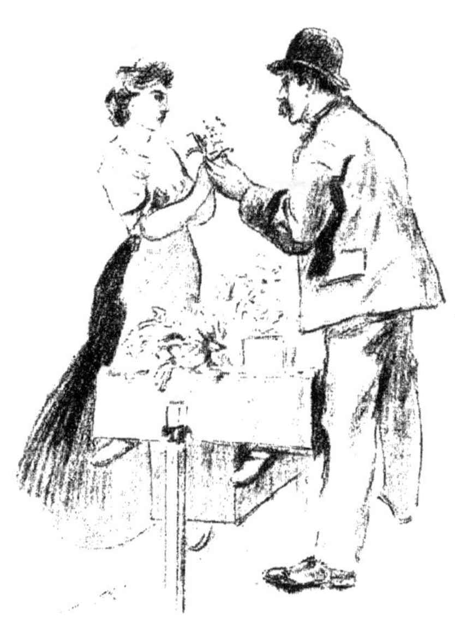

MARCELIN ACHETA...

soignez les petits? Votre maman travaille au dehors?

— Maman est ouvrière dans une manufacture. Elle part dès le matin et rentre tard le soir ; nous la voyons à peine, mais nous n'y perdons rien : elle est toujours si pressée que les claques pleuvent autour d'elle, à droite et à gauche. Papa est marchand au panier, mais on lui a saisi sa camelote hier.

— Tiens ! pourquoi donc?

— Parce qu'il stationnait devant le Grand Magasin, là-bas... censément, il gênait la circulation. Il n'est pourtant pas gros, papa : et le Grand Magasin, avec ses étalages et tous ses commis, est-ce qu'il n'encombre pas le trottoir?

Marcelin ne répondant rien, quelques pas furent faits en silence. Tout d'un coup Phonsine s'anima :

— Eh bien, j'irai, moi, avec mes frères, stationner... on verra bien si la rue n'est pas à tout le monde... Me voilà arrivée...

Là-dessus, elle cligna de l'œil vers Marcelin, à la fois en signe de connivence amicale et en signe d'adieu, puis entra à la Coopérative.

Marcelin reprit son chemin, le front soucieux.

Mais une voiturette se présenta, pleine de fleurs. Il acheta un bouquet de muguet pour Lucette ; son sourire amusé revint, en même temps que l'idée de la petite allocution cérémonieuse.

Dans une pose attentive, Lucette représentait une madone en miniature : visage ovale, effilé, régulier, les yeux d'une limpidité large, comme en extase profonde, les lèvres closes mollement sur l'âme prête à se montrer.

Elle ne ressemblait ni à son père ni à sa mère ; toutes ses marques héréditaires venaient de sa grand'mère Marguerite. Elle avait, de celle-ci, la finesse de corps, l'imagination réfléchie et passionnée. Marcelin disait : « On croirait voir l'ombre de ma mère qui marche, qui fait des gestes, qui pense », et certains souvenirs trop héroïques l'effrayaient.

Toute petite, elle fut bien vite sensible aux moindres nuances du langage d'aimer. Les parents devaient l'entourer de mille câlineries qui nourrissaient sa délicatesse affectueuse et empêchaient son âme douillette de prendre froid.

Au commencement de sa cinquième année, on l'avait mise à l'école maternelle et là, tout de suite, elle avait aimé. Un côté des bancs était réservé aux garçons, l'autre aux filles ; hormis cette séparation, les enfants choisissaient librement leur voisinage. Il y en avait de toutes catégories : de très misérables et de vraiment élégants. En général, ils avaient l'instinct de classe ; les bien vêtus ne se rapprochaient pas des mal nippés.

Parmi beaucoup de déplorables avortons, se trouvait une mioche de six ans, plus abîmée que les autres : noiraude, marquée de coups, sachant à peine parler, la figure pierreuse, la mine fuyante d'un chien battu ; elle était reléguée dans un coin par la répulsion spontanée ou par la méchanceté moqueuse de tout le troupeau. Ce fut celle-là qu'aima Lucette.

Elle adopta une place, sur le banc, auprès de la noiraude : la joliesse blonde, ouverte, ensoleillée, auprès de la laideur ténébreuse et lamentable. Comme son amie ne savait rien articuler, Lucette lui donnait une représentation : elle jasait toute seule, intarissablement, comme un ruisseau gazouille, sans arrêt. Elle se répétait les bonnes paroles qu'on lui avait dites à la maison, la veille, le matin ; elle y répondait ; c'étaient des dialogues simples comme son cœur d'enfant, et qui coulaient des sources de la nature même.

La petite horreur l'écoutait, tendue, béante, extasiée, pénétrée d'une douceur réchauffante, transportée dans un monde inconnu et délicieux.

Lucette faisait trois personnages : papa, maman, l'enfant.

— Au revoir, Lucette !

— Au revoir, mon petit papa chéri !

— As-tu ton bonbon dans ta poche ?

— Oui, maman, et aussi mon mouchoir que tu m'as choisi tout doux, comme ta joue.

LA MINE FUYANTE D'UN CHIEN BATTU...

Lucette changeait de ton, modifiait sa physionomie, portait sa tête à droite, à gauche. Si la tête restait trop longtemps tournée, la pauvre noiraude avançait la main timidement et tirait un peu le bras de Lucette : elle voulait voir les paroles sortir, elle voulait voir les lèvres, les yeux de Lucette, elle réclamait son visage d'une muette prière, d'une supplication avide, comme le chien affamé vous gratte, comme le mendiant implore du regard, comme l'asphyxié baye pour avoir de l'air.

Lucette ramenait son visage docilement, sans s'interrompre, et elle disait la bonne soupe du soir et les bêtes qu'on voit sur les livres et qu'il faut aimer, et le cher petit lit où papa vous arrange votre oreiller, et la veilleuse qui met des ombres sur les murs.

Dans la vaste salle, une centaine de bambins remuaient et babillaient sans répit. La petite martyre, seule, restait immobile, courbée vers le charme de Lucette.

A un certain moment, des coups de règle sur un pupitre commandaient le silence. Lucette, obligée de se taire, souriait à son amie. Alors les deux têtes se rapprochaient comme si un double souffle les eût penchées l'une vers l'autre et, d'une commune impulsion, Lucette jolie et la noiraude affreuse, allongeant le cou, baissant les paupières, se baisaient sur la bouche, simplement, comme on boit.

Entre Lucette et Marcelin, il existait naturellement des similitudes vives de sentiments ; leurs rires de gavroche fusaient à l'unisson par la subite convergence de leur nez relevé vers le même point dans l'espace. A huit ans, Lucette réservait à son père des regards compréhensibles pour lui seul. Ces regards d'âme, hérités de sa grand'mère Marguerite, disaient clairement des choses de passion que la parole, en sa matérialité, aurait été impuissante à exprimer.

Un bonhomme à la peau mal rembourrée venait laver les panneaux de la boutique, une fois par semaine. Les matins d'hiver, où la bise tuait ses doigts recroquevillés, Lucette, lâchant sa poupée, n'avait qu'à diriger son attention un peu fixement du côté de la rue : Marcelin ouvrait la porte et invitait le bonhomme à entrer se dégourdir.

Marcelin réfléchissait et se félicitait :

— Voilà, je n'ai pas changé. Tout seul, j'ai une pensée incomplète ; il me faut quelqu'un auprès de moi ; Lucette remplace ma mère. Et puis, moi, je suis un avancé, un libéral, et c'est mon agrément de faire plaisir à ma fille.

Certain jour, une placière bossue étalait sur le comptoir des lacets fanés. Ses os pointus tendaient son châle de guingois, et elle détenait une ressemblance unique avec la chauve-souris blessée et le vieux parapluie esquinté par le vent.

— Je vous remercie, madame, dit Marcelin, je n'ai besoin de rien pour le moment.

Mais une petite toux se fit entendre derrière lui ; aussitôt, il se ravisa et choisit ce qui restait d'à peu près vendable dans la pacotille.

Après le déjeuner d'anniversaire, comme madame Gayard venait de saluer à la porte une cliente qui emportait une boite ficelée, elle tomba en arrêt, indignée :

— Regardez-moi un peu cette bande d'enfants déguenillés en train de rôder le long des étalages du magasin, en face.

— Eh ! mais, dit Marcelin, la plus grande se nomme Phonsine ; le troupeau qu'elle conduit se compose de ses frères et d'autres enfants de sa maison, sans doute. J'ai fait connaissance avec elle ce matin ; j'avais oublié de vous le dire.

Et il raconta l'accident du panier, sans parler de sa propre générosité.

Lucette s'était approchée ; le nez collé contre la vitre de la porte, elle considérait la fille aînée :

— Ah ! Phonsine, quel drôle de nom ! dit-elle doucement, le visage crispé.

Se tournant vers son père, elle ajouta avec un effort de respiration :

— Je ne sais pas pourquoi, elle me rappelle une petite amie que j'avais à l'asile, celle qui ne savait pas parler.

La bande s'éloignait.

— Donne-moi mon chapeau, dit Marcelin en réponse au regard magnétique de sa fille ; je vais voir ce que font ces gamins, je veux connaître l'adresse de Phonsine.

Lucette se hâta d'apporter le chapeau. Madame Gayard eut un air ébaubi :

— Alors, passe au moins chez le cartonnier, dit-elle.

Lucette, par quelques notes de rire, cacha sa confusion d'éprouver un sentiment inexplicable. :

— Oh ! oui, tâche de savoir où demeure Phonsine.

Puis, malgré elle, avec une voix de rêve, les joues et la bouche empreintes d'un désir apitoyé, elle ajouta :

— Je l'aime bien, Phonsine... je t'assure que je l'aime bien...

IV

Environ un mois plus tard, le 15 juin, se produisit un événement foudroyant. Ce jour-là, le Grand Magasin inaugura « des agrandissements considérables ». Les nouvelles annexes commençaient juste en face de la maison Gayard et là, précisément, on disposa un étalage magnifique indiquant la création d'un rayon complet de cordonnerie.

Immédiatement, la clientèle déserta la petite boutique.

Marcelin fut démoralisé comme il l'avait été après la mort de sa mère. Sa confiance augmenta en la justesse de vue, en l'esprit pratique de sa femme. De plus en plus, il était influencé par son air sérieux, par sa vivacité et jusque par sa petite taille et par son état maladif. Elle lui conseilla d'abord de lutter avec acharnement contre la concurrence, puis, devant l'inanité des résultats, elle affirma qu'il fallait aller trouver le directeur du Grand Magasin et le supplier de faire transporter son étalage de cordonnerie sur une autre façade.

En parlant ainsi de soumission, en promettant une solution sentimentale, elle toucha précisément ce qui était au fond de Marcelin. Car telle était en résumé sa nature : il avait toujours envie de faire disparaître le danger en embrassant l'ennemi. C'est pourquoi, malgré une certaine répugnance de son amour-propre, il consentit aussitôt à tenter la démarche obséquieuse. Dans l'après-midi, le jour même, il traversa la rue, ganté, coiffé d'un chapeau de haute forme.

Lucette et sa mère, assises derrière le comptoir, attendirent son retour, anxieuses, incapables d'occuper leurs mains, le regard absorbé par des riens.

Devant elles, sur le drap vert, miroitait une plaque de soleil grande comme un écu de cinq francs, où, à chaque instant, des mouches s'abattaient ; c'était bref et incessant : un crissement d'ailes rappelant le bruit d'un point de couture, et l'une des mouches s'enlevait dans l'air, comme l'aiguille sort après avoir piqué l'étoffe.

L'écu de soleil sauta au mur, derrière Lucette ; alors elle leva les yeux vers la rue. De moment en moment, quelque femme jeune, en chapeau ou nu-tête, s'arrêtait devant la boutique ; aussitôt quelque monsieur s'approchait et feignait aussi d'étudier l'étalage. Mais Lucette voyait se dessiner un léger virement des têtes l'une vers l'autre et des regards se couler, de côté ; puis, c'était une sorte de sourire chez la femme, une singulière moue animale chez l'homme ; en définitive, celui-ci suivait la robe qui s'éloignait. Il en arrivait continuellement, de ces curieuses qui se ressemblaient par le genre de parure, par le coloris poudré du visage, par la pose guetteuse. Les barbons aussi se succédaient devant la vitre, et Lucette trouva, un instant, que ces passants incompréhensibles se moquaient de la boutique, comme les chiens qui viennent, l'un après l'autre, flairer la même place au bas des panneaux.

Une tristesse de désert flottait dans le silence. Lucette sentait une haleine froide chasser la chaleur de ses épaules.

Tout à coup, sa mère cria :

— Ah ! voilà ton père qui traverse.

Elles se précipitèrent vers la porte.

— Je n'ai rien obtenu de ce bon directeur, dit Marcelin avec amertume, nous n'avons plus qu'à déménager d'ici. D'après lui, le bonheur universel sera réalisé au jour prochain où rien autre n'existera plus que de grands magasins, de grandes usines, de grandes administrations. Il ne veut plus de petits boutiquiers, il ne tolère même plus ces petits marchands que vous voyez circuler là-bas sur le trottoir. Ainsi, sur sa demande, la Préfecture a organisé une rafle complète pour demain. D'ordinaire, à l'approche des sergents de ville, ces camelots s'envolent comme des moineaux, ils se faufilent, se cachent derrière les voitures, se réfugient sous les portes ; demain, ils tomberont dans les griffes d'une brigade d'agents en bourgeois placés à l'affût. Parmi eux, pourtant, il y a des gens intéressants : le père de Phonsine, par exemple, qui a une tripotée d'enfants, ce n'est pas un malfaiteur...

— Ah ! fit Lucette, pour demain...!

Les trois personnes, debout sous le lustre, restèrent un moment à réfléchir en silence, l'air navré. Puis, madame Gayard s'en alla dans l'arrière-boutique, Marcelin se mit à rajuster sa cravate, en pensant qu'il ferait bien d'aller immédiatement chez son propriétaire demander la résiliation de son bail.

— Eh bien, maintenant, dit-il, je cours au plus pressé.

Lucette, devant lui, se redressa, se grandit ; ses yeux se levèrent, formulant une lente, grave et palpitante interrogation.

Son père n'eut que le temps de comprendre.

— Oui, oui, articula-t-il, un peu troublé, le plus pressé c'est de trouver Phonsine, puisque son père est un des petits marchands menacés par la chasse de demain... et il avertira les autres...

Lucette sourit et se tourna en rougissant : c'était bien cela.

Marcelin ne put obtenir la résiliation de son bail. Il se vit bientôt dans l'obligation de quitter la place en abandonnant ses marchandises et son matériel comme gages du loyer impayé. Il avait voulu emprunter de l'argent à ses beaux-parents, et l'on s'était brouillé. Que deviendrait-il, jeté sur le pavé, sans un sou, avec sa femme et sa fille ?

Exagérément, il se souvint de sa classe d'origine : épris de justice et possédé d'une grosse sentimentalité, il ne voyait plus que les gens du peuple, dans la rue ; il estimait leur fatigue, leur usure ; il distinguait avec certitude ces pauvres diables qu'on devine sans ressources à leur aspect de pantins décolorés, dégonflés, disloqués. Une autre observation le harcelait : la quantité de malheureuses traînantes, en quête de la vilaine aventure mercantile. Quel nombre effrayant ! partout, dans tous les quartiers, à toute heure ! Tudieu ! toute cette féminité ne mendiait pas la brutalité, la maladie, la dégradation, par vocation expresse ! Un flux de pitié l'envahissait, puis un flux de rancune contre la société, comme si le débordement innombrable de la galanterie vénale eût pu le concerner en quelque façon.

Il se prenait de ressentiment contre tout ce qui sentait le bourgeois ; sa femme même l'agaçait, leurs races différaient

LA PRÉFECTURE A ORGANISÉ UNE RAFLE...

trop, réellement ! il la trouvait stupidement égoïste avec ses idées de respect, de morale, de soumission.

Mais, d'autre part, sans direction, sans méthode précise, il restait flottant, plein d'intentions diverses, ébauchées seulement. Et, tout de même, au fond, il éprouvait comme des remords d'être un révolutionnaire. Il se sentait faible, isolé, n'ayant même pas sa femme pour le soutenir.

Et subitement, par une chance inespérée, il put se réconcilier avec l'état de choses existant : il redevint calme, indulgent, optimiste : des souvenirs se renfoncèrent ; sa sensibilité humanitaire s'émoussa, ses yeux changèrent de perspective, il retrouva sa confiance dans la sagesse de sa femme. Un parent éloigné de celle-ci occupait une situation importante à l'archevêché de Paris ; par la protection de ce personnage, Marcelin, qui avait conservé une belle écriture, obtint un emploi de commis expéditionnaire dans l'un des plus importants ministères. Il avait alors trente-cinq ans ; il prenait du ventre. Lucette allait faire sa première communion.

DEUXIÈME PARTIE

I

Après le vertige affreux de la misère, après le désespoir et la colère subversive, Marcelin subit les effets d'une réaction jouisseuse et bienveillante. Instantanément, l'Administration lui sembla la plus belle création du monde et, par conséquent, il trouva parfait et indispensable tout l'échafaudage de hiérarchie qui soutient la société. Après l'horreur de la mort entrevue, ce fut, pour ainsi dire, l'amour de la vie qui rejeta dans l'oubli, dans l'inconcevable, toutes les velléités de revendication égalitaire.

Du reste, Marcelin n'était-il pas né pour être employé ?

A pénétrer dans un édifice administratif, il avait, de tout temps, ressenti une inexplicable crainte respectueuse ; quelle ne fut pas sa dévotion émue et subjuguée pour le ministère ! Oh ! ce remuement jusqu'au fond des entrailles, devant le monument lui-même aux saillies de pierre puissantes, devant les couloirs nus et froids et les hauts plafonds, devant le matériel, l'aménagement spécial, l'odeur unique des bureaux, devant les portes closes et les inscriptions: « Chef de division — Sous-Chef — Secrétariat — Direction » ! Marcelin fut étreint dans sa sensualité, de comprendre qu'il allait appartenir à l'Administration, aussi bien que les banquettes et les crachoirs, aussi bien que toutes les choses banales attachées aux services publics. Employé de ministère ! Sa femme et sa fille avaient de petits rires émerveillés, attendris, à le contempler de pied en cap. Quand on pense que le directeur du Grand Magasin lui avait conseillé de déchoir au rôle vulgaire de salarié : ouvrier de manutention, ou commis à la vente !

Employé ! Quel effacement et quelle importance ! Dès le premier jour, il sembla que l'atmosphère des hautes galeries le faisait tout petit, sans volonté, sans personnalité ; il imitait obséquieusement le sourire ciré des parquets. Mais en revanche, une protection suprême lui était donnée ; bien plus ! il détenait une parcelle de la puissance sociale.

Tout de suite, il eut l'esprit de corps. Il perçut nettement que les employés formaient une caste à part, supérieure et hostile à la classe pauvre, égale de la classe possédante, solidaire des plus forts. Une admiration sans bornes lui fut inspirée par ces gens corrects, noirs, fermés, automates, qui étaient adaptés au milieu, qui avaient un dehors et une âme en accord avec le monument, avec les couloirs, le mobilier, les papiers griffonnés ; il éprouva le désir violent de leur ressembler, d'être accepté par eux.

Ses vœux furent vite exaucés grâce à l'influence du travail invariable, sans passion, sans relation avec la vie ni la souffrance extérieures. Rapidement, Marcelin eut, d'un employé-type, la limitation d'esprit, le manque absolu d'idées générales ; son ignorance de l'humanité

ON LE RECONNAISSAIT...

devint réfractaire à tout raisonnement. Au lieu de comprendre à quelle classe il appartenait par son gain, il ne considéra que son « titre ». La question sociale était résolue pour lui.

Enfin, un sentiment souverain règle le souffle même des employés, mesure leurs gestes, domine leur pensée, retient leur cœur, gouverne leur sommeil et leur santé ; ce sentiment de plus en plus âpre et rongeant les transforme, en fait des êtres spéciaux, retranchés, les plus veules ou les plus redoutables : il s'appelle la peur de perdre sa place. Marcelin s'en enrichit, et se compléta du coup : il posséda au degré superlatif — en même temps que l'amour de l'Administration te de l'autorité, — la peur de l'Administration et de l'autorité.

Maintenant, il convient de dire que sa physionomie ne changea pas. Certes, avec son vêtement noir, sa serviette de cuir sous le bras et son parapluie, on le reconnaissait d'emblée pour un bureaucrate : il avait même une façon professionnelle de se carrer en marchant et de se poser avec suffisance pour pérorer, mais rien de haïssable ne ressortait de lui. Au contraire, l'impression s'imposait d'un homme franc, complaisant ; il garda son visage de bonne humeur qui s'accordait si bien avec sa corpulence forte ; son sourire arrivait au moindre signe et, malgré l'épaississement de ses traits, on retrouvait dans les yeux, dans la bouche, l'indice de la malice inoffensive du gamin de Paris.

Il continua d'adorer sa fille au point de placer en elle son bonheur et d'en conserver des reflets de jeunesse généreuse.

Sa femme continua de bénéficier d'un service de fidélités régulier. On ne se représentait pas cet homme d'une grosse tranquillité chiffonnant du linge en dehors de son ménage. Pourtant les gauloiseries, chères à la gent sédentaire échauffée, l'affriandaient particulièrement: il s'esclaffait de bon cœur de les entendre et ne boudait pas pour en servir sa part.

Dernier trait : sa prétention « d'avoir de l'expérience » grandit jusqu'au colossal. En se comparant aux collègues, il se découvrit une supériorité ; il avait vécu plus qu'eux, ayant été ouvrier, soldat, commerçant ; dès lors, sa connaissance du monde devint l'argument majeur, suffisant et victorieux dans toutes les questions. Doué d'une réelle facilité d'élocution et d'une certaine dose de bon sens, il excella dans le bavardage oiseux des bureaux : le seul malheur était que, choisissant toujours un faux point de départ, ou un faux point de vue, sa logique même profitait à l'erreur. Armé de son bon sens et de sa terrible *expérience*, il voulait être toujours du côté de la justice et de la liberté, et c'était merveille de voir sortir de son fonds tous les préjugés de la servitude, comme les accidents d'une maladie héréditaire.

Son bureau se trouvait au deuxième étage; c'était une vaste pièce rectangulaire, aux deux extrémités de laquelle les murs étaient cachés par des cartons étagés presque jusqu'au plafond. En haut, sur une sorte de corniche, reposaient depuis un temps immémorial, d'informes paquets de dossiers poussiéreux et crevés, qui figuraient assez agréablement des tronçons de cadavres enduits de vase. Le côté formant cloison sur le couloir était flanqué d'une immense armoire à destination de portemanteau ; l'autre côté prenait jour par deux fenêtres sur la cour intérieure du ministère.

L'espace entre l'armoire et l'un des casiers à cartons faisait un coin pour le seau, le broc et la cuvette soutenue par un trépied. Cette cuvette, jamais rincée, s'était recouverte progressivement d'une pellicule crasseuse rappelant le « chapeau » des jeunes enfants. Près du coin, les cartons étaient criblés de taches d'eau de savon, et de petites pustules décolorées soulevaient leur épiderme vert; dans les raies humides du parquet, champignonnaient des moisissures.

Deux espèces de grands établis carrés, faits chacun de quatre tables rapprochées, montraient les places de huit employés, et ces établis étaient installés devant les casiers, de façon à laisser libre le milieu de la pièce. Entre les deux fenêtres, un pupitre haut sur pattes, appelé « l'éléphant », supportait une carafe trouble, un tampon et l'annuaire du personnel.

Il ne fallait pas que le chef, en entrant, pût surprendre les liseurs de journaux, ou les dormeurs : aussi, sur chaque table, voyait-on s'élever des fortifications de dossiers, de registres, de paperasses inutiles, derrière lesquelles disparaissait la tête de l'employé assis.

L'un de ces messieurs, le plus admiré, le plus envié, avait — par des démarches innombrables, patientes, géniales, poussées jusqu'au cabinet du ministre — obtenu de faire placer un paravent contre sa table, en prétextant le voisinage de la porte, les courants d'air, les rhumatismes. Après une suite de mémoires, de rapports, d'expertises, après contrôle et enquête d'architecte, de médecin, d'inspecteurs du matériel et du personnel, il avait triomphé, et tous les collègues bénéficiaient de ce paravent tapissé de papier vert et blanc, qui empêchait le chef, sur le seuil, d'embrasser la pièce d'un coup d'œil.

Le personnel du bureau comprenait un rédacteur, un expéditionnaire principal, un commis d'ordre et quatre expéditionnaires ; une place était vacante.

Tout de suite, la sympathique préférence de Marcelin était allée vers le commis d'ordre, nommé Lapalette, qui tenait le sceptre du chic et de l'élégance dans le bureau. Agé de quarante-cinq ans, grand et gros, la face lunaire, la chevelure réduite à deux houppes s'encornant au-dessus des oreilles, il paraissait content de lui-même et, d'une façon générale, satisfait de l'existence. Il était bachelier et passait pour avoir de quoi vivre sans ses appointements. C'était lui, le veinard, qui possédait le paravent, près de la porte. Il avait le dos contre les cartons.

C'ÉTAIT LUI, LE VEINARD...

A l'autre bout du bureau, Marcelin occupait la place similaire contre un casier. A sa droite, le rédacteur Jadot, âgé de trente ans, de taille ordinaire, se distinguait par la quasi laideur de son visage long, original : un front saillant, des yeux enfoncés, charbonnés, un nez busqué, une moustache noire peu fournie, des cheveux mal plantés et, avec cela, des traits immobiles, en mastic. Jamais on ne savait s'il fallait prendre ses paroles à la lettre ou à rebours, attendu que rien ne pouvait altérer le son calme, gracieux, musical de sa voix. Cette façon déplaisait absolument à tous

LE RÉDACTEUR JADOT.

ses collègues ; du reste, un autre tort grave aurait suffi à le vouer sans rémission à la rancune générale : il s'occupait de littérature, disait-on. Ici, la suspicion vindicative que provoquent les goûts hors nature se justifie particulièrement : rien de ce qui intéressait les employés ne l'intéressait ; il simplifiait son service le plus possible ; il paraissait indifférent aux gratifications et à l'avancement, il ne cultivait pas le calembour polisson. C'était un étranger dans la famille des plumitifs.

Dès le début, Marcelin avait été contrarié de se trouver le voisin de Jadot : une appréhension le hantait d'être compromis, contaminé par ce mauvais employé.

Mais, au bout de peu de temps, se dessina une situation bizarre : tout en continuant à partager le sentiment des camarades, c'est-à-dire de réprouver avec passion les manières de Jadot et son naturel étrange et ses idées révoltantes et jusqu'à sa négligence à l'égard de la mode, Marcelin était attiré vers lui : constamment, il éprouvait le besoin de se frotter à ses piquants dissimulés, de le faire parler, en attaquant ses opinions connues. Jadot sentait Marcelin très intelligent, intéressant par son origine plébéienne et encore capable de générosité ; aussi, ne dédaignait-il pas de répondre à ses attaques et même, par une dérogation exclusive, il le prenait souvent à partie, le traitant comme un transfuge susceptible d'être ramené.

Le temps développa entre les deux employés, sans qu'ils s'en rendissent compte exactement, une rancune et une affinité croissantes.

Leur sincérité s'exaspérait au point que chacun souhaitait de voir arriver à l'autre un malheur qui le convertît.

Marcelin disait carrément :

— Vous avez un esprit mauvais, vous soutenez de parti pris l'immoralité, l'illégalité, cela finira mal ; prenez garde à votre situation.

Les ironies de Jadot signifiaient :

— Vous n'aimez plus assez les gens d'en bas, les pauvres, les irréguliers ; vous êtes un ingrat, un renégat, cela vous portera malheur dans vos affections.

Il se passait entre eux une espèce de drame où chacun appelait d'invisibles interventions ; ils attendaient : on allait voir auquel des deux la vie donnerait raison.

II

En quittant la rue Saint-Antoine, la famille Gayard vint se loger par hasard au numéro 6 de la rue des Écouffes, où demeurait Phonsine. L'immeuble comprenait deux corps de bâtiments séparés, desservis par des escaliers différents ; l'un, donnant sur la rue, était habité bourgeoisement ; l'autre, sur la cour, avait pour locataires des gens comme les parents de Phonsine.

Ce dernier bâtiment était immense; on le désignait dans le quartier sous le nom de « la Boîte aux gosses », parce que la graine de bois de lit pullulait du haut en bas, éparpillée dans toutes les chambres, dans tous les coins, sur toutes les marches d'escalier.

Sur chaque palier, à droite et à gauche, s'étendait un long couloir où les portes se rapprochaient en file comme les cabines des établissements de bains ; les logements ne comportaient qu'une pièce et un petit boyau de cuisine. Dans le carrelage des paliers, les gosses avaient creusé des trous pour jouer aux billes ; les murs et les portes étaient illustrés, au charbon et à la craie, de croquis informes et de légendes salées.

Il se faisait dans la maison des vacarmes formidables et des silences désolants. Le silence sied aux riches demeures, aux escaliers cirés, tapissés, il pèse lugubrement dans les habitations populaires. Aux bons moments, le piaulement des enfants qui gagnait de chambre en chambre, d'étage en étage, les vociférations des grandes personnes, le claquement des portes, le dégringolage des marches, la danse des vaisselles et des chaises, le pilonage des galoches, s'harmonisaient en un ronflement de salle de machines, en une rumeur de gare ou de marché à la criée.

La vieille graisse, la friture et l'oignon obtenaient de se faire sentir très passablement du matin au soir, malgré les latrines communes qui ne cédaient jamais leurs droits. Mais il tombait des fins de quinzaine, des lendemains de termes, où l'odeur de boustifaille disparaissait presque complètement. Les silences funèbres régnaient à ces époques-là ; les gosses n'avaient même pas l'estomac à beugler. Le soir, on apercevait des tout petits, sur les paliers, qui passaient sans bruit, comme des chiens maigres ; ils rôdaient, le cou allongé, derrière les portes des chambres où l'on entendait remuer des assiettes. Et plus tard, quand tout était couché, à dix ou onze heures, dans le couloir mal éclairé d'un haut bec de gaz et pareil à une rue déserte, il n'était pas rare de voir un môme de quatre ou cinq ans, en robe, qui allait et venait et guettait le retour de quelqu'un ; s'approchant à chaque bruit de pas, puis se remettant à ballader inlassablement son ombre de jupe le long des murs, il semblait faire son petit persil d'enfant.

Phonsine, qui restait au logis pour s'occuper de ses cinq frères, du ménage et du raccommodage, régnait sur toute la marmaille. Quand les parents étaient partis, dans l'après-midi, elle courait par la maison, du haut en bas, elle lançait des appels au milieu des étages. Des quantités de museaux barbouillés sortaient de tous les trous, un troupeau se formait autour d'elle, et l'on se consultait. Souvent, on allait traîner dans la rue ; on défilait devant les boutiques : boulangerie, épicerie, charcuterie, avec des pauses et des manières, comme fait le beau monde devant les joailliers de la rue de la Paix. Les réflexions étaient d'ordre philosophique ; un gosse pâlot, qui mâchait sa salive, disait doucement :

— Il n'y a que les mouches qui ont le droit de goûter à tout.

Et il souriait, l'air peureux, en regardant Phonsine, comme après une désobéissance qui mérite une gifle.

Dans la maison, l'on jouait au voleur ou à la guerre, quelquefois à l'accouchement, ce qui était bien commode, avec la collection d'avortons dont on disposait. On jouait aussi au maçon : avec tous les bouts de planches, de briques, avec les pierres et les ferrailles récoltées de droite et de gauche, on élevait des constructions dans la cour. Certain jour, on avait bâti une cabane à enfants ; on s'était procuré de la paille, et l'on avait mis grouiller ensemble, à quatre pattes et nus, tous les petits qui ne marchaient pas encore ; il y en avait treize. Mais quand il s'agit de les reprendre, des hésitations et des erreurs se produisirent ; les aînés se disputaient autour des plus gros :

— Je te dis que c'est le mien.

— Mais non ! c'est à moi, je connais bien son derrière, voyons est-ce que ce derrière-là te ressemble ?

On en oublia un dans la paille.

Phonsine se trouvait être seule « vacante » dans la maison. Et dame ! on ne laissait pas moisir la puberté des filles dans une communauté telle que la Boîte aux gosses ; l'amour était insuffisant

LE GRAND CHARLOT.

comme le pain ; il manquait des parts. Aussi, depuis le premier trouble des treize ans, une chasse se levait après Phonsine, derrière le vol de ses cheveux, après la blancheur de sa peau, après ses rondeurs mal écloses. Une dizaine de gars s'ingéniaient aux jeux de mains sournois ; il devenait fort inquiétant de voir coller si peu d'étoffe à ses hanches, à ses jambes.

Les autres filles de la maison avaient été cueillies de cette façon, à peine « en bouton ». L'attaque se donnait dans l'escalier, dans le coin d'un couloir, dans la cave : une fois le premier fourragement de cotillon fait, ce n'était plus la peine de se défendre ; le gars le plus diligent avait conquis un droit d'occupant reconnu même par la fille violentée.

Actuellement, les deux plus dangereux étaient Claudinet et le grand Charlot.

Claudinet, ouvrier de fabrique, perdu de phtisie à vingt ans, méditait une ruse : il simulerait une aggravation de sa maladie, il appellerait Phonsine pour la préparation d'un médicament quelconque, il la saisirait de toute sa débilité, au moment où elle se pencherait sur son lit il crierait : « Laisse-moi te prendre, cela me guérira ! laisse-moi, sans cela je vais mourir ! »

Le grand Charlot, garçon livreur, âgé de dix-huit ans, affichait une vive inclination pour la marmaille ; il annonçait que, le jour où viendrait certaine pièce de cent sous attendue depuis longtemps, il paierait des frites et des moules, à la barrière de Montreuil. On devait se rendre avec Phonsine, chez Bordin, en dehors des fortifications, où sont réunis tous les agréments : balançoires, gymnase, bal, friture et bosquets. Un kiosque rustique, à l'usage furtif des amoureux, est caché derrière un amoncellement de tonneaux et de planches, au fond du terrain, dans la solitude de la zone militaire ; c'est un coin sauvage et charmant, mais combien fatal aux innocences ! Le duvet blanc des pissenlits qui s'envole sous les pas ne l'exprime que trop !

Le dimanche où Marcelin fit son emménagement, il y avait grand festin chez Phonsine : comme le père et la mère ne devaient pas rentrer déjeuner et que deux chaises restaient libres, elle avait lancé deux invitations. Le logement situé au troisième étage se composait d'une seule pièce ayant bien six mètres de longueur sur quatre de large : belles proportions pour une salle de festin.

Derrière la porte, s'étalait un grand lit couvert de lambeaux d'étoffe couleur de pourpre, qui rappelait, de loin, le décor des orgies romaines. A l'opposé, sur une corde tendue, des oriflammes de linges divers précédaient le massif imprécis de paillasses étagées près de la fenêtre et atténuaient en demi-teinte solennelle et mystérieuse le jour blême venant de la cour. Le carrelage fendu et rebouché, en mosaïque, brillait d'un éclat discret de brique usée. Un goût sobre se reconnaissait dans un petit nombre de meubles, laissant à chacun sa valeur. En face de la cheminée, un coffre à double porte, des plus primitifs, disjoint et vermoulu, — quelque chose comme une très antique et très rare cabane à lapins — servait d'armoire lingère et vaisselière. Le dessin fantastique des flammes qui avaient léché le fond, en métal battu, des verres sans pied installés devant chaque assiette. L'étain gras d'une timbale s'harmonisait avec l'originalité des fourchettes en fer, brèche-dents, près des pièces de pain. Le mets d'importance reposait en un vaste plat de faïence âgée, craquelé comme l'écaille d'une peau de serpent, et c'étaient des haricots au corps blanc, à la carapace luisante ; une vapeur montait au-dessus d'eux, en volutes poétiques. Le liquide emplissait un généreux cruchon, et c'étaient les perles

UNE VAPEUR MONTAIT...

de quelques casseroles, rehaussait les environs de la cheminée, dispensée de la vulgaire garniture — pendule et chandeliers — par une fort pittoresque cohue de vases curieux de la famille des bols et des calottes à confitures.

Le repas était servi sur une table rectangulaire en bois de sapin, d'un teint de crasse naturel, drapée d'une toile cirée marron. Huit chaises de styles variés l'entouraient, éclopées glorieusement. Une clarté agréable louchait dans l'épaisseur limpides d'une eau coulée des coteaux de la Seine. L'émeraude et la dentelle d'un bouquet de cerfeuil, en une poterie de grès, ornementaient gaiement une planche à usage de dressoir faisant suite à la cheminée. La tiède odeur d'un roux flottait entre deux airs.

Sept convives masculins et une seule personne du sexe étaient assis autour de la table. La dame de céans, les cheveux évaporés, les manches retroussées au-dessus du coude, présentait ce qu'il faut de chair féminine pour parer un festin. Un damoiseau de trois ans, à cause de son rhume, portait une casquette d'emprunt trop grande, penchée sur l'oreille et se renfrognait dans la pose tordue d'un vieux général cacochyme ; les quatre personnages, ses frères — par leur taille ascendante — montraient « que c'était à qui aurait un an de plus que l'autre » ; ils avaient la tenue de ville : culotte rapiécée, veste sans boutons.

Les deux invités semblaient arriver de loin ; leur âge allait de cinq à sept

PHONSINE.

ans : il ouvraient des yeux creux, au cerne d'un violet tendre ; à leurs tempes pensives se voyaient des veines à peine bleuâtres ; ils avaient des joues et des pommettes d'octogénaires, un nez et un menton pointus, couleur de navet. Ils manquaient d'entrain. Tout d'abord, même, le plus jeune avait posé sur la table son poignet transparent, moins gros qu'un manche de couteau, et ses doigts avaient remué sur sa fourchette, comme les pattes d'un insecte qui finit de mourir... simple distraction, heureusement : mais, tous deux, ils avaient des mâchoires lentes, rouillées, une bouche sans salive, déshabituée des grands repas. Certainement ils venaient d'un pays sans soleil et sans haricots.

Phonsine s'efforçait d'émoustiller les deux voyageurs ; elle les poussait à boire, elle pérorait, elle assurait que l'on ne quitterait pas la table avant d'avoir nettoyé l'immense plat fumant ; elle insistait dans la plaisanterie, sachant bien, mon Dieu, que le commencement d'un festin est toujours morne. Si bien que les deux invités finirent par sourire et par manger interminablement. Mais quel sourire ! leurs lèvres exprimaient le récit d'aventures extraordinaires, indicibles ; leurs yeux contenaient le reflet de pays où bien des gens très vieux ne sont jamais allés. Car, en vérité, ils semblaient revenir de très loin, les deux invités.

Une conversation assez confuse s'était établie entre les autres convives ; le vieux général rhumatisant tenait des propos grognons ; il déplorait la dureté des temps ou des haricots : politique ou commerce? on ne savait pas au juste.

Phonsine se penchait, engageante, vers l'un, vers l'autre ; elle coupait du pain avec des ronds de bras pleins de grâce ; elle allongeait élégamment des pochées de haricots à droite et à gauche, et les assiettes rendaient un joli bruit de grêlons.

Vers la fin du repas, la porte fut poussée : le grand Charlot annonçait que, le dimanche suivant, sans faute, « l'on irait s'enfoncer » des frites à Montreuil. Une ovation — dirons-nous pâteuse — accueillit cette promesse. A peine était-il parti qu'un gamin descendit du sixième : Claudinet, très malade, demandait Phonsine.

— J'y vais, répondit-elle en se levant de table.

Et elle invita les convives à passer dans l'escalier, comme il convient et à s'y livrer aux acrobatiques divertissements qui sont la suite habituelle d'un grand festin.

A ce moment, la « Boîte aux gosses » résonnait d'un vacarme de fête foraine. Aucune imitation n'y manquait, rien de ce qui pouvait rappeler le roulement profond de la grosse caisse et les vociférations des parades, et les mugissements des cuivres et le sifflement déchirant des moteurs à vapeur, et la trépidation des manèges : dans la cour, le marchand de

-ins d'en bas frappait avec violence sur les bondes de tonneaux vides : une vingtaine de gosses, jouant au chemin de fer, couraient à la queue-leu-leu le long des étages et des couloirs, en convoi interminable qui paraissait et reparaissait sans cesse sur les paliers, dans les piétinements, les chants, les éclats de voix les plus stridents : et, par-dessus tout, retentissait sans interruption, le hurlement de mort d'une femme qui accouchait. Allons, les voyageurs, en route pour le bonheur ! »

Phonsine montait.

Marcelin avait loué un logement dans le bâtiment donnant sur la rue. L'escalier en était assez propre et vaguement ciré ; des cordons de sonnettes montaient aux murs, et de petits paillassons gardaient les portes.

Pendant la période des mauvaises affaires, madame Gayard était devenue plus souffrante. Ce dimanche même, quand les déménageurs eurent fini de brutaliser les meubles, dans les trois pièces, elle tomba sur une chaise et se désola :

— Ah ! j'ai les jambes brisées ! Voilà que je ne suis plus bonne à rien ; jamais je n'arriverai à tenir mon ménage en ordre.

— Une idée ! proposa Marcelin ; il y a, dans la maison, cette gamine de Phonsine qui est forte pour son âge ; demande-lui de venir tous les jours te laver la vaisselle et donner un coup de balai.

— Il n'est pas sûr qu'elle voudra.

— Nous allons voir ; je l'envoie chercher tout de suite... Elle gagnera quelques sous, et tu lui feras de la morale par-dessus le marché.

Ce fut ainsi que deux galopins dépêchés par Marcelin rattrapèrent Phonsine à la porte de Claudinet ; ils la suivirent, et cette circonstance la fit échapper à l'attaque si bien préméditée par le malade.

— La voici ! annoncèrent Lucette et son père qui guettaient par la fenêtre de la cuisine.

Elle était grande, vêtue d'une espèce de peignoir de laine gris, serré à la taille par une étroite ceinture de garçon en gros cuir jaune. Ses cheveux de chanvre fous, surmontant et encadrant sa figure de belette, lui donnaient un agrément factice, inquiétant, qui rappelait le fard des filles. Un ruban grenat se nouait à son cou maigre, allongé hors du corsage sans col, sans ornement.

Elle entra gauchement, les bras ballants. Ses hanches étaient assez développées, mais on voyait la race assassinée à son dos rétréci, à sa poitrine rase, à ses lèvres, à ses joues chlorotiques. Son front et ses yeux exhibaient parfois une innocence si invraisemblable qu'on s'y trompait : son regard bleu vert, trop calme, trop béant, passait pour n'éclairer plus aucune pudeur. En même temps, une bonté triste et gouailleuse émanait de tout elle-même, une bonté de pauvre, qui devait aller vers les petits enfants et vers les malades.

Tout de suite, elle manifesta une curiosité admirative devant l'air de demoiselle distinguée et les traits purs de Lucette.

Madame Gayard, scandalisée surtout par le cachet équivoque du ruban grenat, jeta un regard éloquent à son mari :

— En effet ! elle en a besoin, que je lui fasse de la morale !

Lucette, effacée dans un coin, n'eut pas un mot à prononcer ; mais son visage modeste, ses yeux doux, avec précaution, disaient :

— N'aie pas peur... je ne me crois pas supérieure à toi... je t'aime bien, va !

Phonsine pouvait disposer d'au moins deux heures par jour. Elle commença dès le lendemain.

Madame Gayard entreprit aussitôt les leçons de morale, en critiquant son accent traînard qui allongeait et modulait certaines syllabes, au point de déhancher les mots.

— Voyons, une jeune fille gentille comme vous, imiter les gamins des rues !... Et je sais que votre famille n'est pas heureuse... Voilà ! c'est que l'on ne se préoccupe pas assez des devoirs moraux ! Le bonheur, ma chère enfant, est une affaire de langage convenable, de bonne tenue, de croyances édifiantes...

Phonsine écoutait cela sans répondre, tout en essuyant la vaisselle. Les premières fois, elle mordait sa lèvre inférieure ; ses dents montrées, ses yeux rapetissés, fixaient un sourire étrange sur son visage malin.

Madame Gayard insistait chaque jour : elle disait des phrases émues, en lui remettant ses quatre sous :

— Vous voulez que votre petit intérieur devienne aisé? que vos petits frères ne manquent de rien? Il faut, avant tout, pratiquer le respect, l'obéissance... et l'économie ! L'économie est la base indispensable, et il faut penser à Dieu.

Souvent, sur le palier, elle lui montrait l'escalier tranquille, en toilette cirée, imprégné d'une honorable odeur de pot-au-feu, et les paillassons de propreté, et les cordons de sonnette osbéquieux.

Vous aurez les satisfactions auxquelles tout le monde a droit, si vous les méritez par vos manières polies, par vos idées de soumission et d'ordre.

A la longue, Phonsine fut influencée par

LUCETTE.

la vue du logement rangé, confortable, par l'aspect sérieux et pratique de madame Gayard, si bien en rapport avec ses paroles convaincues, et, enfin, par le modèle charmant qu'offrait Lucette. Elle finit par souhaiter le bonheur qu'on lui décrivait et dont on lui montrait la réalisation possible. Les promesses répétées d'une justice infaillible emportèrent son imagination : il lui arrivait de considérer, comme en rêve, le brillant du fourneau frotté à la mine de plomb, et, le torchon à la main, de sourire ineffablement au paradis entrevu.

Elle changea : ses paroles furent choisies, mesurées, ses gestes plus décents. Un souci de sa dignité la fit soigner sa propreté davantage et tirer parti avec goût de ses nippes indigentes. Elle refléta le visage raisonnable de madame Gayard et mit tout d'abord ses conseils à la portée de la marmaille en prêchant les bienfaits du débarbouillage.

Alors les marmots furent pris d'un goût effroyable pour le nettoyage ; leur hydrophilie fut terrible. A peine leurs parents partis, ils descendaient chercher de l'eau dans la cour avec tous les vases disponibles : bouteilles, seaux, boîtes au lait ; puis s'organisait un lessivage de margoulettes, de pattes, de mollets à la suite duquel les mouchoirs et les savates voguaient tout seuls dans les chambres ; des ruisseaux coulaient sous les portes et allaient combler les trous creusés sur les paliers pour le jeu des billes. Un gamin s'avisa de mettre sa petite sœur de trois mois tremper dans une soupière. Phonsine arriva juste à temps pour la sauver d'un dessalement mortel.

Au nom des bonnes manières, les combats entre filles et garçons devinrent moins fréquents. Les tout petits qu'on portait sur les bras reprirent figure humaine. Car, en cas de guerre, les grands — ceux qui avaient cinq ou six ans — ne les lâchaient pas, ils s'en faisaient des boucliers, les laissaient tomber par terre, les cognaient au mur ou culbutaient dessus. La trêve en question diminua considérablement le nombre de leurs bosses, égratignures et fêlures.

Phonsine décida que les plus jeunes écouteraient les aînés ; il y avait de la hiérarchie, de l'économie et de l'honnêteté dans ses histoires. On se donnait des poignées de main polies dans l'escalier ; on opérait des restitutions de la valeur d'un bouchon ou d'un noyau de pêche. Sur les portes et sur les murs, les bonshommes mêmes se comportaient mieux, avec leurs mains en tridents et leurs jambes en tuyaux de pipes ; les légendes écrites sentaient moins fort. Quand un petit camarade était mort dans la nuit, on faisait le signe de la croix en passant devant le logement, et, si l'on avait à dire le mot de Cambronne, on attendait au moins d'être trois pas plus loin.

Mais le principal effet des exemples moraux de la famille Gayard fut de rendre Phonsine plus prudente et plus résolue en présence des gars de la maison. Et, dame ! il était temps que des conseils de sagesse et d'épargne fixassent sa volonté faiblissante : avec son bon cœur, elle commençait à être gênée de se garder intacte, comme une qui aurait eu du superflu au milieu d'affamés.

Maintenant, elle se faisait accompagner chaque fois que Claudinet l'appelait dans sa chambre. Puis, la partie projetée par le grand Charlot ayant été remise, elle y renonça définitivement. Il se fâcha et lui détacha une calotte, en promettant que si jamais il la pinçait dans un coin... Elle répondit par un pied de nez : c'était le triomphe de la morale.

Il n'y avait qu'une ombre au tableau : les femmes de la maison trouvaient que « mademoiselle posait d'une façon dégoûtante depuis qu'elle allait faire le ménage chez des bourgeois » ; dans la sincérité de leur rancune, elles lui décochaient des moqueries et des souhaits méchants.

Et justement, de mauvais jours s'annoncèrent : la mère de Phonsine mourut d'une hémorragie de poitrine. A la même époque, madame Gayard, mieux portante, put se passer des services de Phonsine. De sorte que le père dut seul, avec son métier de marchand ambulant, fournir la pâtée à sa ribambelle de mioches. Et il arriva encore un malheur de ce côté-là.

C'était le lendemain du 14 juillet. Les trois couleurs nationales, aux façades des maisons, chantaient encore glorieusement la délivrance historique des opprimés, le sacre éternel du peuple souverain.

Le directeur du Grand Magasin, qui réclamait périodiquement le nettoyage de ses trottoirs, avait obtenu qu'une chasse aux petits marchands fût organisée pour ce jour-là.

Vers deux heures, après le ralentissement du déjeuner, la rue Saint-Antoine fourmillait dans une calme fournaise de poudre et d'or. On flânait devant les boutiques, les yeux se régalaient à petits clignements sucrés : on voyait des bras nus de femmes et des nuques décolletées, des enfants dans la mousseline comme des bonbons dans des papillotes claires. On se coudoyait avec complaisance, chacun montrait une nuance, une ligne en relief et savait découvrir chez autrui une expression intéressante. Le commerce devait profiter de cette aimable animation : Le Grand Magasin allait avaler son demi-million de recettes quotidien.

Près de l'Hôtel de Ville, un vieux, à grande barbe, qui offrait des crayons en tremblotant sur sa canne, interpella un confrère en spéculation, un gamin de dix ans, adonné au trafic des lacets et cordons de souliers.

— Où vas-tu, mon garçon? demanda-t-il.

— Devant le magasin, là-bas...

— C'est-il bon?

— Pas mauvais ; avant-hier, j'ai fait douze sous.

Et le trafiquant, superbe, lançait au loin un jet de salive.

— Pour le coup, j'y vais aussi, dit le vieux qui ne désespéra plus de faire fortune.

La rafle devait avoir lieu à trois heures. Le directeur du Grand Magasin avait eu du monde à déjeuner ; vers deux heures et demie, il amena ses invités aux fenêtres du premier étage qui, reliées entre elles par d'immenses écharpes de soie tricolore, — bleu: liberté, — blanc: fraternité, — rouge: égalité, — faisaient un merveilleux balcon de théâtre.

Des sièges furent apportés.

— Vous pouvez vous amuser à distinguer d'avance le gibier dans la foule, dit-il. Entendez-vous les insipides boniments ?

L'ironie lui parut plaisante de psalmodier d'une voix nasillante :

— Achetez le plan, le guide, l'indicateur des rues de Paris ! L'anneau brisé, la sûreté des clefs ! Six feuilles de papier à lettre pour un sou !...

Un petit garçon adorable tapait dans ses mains :

— Parrain, j'en vois un, deux, trois. Est-ce qu'on va bientôt les poursuivre?... Encore un avec une boîte à son cou.

Ce camelot criait :

— Des rats, des rats, des beaux rats, un sou les rats.

Pouvait on vendre des rats de cave? Des plaisanteries coururent de fenêtre en fenêtre sur cette ridicule marchandise.

— Sont-ils bêtes de ne vendre que des choses d'un sou ! dit, un avec grand sens commercial, un jeune homme à qui les camelots étaient plutôt sympathiques.

Le directeur papillonnait. Une dame

OÙ VAS-TU ?

maigre paraissait momifiée dans ses dentelles ; il lui dit cérémonieusement, d'un air consterné :

— J'aurais désiré une opération de police abondante, et j'ai peur que nous ne soyons pas favorisés... Pourtant, voici une kyrielle de galopins...

La dame pinça une moue de dégoût :

— N'y a-t-il pas un danger dans ce pullulement de peuple? demanda-t-elle, son éventail poussé en avant comme un bouclier.

Plusieurs des personnes assises s'intéressaient à la question. Le directeur, debout, rassura tout le monde avec un sourire et une révérence :

— Pas du tout !

Et il expliqua par des citations, que les prolétaires fourniraient éternellement eux-mêmes les forces destinées à réprimer leurs débordements. On s'amusa de ce dithyrambe d'un rapport préfectoral : « Il faut voir, monsieur le ministre, avec quelle ardeur nos policiers, pauvres gens, issus de pauvres, engendreurs de pauvres, travaillent dans la viande pauvre. »

L'affluence devenait considérable devant les étalages, et la poussière, dans le soleil, s'élevait au-dessus des têtes mouvantes, comme une fumée d'encens.

Quelqu'un au balcon, cria :

— Il n'y a plus que cinq minutes à attendre !

Le directeur se pencha vers la rue ; son nez remuait pour éplucher la foule. D'une voix pathétique, il se désola :

— Quelle contrariété ! je n'en vois presque pas... Décidément, les lendemains de fête ne valent rien.

Certes, la chasse ne fut pas brillante. Au coup de trois heures, on aurait à peine compté, sur le trottoir, une vingtaine de pièces. Dès que les sergents de ville rabatteurs apparurent aux deux coins du magasin, ils furent signalés par un bébé de trois ans, perché sur l'épaule de son père pour faire le guet.

— Cavale ! cavale ! cria sa petite voix perçante.

Aussitôt, les camelots s'élancèrent sur la chaussée, afin de se perdre dans l'imbroglio des voitures, mais ils furent appréhendés sans peine par les policiers qui, à trois contre un, s'étaient précipités à leur rencontre. Il n'y eut, pour ainsi dire, pas de poursuites, et c'est le principal amusement de ces sortes de chasses.

Rien. Au milieu de la chaussée, une femme portant son enfant sur le bras et qui, tout à l'heure, offrait des peignes de poche sur un plateau, reçut dans le dos un coup de tête de cheval : elle jeta son plateau, serra son petit à deux bras, et la face en avant, contre l'animal, ouvrit une bouche énorme, terrible. Dix poignes entrèrent dans sa peau.

Le vieux aux crayons avait été bien inspiré de suivre son confrère en spéculation ! Avant même qu'il eût essayé de battre en retraite, les agents l'entourèrent : l'un d'eux le saisit vigoureusement par sa longue barbe blanche, un autre dompta son bras paralysé, un troisième tordit son col, par derrière.

Pendant que l'on agrippait son père, le bambin guetteur, resté sur l'épaule, tapait des grands coups de son poing minuscule sur le chapeau d'un agent. Un squelette à lunettes, licencié ès papier à lettres, fut renversé par un cycliste. Quelques autres...

Un petit homme roux, qui perdait sa camelote en courant, sauta lestement, à droite, dans un fiacre découvert, en marche, et ressortit à gauche : alors, il y eut bien une ruée, une trépignée, mais ce fut si vite fini !

Les délinquants furent emmenés au poste au milieu d'une double haie d'agents. Il se produisit des encombrements de voitures, des rassemblements mouvants de badauds, des remous, des tourbillons dans la foule, comme dans la rivière après l'évolution d'une hélice ; mais, bientôt, la circulation reprit son train ordinaire : le mouvement rapide au milieu de la voie, le petit courant sur le côté des trottoirs, le clapotement contre les devantures. Et il ne resta plus trace de la chasse, que par la camelote des marchands, jonchant le sol, écrasée sous les roues et sous les pieds.

Le père de Phonsine se trouva parmi les délinquants capturés devant le Grand Magasin. C'était lui, ce petit homme roux qui avait essayé de s'échapper et s'était débattu. Il fut accusé d'avoir donné un coup de poing à un sergent de ville, et cet attentat fut puni d'un mois de prison. Aux dates anniversaires du Grand Affranchissement, la justice réprime avec un so[illegible] particulier l'irrespect envers l'autorité.

Et Phonsine qui attendait son père pour acheter à dîner ! Les heures s'écoulent, personne.. Qu'est il arrivé? Se coucher sans souper, c'est un accident assez banal ; rester aux écoutes toute un nuit, passe encore ; mais voici le jour qui se lève sur le lit vide, là-bas, et le vide aussi vous descend dans la poitrine...

Alors, on laisse les enfants couchés et l'on court d'abord au commissariat de police, puis à la Préfecture. On revient à la maison : l'on a la mort sur le visage ; on n'est plus une gamine ; d'un geste résolu, l'on attrape une chaise, n'importe quoi, le brocanteur s'en arrangera... Et les petits comprennent qu'il ne faut pas pleurer, ni rire, ni parler trop fort, qu'il faut être sage, se rétrécir et ne pas demander du pain deux fois.

Les hardes, les meubles donnèrent à manger pendant deux semaines ; puis l'on fit quelques repas d'emprunt, difficilement : les voisins ne pardonnaient pas à cette poseuse de Phonsine. Du reste, elle mendiait mal ; la morale de madame Gayard lui avait inoculé la honte de la misère.

Puis, vint un jour où Phonsine, qui n'avait pas dormi, se leva dès l'aube, pour rien, elle ne tenait pas en place, tournait par la chambre où ne restaient plus que des paillasses de varech étendues à même par terre ; elle semblait chercher une mouche bourdonnante, mais introuvable, sortait sur le palier, puis rentrait sans motif.

PHONSINE SE LEVA DÈS L'AUBE...

Elle habilla longuement les petits frères leur disant d'aller jouer dans l'escalier et que l'on mangerait plus tard, dans la journée. Elle s'obstinait à vouloir leur faire boire de l'eau, mais ils n'avaient pas soif, ils avaient faim seulement. Impossible de leur persuader « de prendre toujours un peu d'eau ! » Ils n'avaient pas non plus envie de jouer : impossible de les décider à s'amuser ! de-ci, de-là, ils s'asseyaient sur une marche, songeurs, suçant leur pouce, entêtés à attendre ce « plus tard » dont leur sœur avait parlé.

Phonsine courut, elle sollicita auprès des boutiquiers la charité d'une corvée quelconque ; elle consulta les petites affiches collées sur des gouttières. Chez un fabricant de produits chimiques, rue des Archives, l'on demandait « un garçon de peine ».

— Ça dépend de ce qu'il y a à faire... des fois, je pourrais peut-être, dit-elle crânement au contremaître, en remontant à la manière des hercules les os plats de ses épaules atrophiées et en avançant un museau pointu qui allait « bouffer » l'ouvrage.

L'homme, ironique, la mena devant un

TOUS LES CINQ SUR UNE MARCHE...

amoncellement de barils remplis de cristaux qu'il s'agissait de charrier. Phonsine ne « flancha » pas. Elle enserra un des barils avec ses fuseaux de bras, rentra ses ongles et son menton dans le bois : puis, sa maigre poitrine collée contre les douves, elle amassa là son sang, sa pensée, sa douleur, son affection, et précipitant d'un effort gémissant ce bloc de sa vitalité généreuse, elle essaya de remuer le fardeau avec son cœur.

— Ahan ! fit le cœur.

— Ahan ! fit le contremaître qui n'aimait pas les farces trop poussées.

Et il la redressa — telle une marionnette effarée — d'un solide coup de pied au derrière.

Phonsine retourna à la maison, puis repartit encore. Dix fois elle reparut dans l'escalier, muette, tragique, examinant les étages, puis s'en allant. Les petiots se levaient de leurs marches, d'un saut ; leurs orbites béants semblaient avoir des dents, leurs joues enfoncées palpitaient ; ils interrogeaient le visage de leur sœur, et ses mains et sa robe plate. Sans qu'un mot leur fût dit, ils se rasseyaient, serraient les mâchoires et les bras croisés, fixaient le sol.

A la nuit tombante, Phonsine les trouva blottis les uns contre les autres, tous les cinq sur une seule marche, comme des oiselets frileux sur une branche.

— C'est-à-dire, fit-elle d'une voix persuasive, que je vais vous coucher d'abord. Vous mangerez aussi bien étant couchés... et c'est même plus commode, puisqu'il n'y a plus de chaises.

Les enfants se laissèrent dévêtir docilement. Mais, ensuite, pourquoi cette immobilité de leur sœur?

Alors ce fut très doux. Les deux plus grands, étendus côte à côte se prirent par le cou, les trois petits ensemble sur une autre paillasse se cherchèrent la peau et ils se mirent à pleurer tout bas, aux bras l'un de l'autre, chacun le nez enfoncé dans la petite chair de son frère.

Phonsine resta un instant appuyée contre la porte ouverte, puis elle descendit jusqu'à la rue et remonta plusieurs fois de suite, comme une hallucinée. Après une pause, elle allait de nouveau, affolée, entre les enfants et l'escalier, ayant l'air d'attendre un secours qui n'en finissait pas d'arriver. Les voisins ne comprenaient pas son bonsoir hagard.

Puis elle ne rencontra plus personne ; tous les locataires devaient être rentrés. Au milieu d'un étage, elle écouta longtemps, dans le silence vivant de la maison.

Après un regard par dessus la rampe, elle se baissa, très occupée à rattacher son soulier.

— Bonsoir ! lança-t-elle assez haut, sans se redresser.

— Tiens ! on reconnaît le monde aujourd'hui, ricana le grand Charlot.

Elle parvint à rire, à faire l'insouciante :

— Ah ! j'ai cassé mon cordon.

Le grand Charlot lui poussa une caresse sous le menton :

— C'est donc ça qu'on ne se sauve pas à toutes jambes ?

Elle ne recula presque pas.

— Laissez donc... je suis ennuyée... Le père a été arrêté devant le sacré magasin... je viens de coucher les enfants, ils pleurent... Voulez-vous les voir?

Le grand Charlot savait juger une situation. A peine eut-il mis le nez à la porte de la chambre qu'il cavala. Le cœur de Phonsine compta quelques minutes à coups déréglés, haletants, et soudain parut une illumination de pain, de litres et de cervelas.

Ce ne fut pas long : après un tel jeûne ! En moins d'un quart d'heure tout le monde était saoul.

L'un des gamins se levait sur sa paillasse, gambadait, retombait, vociférait.

— Garçon, un demi-setier !

Le plus petit baisait un de ses frères sur le nez et l'appelait « maman ». L'aîné brandissait un trognon de pain :

— Vive la république !

Phonsine au milieu de la chambre, un verre à la main, riait maternelle, les larmes aux yeux :

— Ah ! qu'ils sont drôles ! T'es saoul, Lolo, mon pauv'chien?

Le grand Charlot s'affairait devant les paillasses, il versait à boire, il coupait du cervelas, criant :

— Vas-y, vieux ! Aïe donc ! c'est la noce !

Mais bientôt les moutards s'engourdirent, puis ils commencèrent à ronfler, comme des ivrognes qu'ils étaient.

Après s'être amusés à regarder leurs derniers dodelinements, Phonsine et le grand Charlot trinquèrent ensemble, tout debout. Celui-ci se penchait gentiment et disait combien il aimait les enfants. Celle-là, titubante, racontait l'histoire arrivée à son père et toutes les courses, toutes les tentatives qu'elle avait faites. Ils marchaient dans la chambre, puis, comme par hasard, ils sortirent sur le palier ; Phonsine divaguait.

Le lendemain, elle se réveilla dans le lit du grand Charlot, encore étourdie, hébêtée, sans mémoire.

Comme elle se sauvait, à moitié habillée, inquiète de ses frères, une voisine l'aperçut. L'aventure, immédiatement, fut colportée par toute la maison :

— Ma chère, vous ne savez pas? Phonsine et le grand Charlot? eh bien, ça y est!

C'était un dimanche; madame Gayard fut renseignée chez la concierge, en revenant de faire son marché. Elle porta son panier dans la cuisine et chercha son mari, pressée, la mine importante, composée.

Marcelin était en train de se raser dans la chambre de Lucette, qui avait la meilleure clarté. Lucette écrivait, courbée sur une petite table.

Madame Gayard s'approcha de la commode, enleva un peu de poussière avec sa main, en disant:

— J'ai acheté des pois...

Puis, se tournant vers son mari, avec cette voix qui indique un discours à mots couverts:

— Tu sais, Phonsine!... il était temps que je me passe de ses services... il paraît que... le saut est fait.

— Bah! fit Marcelin, tout blanc de savon, le rasoir en l'air et surveillant Lucette du coin de l'œil.

Celle-ci resta courbée sur la table, mais sa plume s'arrêta.

— Hein! c'est un peu fort, après tous mes conseils... Je lui avais pourtant bien promis que si elle m'écoutait...

Et madame Gayard pincée, têtue, se retourna vers la commode; ses doigts alignaient les vases, les pelotes, les photographies, par de petits coups secs, méthodiques.

— Je lui avais bien recommandé de penser au bon Dieu... je parie qu'elle n'y a pas pensé un seul instant... et les bonnes manières, l'ordre.

Marcelin déclara d'un ton d'indulgence, avant de se remettre à se raser:

— Ces avertissements sont venus trop tard... La morale doit s'apprendre dès le tout jeune âge.

LE LENDEMAIN ELLE SE RÉVEILLA...

Il y eut un silence. Lucette restait aplatie contre la table. Tout à coup, l'on vit ses épaules secouées par des sanglots impossibles à contenir. On s'empressa: elle suffoquait, sans pouvoir parler. Enfin, elle balbutia:

— J'ai une rédaction d'histoire... et je ne sais plus... je ne peux plus trouver un mot...

Son cœur débordait en larmes ruisselantes. Un instant après, elle répéta, avec un indicible déchirement:

— Je ne sais plus rien... plus rien...

Pendant longtemps elle sanglota, abîmée dans un insondable désespoir, entrée dans une éternelle et inconsolable douleur.

Elle ne voulut pas déjeuner.

— Tu as la fièvre, dit sa mère, viens te mettre sur ton lit.

Marcelin resta à remuer son café, un peu inquiet, attristé : « Évidemment, ce n'est pas l'histoire de Phonsine... Lucette n'y a rien compris... Moi, ça m'a fait quelque chose, cette petite gueuse... mais, quoi ! dans ce monde là, ça a si peu d'importance... »

MADAME LAPALETTE.

Madame Gayard apparut toute saisie :

— Dis donc, Marcelin, ta fille : c'est son enfance qui est finie !

Il se dressa, effrayé, mais aussitôt il sourit, ému d'une pitié agréable ; puis, à son front, monta un grand orgueil de race.

III

Le lendemain, Marcelin annonça la première crise de Lucette, tout d'abord à son ami Lapalette, puis successivement aux autres collègues, par ordre d'importance.

Il parla longuement à Moudur, l'expéditionnaire principal, petit monsieur brun, coquet, férocement égoïste, — et à Blanblan, le doyen du bureau, qui avait un nez court, des bajoues, un ensemble de traits bourrus le faisant ressembler extraordinairement à un chien de chasse.

Il se contenta de glisser quelques mots à Minet, tout jeune homme à l'air mou, mal éclos, — et à Thomas, un pauvre père de famille, souffreteux, piteusement vêtu et qui n'avait pas de protection.

Enfin, il s'assit à sa place, l'air mystérieux, sans rien dire à Jadot, persuadé que le silence équivalait à un défi courageux, terrible, écrasant.

Dans l'après-midi, Dufourni, le garçon de bureau, entra ; il remit des pièces sous chemises à Lapalette, et lui fit un signe d'intelligence. Ils sortirent l'un derrière l'autre. Un instant après, Blanblan soupira profondément et sortit aussi.

— C'est l'heure de la conférence des cocus, dit Moudur, en consultant l'œil-de-bœuf.

En effet, ces trois hommes « l'étaient » et conféraient là-dessus, chaque jour, dans le couloir, à trois heures. Chaque jour, le même prélude se répétait : Dufourni apportait quelque paperasse à Lapalette, celui-ci sortait ; Blanblan les rejoignait sans tarder, en ayant l'air d'obéir à une douloureuse nécessité.

Lapalette, mégalomane par fonction, avait épousé une demoiselle à nom noble. A force de vanter faussement les hautes relations de sa femme, il avait fini par devenir, pour tout de bon, le cocu mondain. Il faisait ostentation de la qualité de son encornage.

Madame Blanblan, seule toute la journée, sans enfants, sans occupations, ne pouvant mettre aucune fantaisie dans l'emploi des deux cent cinquante francs mensuels du ménage, traînait sa vie dans un ennui exaspéré. Le soir, son mari ne savait que parler du bureau et des péripéties des guerres coloniales relatées par *le Petit Journal*. Il se montrait des plus ferré sur la valeur comparée des officiers de chaque nation européenne. Il prouvait que les Allemands ne s'étaient pas conduits d'une façon délicate en 1870, et il établissait pareillement que les

Anglais, en Afrique, n'apportaient pas l'élégance voulue dans leurs tueries ; les Français seuls dégringolaient leur monde honnêtement. Et madame Blanblau passait six heures de la journée à sa fenêtre et sa seule espérance était que Jadot eût été fortement embêté ou que les nouvelles de la guerre fussent détaillées et sanglantes, sans quoi la soirée serait encore bien morne. Jusqu'à ce qu'un jour, en face, de l'autre côté de la rue, vînt habiter certain officier de la caserne du Château-d'Eau. Et Blanblan devint le cocu patient.

Quant à Dufourni, il était de l'espèce plaintive. Il avait une longue tête mélancolique. Son mariage avec une ouvrière en passementerie, qui travaillait dans un atelier et décrochait bel et bien ses trente-cinq sous par jour, avait été heureux pendant deux ans. Une vraie existence de chef de bureau : madame « avait son jour » : elle n'allait pas à l'atelier le vendredi et donnait du thé à cinq heures. Puis, tout d'un coup, madame avait fait mille farces dont il avait gémi sur tous les tons. La dernière était exagérée : pendant que le service retenait son mari au ministère, madame Dufourni avait filé avec un amant et s'était approprié tout le mobilier; entre les quatre murs du logement, elle n'avait pas laissé une épingle. Dufourni, rentrant le soir pour dîner, fut douloureusement ahuri ; mais le comble fut que la concierge voulut lui soutenir qu'il n'avait jamais habité dans la maison ! Il avait reculé jusqu'à la rue, s'était assuré du numéro de l'immeuble, l'avait confronté avec ses cartes de visite...

Les trois cocus étaient de haute taille ; dans un angle du couloir, leurs trois têtes se penchaient lourdes l'une vers l'autre. Le drap bleu et les boutons de métal blanc de Dufourni tranchaient auprès des jaquettes noires des deux employés.

— Le sénateur, ami de ma femme, est revenu ; elle m'a parlé de différents projets du gouvernement, disait Lapalette d'un air mystérieux et admiratif.

LEURS TROIS TÊTES

— J'attends que le régiment quitte Paris, disait Blanblan, le menton contracté, les bajoues menaçantes. Ah ! si je n'étais pas paralysé par le respect de l'uniforme ! Mais je ne peux pourtant pas attaquer l'armée.

Dufourni prit la parole :

— Je suis encore retourné à la maison et j'ai dit à la concierge : « Voyons, vous êtes madame Tupin ; depuis cinq ans, presque tous les jours, j'entrais dans votre loge. » Sa tête a dû faiblir tout d'un coup. « Cherchez bien, lui ai-je dit : Dufourni, Du-four-ni, garçon de bureau au ministère. » Alors elle s'est rappelée et elle m'a indiqué : « Au troisième, la porte à droite. » Mais elle jure n'avoir vu sortir aucun meuble.

Des collègues passaient dans le couloir : les trois cocus saluaient gravement de la tête, comme des gens qu'une distinction commune met à part.

Quand Blanblan et Lapalette furent revenus devant leur table, importants et dignes, quelqu'un frappa à la porte du bureau. C'était une marchande de cravates. Agée de quarante-cinq ans, brune, grisonnante, un carton au bras, depuis des années qu'elle « faisait les administrations », son visage avait pris des ressemblances avec celui de certains vieux employés : un front trop bombé, des joues mortes, un nez et une bouche comme ébahis et respectueux. Toute sa personne portait des reflets de vieux mobilier poussiéreux, inutile à la vie.

ELLE N'AVAIT PAS LAISSÉ...

Son costume noir était un chef-d'œuvre de réparations ; du génie conservait à cette misère un air convenable, habillé, administratif. La robe surtout, l'accessoire principal, avait quelque chose d'humain, de souffrant ; là, devait être tout l'amour-propre de la femme ; elle devait soigner sa robe en secret, avec des ménagements de tendresse, de pudeur, comme une vieille compagne avec qui l'on avait obstinément peiné, interminablement monté des étages, attendu, essuyé des refus.

Blanblan, Thomas et Minet s'étaient tournés vers la porte ; les autres regardaient par-dessus leurs fortifications. La marchande, avec un coup d'œil sûr, se dirigea vers Minet, le plus jeune du bureau :

— Monsieur, j'ai une nouveauté en bleu : le bleu doit vous aller très bien.

Gracieusement, elle présentait ses modèles.

— Voyons, Minet, soyez galant ! cria Lapalette, debout.

— Madame, méfiez-vous de Minet, ne vous approchez pas trop, ce ne serait pas la première cravate qu'il aurait chiffonnée ! lança Moudur.

— Il ne se possède pas devant les charmes du beau sexe, assura Blanblan, avec une grimace canine.

La femme souriait à ces messieurs, charmée, appréciatrice des jeux délicats de l'esprit. Son dos exténué, d'une anatomie osseuse et tourmentée, ressemblait à celui de Thomas. Elle se penchait vers Minet, qui refusait d'un air bête, à la façon d'un novice troublé par des propositions indécentes.

— Voyons, monsieur, treize sous, c'est bon marché... et nous sommes au commencement du mois.

Il n'y avait rien à espérer. Elle alla vers Marcelin, et, avec un ton de considération :

— J'offrirai à monsieur des cravates noires ; je n'ai pas encore eu l'avantage de faire l'article à monsieur... En voici de larges, c'est le genre sous-chef, beaucoup de ces messieurs en sont très contents.

Les plaisanteries continuèrent.

— Monsieur Gayard, marchandez... vous savez, prime secrète à tout acheteur..

— Il faut un essayage, on va vous prêter le paravent.

La femme souriait, tendait sa joue plate, baissait le dos.

Marcelin avait justement besoin d'une cravate, mais la moquerie des collègues le gênait. La femme sentait cette hésitation et, sans cesser d'agréer la fine gaieté de ces messieurs, elle concentrait toute sa persuasion. Les modèles chatoyaient artistement sous ses doigts habiles, qui tremblaient un peu d'être près de réussir. Marcelin consentait à toucher :

— Oui, elles ont un certain cachet...

Moudur quitta sa place et vint s'accouder à l'éléphant.

— Moi, il m'en faut, des cravates, dit-il dans une bouffée de cigarette.

La femme, les collègues, tout le monde le regarda. Il fuma un peu, sans se presser.

— Mais je me réserve, j'attends... Je veux de celles que vous ferez avec l'étoffe de votre robe.

Un rire unanime dégorgea brutalement.

Si habituée que fût la femme, la rougeur d'un coup de fouet passa sur son visage. Elle sourit. Il n'y avait plus de chance de décider Marcelin. Elle remballa sa marchandise.

— Allons, messieurs, je reviendrai ; ce sera pour une autre fois, fit-elle avec cette politesse qui contient des excuses et des remerciements.

Son carton au bras, les mains ramenées comme frileusement l'une sur l'autre, elle inclina dans une révérence sa tête vieillissante aux méplats usés et ses épaules lasses.

LA MARCHANDE DE CRAVATES.

— Vous ne la connaissiez pas, monsieur Gayard? cria Lapalette.

— En voilà une qui en a fait des farces ! gronda Blanblan.

— Il paraît qu'elle a été assez jolie, dit Moudur.

Marcelin et Lapalette vinrent auprès de ce dernier, resté adossé à l'éléphant : ils formèrent un cercle avec Blanblan et Minet, assis sur le bord de leur table.

— Oui, elle s'en est payé, dit Lapalette. Cela a commencé par un gros bonnet qui la demandait dans son cabinet et menaçait de lui interdire l'entrée de l'administration si elle ne se laissait pas perquisitionner ! Puis, quand elle tombait sur un employé seul, il l'enfermait, il la gardait des heures, jusqu'à ce qu'elle pleurât trop fort. Une fois, au service des transports, elle arrive un jour de demi-congé, il n'y avait d'employés que dans un bureau, tout le reste était vide, pas de chefs... Ils étaient six, ils ont voulu la déshabiller, ils l'ont mise en guenilles, et, tordez-vous, ils l'ont badigeonnée secrètement avec l'encre grasse à tampon !

— Ah ! zut ! fit Blanblan se tapant sur la cuisse ; elle a dû garder ça longtemps !

— Rien de meilleur pour éviter les crevasses, dit Moudur, apointissant son profil simiesque.

Minet taquinait son nez et les poils follets de ses joues malsaines. Thomas ralentissait sa plume ; une lueur passait sur son visage terreux.

— Quand on vendrait cinq ou six cravates par jour, qu'est-ce qu'on peut gagner à ce métier-là ? interrogea Marcelin après être resté un instant à se mordre le pouce et à évoquer, lui aussi, les effets de l'encre indélébile.

— Mais, rien du tout ! fit Blanblan avec une brusquerie qui secoua ses bajoues : ce n'est pas un métier, c'est un prétexte...

— Certainement ! dit Moudur, la bouche derrière une petite glace empruntée à Minet. On rit, mais, tout de même, c'est dégoûtant cette espèce de mendiante qui vient traîner dans les bureaux.

Jadot feuilletait et refeuilletait des papiers sans les examiner.

— C'est étonnant ce qu'il y a de vice dans le peuple ! dit-il d'une voix musicale, profonde, le plus sérieusement du monde.

— Vous en convenez ! cria Blanblan, impétueux : eh bien, monsieur, pareille chose ne se produirait pas si l'on n'élevait pas le peuple sans religion.

— Et puis, déclara Marcelin avec un geste d'attaque, il n'y a rien de tel que les conseils de certains amateurs de liberté pour jeter les gens dans les pires désordres ; je ne vous l'envoie pas dire.

— Et le régime, monsieur ! fit Lapalette avec hauteur : depuis la république, il n'y a plus de mœurs.

Ils étaient tous les trois très excités.

IV

Marcelin avait deux mille francs d'appointements par an. Il apportait des travaux supplémentaires qui l'occupaient le soir jusqu'à onze heures; quelquefois, sa femme les finissait dans la journée. Avec les gratifications, le casuel pouvait se monter à douze cents francs. Et l'on vivait.

A six heures moins le quart, ponctuellement, Marcelin rentrait ; il posait son chapeau sur le lit, s'asseyait, et Lucette lui sautait au cou. C'étaient de longues caresses rieuses, puériles, et les mêmes questions se répétaient :

— As-tu bien mangé à déjeuner? Tout s'est bien passé à l'école? A quoi as-tu joué?

Dans cette école, on jouait toujours à « faire des visites », ou bien à la dame qui engage une bonne en minaudant, puis qui la chasse avec toutes sortes de malédictions.

A six heures et demie, on se mettait à table dans la cuisine. Lucette parlait de ses compagnes. Les parents les connaissaient sans les avoir vues. Marcelin ne manquait pas de demander, avec un intérêt particulier, des nouvelles de Rose Ballon, la fille d'un officier de paix, et de Marie de Baher, la fille d'un changeur.

A son tour, il parlait des collègues du bureau que sa femme et Lucette connaissaient aussi très bien, uniquement par ouï-dire :

— Toujours les mêmes discussions avec Jadot, disait-il en haussant les épaules, comme un maître qui désespère d'améliorer un élève bouché.

— Et ce pauvre Thomas? questionnait sa femme.

— De plus en plus paperassier ; je n'ai jamais vu un tel amour du papier ; il n'en jette jamais. C'est au point qu'il plie soigneusement et fourre dans ses tiroirs les carrés qui ont enveloppé son brie, sa côtelette panée ; il y en a des monceaux depuis un temps infini ; cela ne sent même pas bon.

— Je trouve qu'on n'a jamais trop d'ordre et que toutes les économies sont utiles, disait sentencieusement madame Gavard : seulement, il devrait emporter ces papiers chez lui.

Sur ces mots : ordre, économie, elle partait à raconter des histoires concernant certains locataires de la Boîte aux gosses que son mari n'avait jamais rencontrés. Tout d'un coup, son visage se pinçait et l'on devinait des sous-entendus dans sa voix où sifflait le sarcasme.

— Tu sais, ça va bien, à côté... on étrenne une robe neuve ; toute la bande a des tabliers.

Après le dîner, Lucette montait au sixième étage travailler son piano chez mademoiselle Tourneur, une vieille fille de trente ans.

Le lendemain de l'emménagement, lorsque madame Gayard, en bonne commère, avait fait le recensement des locataires chez le concierge, elle avait dit : « Tiens! une maîtresse de piano ! voilà un voisinage qui peut être commode pour nous et très avantageux pour cette personne-là. » Et elle avait rendu visite à la demoiselle. En voyant la misérable chambre du sixième, elle avait dicté ses conditions, sans en démordre. On s'était accordé à cinquante centimes l'heure, deux soirs par semaine ; les autres soirs, Lucette aurait le droit d'étudier pendant une heure, gratuitement.

LA PIANISTE JOUAIT SANS INTERRUPTION...

Cet arrangement si juste amusa beaucoup Marcelin.

Ce n'était pas tout : madame Gayard comptait bien que la demoiselle e regar-n derait pas à donner une demi-heure en plus, de temps en temps. Malheureusement, la pianiste devait se rendre, chaque soir, avant huit heures et demie, dans un café-concert où elle servait d'orchestre. Alors, « en compensation », on lui demanda des billets de faveur.

Deux fois par mois, au bureau, Marcelin, réfléchissant, disait tout haut, d'un air dépensier :

— Voyons, ce soir, nous sommes libres.. J'ai envie de mener ma femme et ma fille au concert.

C'était une fête. Des acteurs comiques représentaient l'ouvrier toujours en goguette et qui ne veut pas travailler, le soldat écrasé de corvées bouffonnes, l'étranger ridicule et odieux. Marcelin riait largement. Il aurait eu le goût des distractions intellectuelles ; aucun trait ne lui échappait ; son esprit s'affûtait et l'on aurait pu retrouver Gavroche sous les traits du visage qui se dégrossissaient.

La pianiste jouait sans interruption, de huit heures et demie à minuit et demie. Elle ne se levait pas une fois, elle ne laissait pas un instant tomber ses bras. Pas un instant ses coudes pointus ne cessaient de remuer, comme des moignons d'ailes; pas un instant son dos arrondi ne se redressait, sa poitrine rentrée ne se regonflait, sa nuque tendue ne se reposait, son menton, ni son nez coupants ne cessaient de fouiller les portées imprimées. Pas un instant, la musique ne cessait de filtrer dans son corps utilisé en entier. Son visage crispé, où la bouche semblait interminablement vomir l'âme du piano, n'était pas impressionné par le chant des acteurs, ni par les acclamations, ni par les rires de la salle; pas plus que le visage d'un supplicié ne prend le reflet du ciel bleu.

Vers la fin de la soirée, la bête à musique haletait comme une rosse qui ne finira peut-être pas de gravir une côte. Le public la croyait emballée au point de scander son propre jeu avec ses épaules à soufflet et son cou à rallonge. Alors, Marcelin, en se calant dans son fauteuil où la fatigue le gagnait malgré des changements de position, disait à Lucette avec un sourire attendri :

— Hein! ma chérie, quand tu joueras du piano de cette façon-là!

V

Quand Marcelin arriva chez lui, le jour de la visite de la marchande de cravates, une forte odeur de brûlé emplissait le logement; l'armoire était grande ouverte dans la chambre à coucher, les tiroirs de la commode étaient tirés dans la chambre de Lucette; du linge, des vêtements s'étalaient sur son lit.

— Ah bien! le dîner n'est pas prêt, cria madame Gayard de loin, avec une feinte brusquerie.

Et elle ajouta sur un ton de surmenage où perçait une joie intense :

— Je suis toute sens dessus dessous, j'en ai laissé sauver ma soupe! Figure-toi que Lucette est invitée à passer l'après-midi, demain, chez Rose Ballon!

— Mais, oui! crois-tu? disait Lucette ravie. Et Marie de Baher aussi est invitée.

Marcelin s'assit le visage rayonnant, sans se débarrasser de son chapeau ni de sa serviette :

— Hein! dit-il en caressant les cheveux de Lucette, tu vois l'avantage d'être bien élevée, d'avoir de bonnes manières?

— Voilà la vie! ma fille, reprenait madame Gayard, si l'on se tient du côté des gens posés, ils se font un plaisir de vous tendre la main.

Lucette s'imbibait de ces sages paroles, exactes et révélatrices; toute droite devant son père, elle ouvrait de grands yeux réfléchissants et serrait les lèvres d'un drôle d'air appliqué.

Dans la cuisine, Marcelin avait sa chaise immuablement placée contre le mur, près de la fenêtre, avec le panier à bouteilles par terre, à portée de la main. Il dînait en chemise de nuit, avec un gilet semé de larmes graisseuses. Sa femme, en vieux peignoir déteint, s'asseyait en face de lui, le dos tourné à la cuisinière allumée. Lucette avait sa place au bout de la table, du côté de la porte; elle était toujours « en toilette ».

Par la fenêtre ouverte, on apercevait la façade de la « Boîte aux gosses », couleur de toile d'araignée, et les ouvertures étroites, rapprochées, ornées de cages, de pots ébréchés, de linges innommables. Ce soir-là, il faisait une chaleur insupportable et l'on mijotait dans l'odeur de brûlé, dans les parfums alcalins et les roussissures d'oignons qui venaient de la cour.

Marcelin et sa femme avaient un air aisé, avantageux; ils émettaient des suppositions mirifiques sur l'appartement, le genre, les habitudes des parents de Rose Ballon.

La soupe à la purée de pois sentait le cuir grésillé; il y avait ensuite un ragoût de mouton, trop gras et qui fleurait le suint.

Lucette levait les dents avec peine : elle aurait aimé des légumes verts, de la viande maigre et rôtie. Elle était blanche et frêle, sa pâleur tendre rappelait celle des nouvelles accouchées qui ont besoin de se refaire du sang. De l'eau perlait à son front, qu'elle essuyait de la main, en lissant ses cheveux. Pour ne pas s'appuyer sur la table, elle devait, de temps en temps, remonter ses épaules disposées à s'arrondir.

Madame Gayard exhala un soupir hypocrite :

— Il te faut encore des bottines, pour demain! tout l'argent est pour mademoiselle Lucette. Je ne sais trop comment nous allons faire, après les frais de ta première communion et l'achat de ton piano.

Marcelin enveloppa Lucette d'un sourire ineffable :

— Oui ! tout pour sa fille !

Depuis quelques semaines l'on possédait enfin ! un piano, fourni par une maison de crédit spécialement dévouée à messieurs les employés des administrations publiques.

— Voyons, Lucette, reprit madame Gayard, n'épluche donc pas comme ça ce que tu manges. Tu en laisses la moitié. Et je n'ai pas fait de salade ; vous comprenez : quatre sous, une romaine !

Mais la sollicitude de Marcelin garda sa belle élévation ; il recommença à s'extasier sur cette chance que Lucette eût été prise en amitié justement par l'élève la plus distinguée de l'école. Et, décidément l'on ne parla plus d'autre chose que de l'invitation, de ses conséquences incalculables et des frais de toilette indispensables. Cela permit à Lucette de laisser son dîner sur son assiette.

Elle dormit mal, agitée par toutes sortes d'imaginations. Le lendemain matin, au moment de partir pour le bureau, son père l'embrassa encore plus tendrement que d'habitude, en disant :

— Tâche de bien te présenter ! pense que monsieur Ballon est un fonctionnaire important.

Et, comme elle avait les joues fiévreuses, il ajouta de tout cœur :

— Choisis les plus jolies bottines... bien ajustées...

Lucette sourit, résignée à la gêne élégante des chaussures de cérémonie. Puis, sa mère, aussitôt, rivalisant de zèle affectueux, l'installa au piano, « car il fallait pouvoir jouer un morceau par cœur ». Pendant les quatre heures de la matinée, les exhortations bienveillantes ne faiblirent point :

— Recommence, ma chérie, je tiens tant à ce que tu paraisses avantageusement !

Vingt fois, cinquante fois, Lucette « recommença » ; son dos en était tout endolori, sa respiration coupée, sa bouche pâteuse et fade.

Enfin, sa maman cria :

— Allons, ma chérie, à table : nous allons finir le ragoût.

Les parents de Rose Ballon habitaient boulevard Beaumarchais. Madame Gayard conduisit Lucette et, en chemin, elle ne cessa de prodiguer les considérations solennelles :

— Ma fille, il y a quelque chose de changé dans ton existence. Aujourd'hui, tu fais ton entrée dans le monde.

Elle essaya d'expliquer que « le monde » c'était les gens qui comptent, dans la société. Dans sa préoccupation, elle faillit se laisser écraser, avec sa fille, par l'attelage d'un charretier qu'elle n'avait pas

CE FUT UNE BONNE VÉRITABLE...

remarqué, en effet, malgré des cris d'avertissement.

— Si on te demande par qui tu as été amenée, tu diras : « Par la bonne ! »

Ce fut une bonne véritable, avec un tablier blanc, qui ouvrit la porte à Lucette. Tout de suite, celle-ci fut éblouie de se trouver dans une entrée spacieuse, ornée d'un porte-manteau imitant une panoplie, puis de pénétrer dans un vrai salon dont un épais tapis cachait complètement le parquet.

Rose Ballon, sa mère et Marie de Baher étaient assises près de la fenêtre. Après quelques paroles de bon accueil et une remarque sur la mine pâlotte de Lucette, madame Ballon dit à sa fille :

— Eh bien, emmène tes amies dans ta chambre, vous serez plus libres.

Elles coururent, en se tenant par la taille. Rose montra des poupées avec lesquelles elle ne jouait plus, des livres superbement reliés qu'elle ne lisait pas, une papeterie et un cachet en argent, à ses initiales, dont elle ne s'était jamais servi.

LA BONNE APPORTA LE GOUTER.

Elle sortit de son armoire à glace de fines lingeries neuves que l'on réservait déjà pour son trousseau de mariage.

Et ces demoiselles babillèrent, penchées, mêlant leurs cheveux, délicieuses et déjà médisantes. Rose et Marie se moquaient de toutes les condisciples du cours à cause de leurs toilettes trop simples et des professions inférieures de leurs parents. Lucette, à qui ces mêmes condisciples n'avaient pas déplu jusqu'alors, riait pourtant des traits dédaigneux qui les déchiraient et sentait sa disposition changer à leur égard. Le temps lui semblait s'envoler d'une façon particulièrement agréable et même profitable.

— Si nous retournions au salon faire de la musique? proposa Rose.

Lucette ayant avoué qu'elle ne savait pas danser, madame Ballon l'engagea vivement à cultiver l'art indispensable de la danse. Elle s'échauffa, se mit à tapoter des mesures, si bien que Rose et Marie apprirent la valse à Lucette en quelques minutes.

A quatre heures, il y eut une nouvelle envolée vers la chambre de Rose. La bonne apporta le goûter : de petits gâteaux, des cerises et du sirop. Lucette fut ébahie par la façon impérieuse dont Rose demandait les choses à la bonne et par les observations blessantes qu'elle trouvait toujours à faire.

Rose raconta que, parfois, on amenait au commissariat des bonnes accusées d'avoir volé. Son père était terrible pour cette engeance : elles avaient beau se mettre à genoux, pleurer, tendre des mains suppliantes, invoquer leur abandon, la misère de leur esclavage, il s'opposait à ce que les patrons retirassent leur plainte. Une petite Bretonne, âgée de dix-sept ans, s'était pendue dans le violon ; elle avait volé une chemise, la veille de son mariage.

Et papa répète toujours : « Surtout ne leur donnez pas de certificat ; elles ne pourront plus se placer ; la Préfecture se chargera de leur en délivrer un, spécial... » Et il y a encore d'autres femmes plus abominables que papa est obligé de poursuivre avec la dernière sévérité ; celles-là, par exemple, il y a encore moins d'excuses...

Lucette bayait, un gâteau à la main, étonnée et triste d'apprendre qu'il y eût tant de servantes criminelles et tant de méchantes femmes. Rose la ramena au salon et lui fit admirer le portrait de monsieur Ballon. C'était, dans un cadre de bois sculpté, une tête grandeur nature, qui rappelait l'effigie de Napoléon III frappée sur la monnaie : l'œil enfoncé, dur et vague, les cheveux rares, ramenés sur les tempes, l'impériale au menton. Lucette fut saisie d'un respect glacial.

Mais il était cinq heures et demie, et madame Ballon lui dit avec beaucoup d'amabilité :

— Mon enfant, Mélanie, va vous reconduire et vous nous ferez grand plaisir en revenant bientôt.

Arrivée au bas de l'escalier, Lucette respira largement, débarrassée d'une contrainte indéfinissable, éblouie agréablement par la clarté vivante du boulevard. L'instant où sa mère l'avait em-

UNE PETITE BRETONNE S'ÉTAIT PENDUE...

brassée là, à la porte, était lointain comme un souvenir d'enfance. Elle marchait, regardant les passants, les boutiques avec des yeux tout changés. Un phénomène déjà éprouvé se reproduisait : elle était contente et pourtant un regret pesait dans sa poitrine, des images étaient entrées dans son cœur et avaient chassé une partie de la confiance ignorante et douce.

Le long du chemin, elle préparait le compte rendu de son après-midi. Une sorte de crainte gâtait la charmante récapitulation : l'impression laissée par Rose donnant des ordres à la bonne n'était pas tout à fait heureuse, et du portrait imposant de M. Ballon s'échappaient des visions désolantes, celle par exemple, d'une petite Bretonne pendue, qui oscillait impassiblement devant tous les murs, en guise d'horloge.

Mais ces teintes nuageuses s'enfuirent aux approches de la maison. Et sa mère dégagea tout de suite l'essentiel de son récit :

— Quel bonheur ! l'invitation est renouvelée et tu sais la valse !

La première question de Marcelin rentrant du bureau fut :

— Eh bien, comment t'en es-tu tirée?

Il partagea le ravissement de sa femme. Ils se firent décrire minutieusement le confortable et l'élégance de l'appartement de M. Ballon, et ils contractaient leur visage d'un effort terrible, pour bien se représenter les choses. Lucette s'animait à prolonger ainsi ce premier contact de luxe ; de vagues désirs vaniteux et jouisseurs s'infiltraient en elle.

Au moment de se mettre à table, Marcelin salua jovialement, les pouces dans les poches de son gilet graisseux :

— Mademoiselle Lucette n'est pas seule à faire connaissance de gens chics. On s'est décidé à compléter le bureau : nous avons un nouveau collègue, un jeune homme qui ne restera pas longtemps expéditionnaire ; il s'appelle Deguy.

— Avec une particule? demanda vivement madame Gavard.

— Parbleu ! Son père est un industriel millionnaire ; il est fils unique ; on l'a placé dans l'administration, simplement pour lui éviter l'ennui de l'oisiveté.

Et Marcelin eut un cri de cœur :

— Ah ! c'est un chic garçon, et je vous promets qu'il ne moisira pas dans son grade !

Lucette, avec sa mine de jeune personne raisonnable, habituée à bien se tenir à table, ne perdait pas un mot de la conversation. Sa mémoire nota particulièrement le contentement extraordinaire causé par le brillant avenir du nouveau collègue. Lucette savait, par les conversations familiales, que son père, au contraire, devait rester toujours expéditionnaire et ne pouvait espérer qu'un avancement très limité. Elle l'épiait, mâchant béatement du bœuf coriace, son gros poing sur la table ; elle regardait les poignets retroussés de sa chemise de flanelle reprisée, son vieux gilet dégoûtant, son visage empâté par la quarantaine et ses cheveux déjà grisonnants aux tempes. Certes, elle aimait son père ainsi, tel qu'il était ; mais elle cherchait comment pouvait être le jeune homme si riche et si favorisé.

Marcelin fixa sa femme malignement :

— On raconte que Deguy dépense beaucoup en joyeuse compagnie : l'argent est l'argent, n'est-ce pas? il faut admettre

MARIE DE BAHER.

une certaine latitude chez ces fils de famille... Eh bien, je suis déjà dans les meilleurs termes avec lui ! La sympathie se déclare immédiatement : ainsi, du premier jour, j'ai bien vu que Lapalette serait le collègue avec qui je m'entendrais le mieux : pareillement, Deguy s'est montré tout de suite plus expansif avec moi qu'avec les autres. Pourtant, une chose m'étonne énormément : il a l'air de vouloir être très bien aussi avec Jadot.

Quelque temps après, Marie de Baher pria Lucette de venir passer un dimanche avec elle. Marie de Baher, la fille du changeur ! Pour le coup, les époux Gayard ne doutèrent plus d'être des gens de qualité.

Le seul ennui était que Lucette à son tour, ne pût recevoir ses deux condisciples ; mais cette invitation était absolument impossible « parce que l'on n'avait pas un véritable salon ; le piano, certainement, était un important commencement, mais cela ne suffisait pas ». Par bonheur, la santé médiocre de madame Gayard se pouvait présenter comme une excuse très acceptable. Marcelin s'en était assuré auprès de Lapalette :

— Tu sauras bien, ma petite Lucette, dire avec regret que ta mère est toujours souffrante et faire comprendre que, s'il en était autrement, nous organiserions, nous aussi, des réceptions.

VI

Du jour où fut publié le déshonneur de Phonsine, madame Gayard cessa de la connaître. Mais Lucette, en allant seule au cours, l'apercevait ; elles s'adressaient un bonjour de la tête.

Autrefois, quand Phonsine venait faire le ménage, madame Gayard avait toujours empêché que des paroles ne s'échangeassent entre sa fille et cette espèce de petite servante. Il en était résulté, entre les deux jeunes personnes, une réserve invincible d'amoureux extrêmement sauvages. Leur jeu de physionomie, du reste, était bien plus expressif que tous les discours.

Depuis « le déshonneur », le sourire de Phonsine vers Lucette naissait timide, teinté de tristesse, puis il s'élevait reconnaissant, adorateur. Le sourire de Lucette, brave et délicat, se donnait à plein, comme un baiser gagné, il aimait Phonsine de la tête aux pieds, il palpitait sur ses cheveux de chanvre fous, sur ses membres d'araignée, sur sa poitrine grêle.

Et il ne se passait guère de jour sans qu'un bienheureux hasard permît cet échange d'amitié, sous la voûte d'entrée, ou dans la rue, aux abords de la maison.

Lucette ne parlait jamais de ses rencontres, mais elle arrivait électrisée, ayant des accès d'espièglerie et de rire étrange, dénichant parfois ses poupées abandonnées pour leur becqueter le nez tendrement.

Puis, un dimanche qu'elle était accompagnée de sa mère, Phonsine se trouva en plein sur le passage. Madame Gayard tira sa fille, d'un geste précipité, ostensible, pour l'empêcher de se salir. La secousse fut si violente que Lucette eut peur et se gara.

Mais, une fois rentrée, elle pleura en cachette, dans sa chambre. Il était, en son cœur, un coin réservé où n'atteignaient pas les beaux enseignements restrictifs, refroidissants. Là, dormait le doux souvenir de la noiraude ; là, vivait, à l'égard de Phonsine, une émotion affectueuse que rien ne pouvait amoindrir. Madame Gayard, en jupon noir, tournaillait, un torchon à la main ; ses petits gestes silencieux et précis semblaient poser de la morale partout. Pour la première fois, Lucette eut cette impression fugitive que sa mère, sans cesse appliquée à de minuscules besognes d'ordre et de convenance, était sans gaieté, sans expansion, sans charité.

Pendant toute la semaine, Phonsine demeura invisible.

Plus de bonnes rencontres, aux abords de la maison. Le dimanche Lucette guetta obstinément, au lieu d'aller à la messe.

— Phonsine, vous êtes donc fâchée ? balbutia-t-elle en s'élançant, les yeux agrandis, humides.

Phonsine, surprise sous la voûte d'entrée, se recula, oblique, fuyante, avec un vague geste négatif.

— Alors, pourquoi vous cachez-vous de moi ?

Un regard peiné, sans illusion, répondit :

— Vous le savez bien. Cette demande est cruelle.

Mais la concierge sortait de sa loge, et s'avançait, stupéfaite, indignée :

— Comment ? Ce n'est pas assez d'être en retard de deux termes !...

Phonsine se sauva.

Une heure plus tard, madame Gayard, étant descendue, revint affolée. Sa fille, songeuse, assise près de la fenêtre, faisait du canevas ; son mari, en vis-à-vis, le front contracté par l'effort géant des éclosions, lisait le feuilleton du *Petit Parisien*.

ELLE PLEURA EN CACHETTE...

— Marcelin ! gémit-elle, nous ne pouvons plus rester ici, il faut déménager : voilà Lucette qui n'a pas craint de parler à cette abominable Phonsine ! La concierge l'a vue !

Le père et la fille abaissèrent, l'un son journal, l'autre son canevas, vers le parquet, du même geste brusque.

— Est-ce vrai ? réponds-moi ! ajouta

madame Gayard, tragique, la main gauche étendue sur l'épaule de Lucette, tandis qu'elle gardait au bras droit son panier à provisions d'où sortaient des têtes échevelées de poireaux.

— Oui ! fit Lucette émue, les paupières baissées, mais raidie.

— Et qu'est-ce que tu lui disais ? continua la mère, projetant son panier à bras tendu.

— Rien, mima Lucette, capable de se

MAIS, PETITE MALHEUREUSE...

laisser assommer plutôt que de proférer une explication..

Madame Gayard, accablée, tomba sur une chaise :

— C'est bien la peine de faire tant de sacrifices pour ton éducation !

Elle se releva aussitôt les deux bras élancés :

— Mais, petite malheureuse, j'ai dû supplier la concierge de garder le secret; si on savait cela, on ne te recevrait plus chez Rose Ballon, ni chez Marie de Baher.

Marcelin ne paraissait pas excessivement consterné ; pourtant, cette dernière considération l'assombrit.

— Alors, tu t'es arrêtée devant la loge ? demanda-t-il.

— Oui, articula Lucette, qui souleva les paupières et osa le regarder, lui.

— C'est la première fois, au moins ?

— Oui.

— Mais enfin, créature dénaturée, à quoi pensais-tu ? gémit encore madame Gayard.

Lucette resta inerte, fermée. Les paroles de ses parents n'avaient plus ni sens, ni vertu, quand elles voulaient accabler Phonsine.

— Tu vois, Marcelin, les dangers auxquels on ne pense pas, reprit madame Gayard après une pause. Je suis souffrante, je ne peux pas accompagner ma fille continuellement ; il le faudrait pourtant.

— Nous déménagerons, accorda Marcelin avec un mouvement d'épaules conciliant.

Six mois plus tard, on habitait rue Vieille-du-Temple, et Lucette avait une jolie chambre bleue, au deuxième étage, sur la rue.

VII

Les examens pour l'obtention du brevet élémentaire se passaient à l'Annexe de l'Hôtel de Ville. L'entrée était dans la rue de Brosse, entre l'église Saint-Gervais et le quai.

Ce jour-là, le 19 juin, vers quatre heures, la rue étroite et courte avait la tranquillité grise d'un quartier de province : aucune voiture n'y roulait, un taillandier y faisait entendre un bruit de travail sédentaire et monotone, une vieille femme lente montait les degrés de l'église ensoleillée. Tout d'un coup, à l'heure sonnante, une porte s'ouvrit, et ce fut l'animation riche et passionnée du plus cossu quartier de Paris : l'on sortait des salles d'examen.

Un tourbillon magique de jeunes filles : les chapeaux saisissaient d'abord la vue par une moisson éclatante de fleurs, de rubans et d'aigrettes ; puis, se détaillaient les chevelures brunes et les peaux mates, les cheveux d'or et les teints éblouissants ; puis, un autre mélange de nuances vigoureuses était offert par les corsages et par les jupes sertissant artistement le

REÇUE ! ANNONÇA-T-ELLE...

la magnificence des yeux heureux et des yeux tristes. Enfin, une odeur, une atmosphère toute délicate, toute féminine, intimidante et excitante pour l'homme, emplissait la rue : c'était, dans l'air, une essence capiteuse de luxe et de virginité.

galbe des poitrines et les rondes souplesses de la taille. Et il n'y avait pas que la féerie des couleurs et des lignes : un gazouillis de volière accompagnait à l'infini une harmonie de révérences, d'ondulations, de signes gracieux où miroitait

Marcelin, en redingote et en chapeau de haute forme, attendait Lucette. Il jouissait d'une sorte d'orgueil sensuel par tous ses pores et par toute son étoffe. Adossé à une devanture, il observait une demi-douzaine de créatures qui rôdaient autour de la foule, sous le prétexte de vendre des bouquets de deux sous, et il ne leur en voulait pas d'être là, en repoussoirs.

Lucette se jeta à son cou :

— Reçue ! annonça-t-elle avec une joie folle.

Elle prit son bras et, grisée, raconta, dans un débordement de paroles précipitées, qu'elle avait obtenu trente-huit points sur quarante qui était le maximum.

Au milieu de la beauté générale, des étoiles brillaient : quelques jeunes filles se détachaient par un charme spécial. Lucette était de celles-là : non pas qu'elle fût une des plus jolies, mais son visage était des plus expressifs, par son reflet céleste, par la fraîcheur neuve du sourire, par la bonté touchante du nez petit, arrondi. Très droite, très mince, les hanches marquant agréablement, elle avait un pas court, bien posé, et un imperceptible balancement de fleur.

MARCELIN L'EXAMINAIT JOVIALEMENT.

Le père et la fille tournaient autour des groupes éparpillés. Ils n'étaient pas pressés de s'en aller : tant qu'ils se trouvaient devant l'Annexe, ils appartenaient à cette élite pour laquelle, en ce moment, l'examen était la chose la plus passionnante de toutes. Tant que l'on n'aurait pas quitté la foule, Lucette était une candidate primée, cela éclatait aux yeux ; elle était l'égale des jeunes filles les plus privilégiées, réunies là.

— Un petit bouquet ! monsieur, mademoiselle... deux sous...

C'était Phonsine. Elle était vêtue d'un costume noirâtre, comme décousu et aplati ; sa robe pendait d'un côté ; ses cheveux désordonnés et criards cachaient son front ; sur toute sa personne pesait une vieillesse de souillure. Sa bouche fripée, ses yeux coulissés, sa voix au traînement éraillé semblaient appeler autant la débauche que la charité.

Dans le saisissement simultané, Lucette s'empourpra comme une personne prise en faute, et Phonsine se recula, médusée. Ce fut Marcelin qui s'avança vers elle, exubérant, amical, ayant besoin de publier son bonheur :

— Ah ! bonjour, vous êtes par ici ?... nous... vous voyez, mademoiselle Lucette vient de passer son brevet élémentaire, elle est reçue du premier coup, avec trente huit points sur quarante... et pourtant l'examen n'était pas facile.

Lucette et Phonsine baissaient les yeux, horriblement gênées. Phonsine avait laissé tomber sa main qui offrait des fleurs. Marcelin l'examinait jovialement ; il reprit avec vivacité :

— Oui, oui, un bouquet...

Il donna une pièce de dix sous

— Tenez, gardez... pour vous.

Phonsine, la main tremblante, eut à peine le temps de balbutier un remerciement honteux : brusquement, Marcelin cessa de la connaître, il l'écarta du coude, l'effaça de son large dos, et sépara Lucette en disant avec empressement.

— Ah ! voilà tes deux amies, Rose et Marie.

Il y eut des embrassements, des exclamations, un babillage passionné : elles étaient reçues aussi !

Mais sur le chemin de la maison, Lucette devint pensive : est-ce que sa seule amie n'était pas Phonsine ?... Puis des horreurs se dessinaient; quel pouvait être le sort actuel de Phonsine ?

Elle était descendue de son nuage ; son succès d'examen lui causait même une sorte de remords.

Son père, qui la serrait à son bras, redressait vers les passants un front bienveillant, éclairé. Il lui semblait que beaucoup de personnes regardaient Lucette avec intérêt, devinaient sa réussite, son mérite. Il répondait mentalement :

— Oui, c'est ma fille ! nous sommes les maîtres du monde.

Il aurait payé cher pour rencontrer un de ses collègues.

La concierge se trouva dans l'escalier ; après lui avoir dit bonjour, il ne put se tenir d'ajouter :

— Beau temps, un peu lourd pour passer des examens... Tout de même, mademoiselle Lucette a réussi brillamment : trente-huit points sur quarante.

Madame Gayard vint ouvrir et, voyant son mari se permettre d'entrer dans la pièce réservée, à usage de salon et de salle à manger, elle s'écria :

— Lucette est reçue !

Marcelin garda son chapeau de haute forme sur la tête et raconta son attente, la sortie des candidates, les difficultés de l'examen. Il se carrait au milieu du tapis, en face des doubles rideaux, et ses paroles faisaient beaucoup d'effet ; on comprenait qu'il n'aurait pu dire ces choses passionnantes dans la cuisine ou dans la chambre à coucher. Et soudain, enlevé par la sublimité du mot, il atteignit à la perfection majestueuse et empoignante quand il évoqua le Diplôme. Le Diplôme à faire encadrer ! Le Diplôme à montrer à tout venant ! Le Diplôme à placer le plus en vue possible, là, au-dessus du piano !

Madame Gayard, hypnotisée devant l'endroit du mur où serait le Diplôme, avait joint les mains, inconsciemment, sur les cordons de son tablier.

Lucette, gantée, souriante, un peu gênée, comme en visite, ajoutait seulement de courtes phrases au récit de son père. Quand elle eut quitté le salon pour aller se déshabiller, Marcelin descendit à l'accent méditatif :

— As-tu remarqué ? à peine dirait-on que Lucette est contente ? Du reste, c'est très bien : on a la joie calme, dans un certain monde.

Le lendemain, en arrivant au bureau, il distribua des poignées de main avec effusion :

— Messieurs, ma fille a réussi ! Elle a son diplôme.

Les collègues firent entendre un chœur de félicitations sincères. Debout devant sa table, il remercia et s'excusa de son émotion :

— Vous comprenez, c'est un grand bonheur pour un père... Maintenant, ma fille peut s'avancer dans la vie... Elle a ce qu'il faut.

Il s'assit et, la plume légère, se mit à son travail d'expédition. Il moulait son écriture, il trouvait un charme à aligner ces phrases par lesquelles le formalisme bureaucratique temporise, arrête les espérances, noie les efforts « ... J'estime cependant qu'il y aurait lieu de surseoir... » Il s'étalait sur sa table, s'appliquait, s'appuyait avec jouissance sur le papier, comme s'il eût voulu ajouter le poids de son corps à l'étouffement des paragraphes.

Mais, bientôt, une sorte de fermentation le contraignit à se remuer, à aller dans les bureaux voisins proclamer son enrichissement. Il commença par porter des copies de statistique au sous-chef, M. Brocus, chargé spécialement de la vérification des travaux supplémentaires. En passant, il dit bonjour à Dufourni, d'une façon inaccoutumée, importante et protectrice.

M. Brocus était un petit homme de cinquante ans, verdâtre, chafouin, qui semblait empalé sur un pivot, au milieu de son fauteuil trop large. A chaque remise du travail, invariablement la même scène se produisait. Marcelin posait son cahier de statistique sur la table et attendait. Le sous-chef oscillait sur son pivot, serrait les sourcils et contemplait fixement pendant cinq minutes, la page écrite. Puis tout d'un coup, très grave, suffisamment infusé, il redressait la tête, avançait l'index sur un titre de colonne et demandait :

— H. P. veut dire Hôpital, n'est-ce pas?

— Non, monsieur : Hors Paris.

Pas une seule fois, depuis plusieurs années, Marcelin n'avait manqué d'entendre la même question, ni de faire la même réponse.

M. Brocus secouait la tête d'un air entendu, repoussait le cahier, puis virait d'un quart de cercle, sur son pal :

— Quel âge avez-vous, monsieur Gayard? demandait-il d'un air de profonde appréhension. Et les accès de virilité ? toujours présents ? réguliers ?

— Toujours, monsieur, répondait Marcelin, modeste et déférent.

— Ah ! vous verrez... C'est extraordinaire, moi ! à chaque classe, à chaque promotion, j'ai diminué ! Le jour même, monsieur, où paraissait mon avancement

MONSIEUR BROCUS.

sur le *Bulletin officiel*, j'avais moins de... de présence !

Et la conversation en restait là.

Cette fois, Marcelin fit part à son supérieur du succès de sa fille.

— Ah diable ! dit le sous-chef, c'est une date !... mais justement, remarquez bien... prenez garde que cela n'influence... votre régularité masculine.

Ensuite, Marcelin se rendit à la Comptabilité, au Contentieux, à l'Enregistrement général, au Secrétariat et au Visa. Dans chaque bureau, il serrait la main du collègue qu'il connaissait et lui demandait des nouvelles de l'état des gratifications ; puis, tout d'un coup, il haussait la voix de façon à être entendu des autres.

— Ah ! j'oubliais : ma fille a obtenu son brevet de capacité dans des conditions exceptionnelles : trente-huit points sur quarante.

Au Contentieux, son ami était un antique expéditionnaire nommé Philibert, qui venait d'être mis à la retraite. Il finissait son dernier mois.

Marcelin le trouva maniant des porte-plumes emmanchés de plumes neuves qu'il affûtait les unes après les autres sur de petites limes et sur des pierres humides, tandis qu'une feuille de papier réglé séchait, couverte de jambages énormes.

— Tiens, que faites-vous donc ? demanda Marcelin.

— J'apprends à écrire, dit le vieux scribe avec sérénité.

Marcelin fut très vexé. Le grand succès de Lucette n'émut aucunement Philibert ; il ne s'arrêta pas de crachoter sur ses pierres, de frotter ses plumes et de les essuyer à sa calotte, du geste rapide d'un singe qui se gratte.

Après le déjeuner, Marcelin accrocha, dans le couloir, le jeune et riche collègue Deguy ; il se pencha sur lui, et le fit marcher à petits pas :

— Mon cher, je considère surtout que ce diplôme achève de donner à ma fille un certain rang.

Il se sentait aussi privilégié que Deguy et tenait à lui persuader qu'il était de son monde et de son parti. Deguy, beau garçon, brun, aux traits fouillés, fort élégamment habillé, souriait, un peu moqueur, et répétait : « Certainement... je vous félicite... » Il aurait bien voulu se dégager, mais Marcelin ne le lâchait pas :

— Au point de vue de l'éducation, le plus grand honneur revient à sa mère ; moi, j'aurais eu volontiers certaines idées dans le genre de celles de Jadot. Mais ma femme a été stricte, elle a eu raison : il faut envisager l'avenir, avant tout...

Le jeune Deguy finit par demander :

— Quel âge a votre fille !

— Pas encore dix-sept ans.

— Ah ! fit-il en considérant la taille et la physionomie de Marcelin.

Puis il ajouta :

— Nous allons rentrer, si vous voulez, car voici l'heure de la conférence des cocus, et nous les gênerions dans le couloir.

Marcelin se remit enfin au travail après une interruption d'environ quatre heures.

Une voix retentit dans le couloir, quelqu'un s'arrêtait devant la porte. En un clin d'œil, tous les employés furent méritoirement courbés sur leur papier ; tous, la plume à la main, mettaient des points sur des *i*, ou rallongeaient des virgules. Mais on reconnut le timbre du collègue Cadouran : une voix de nez, à vibration de clairon. Les têtes se redressèrent. En effet, Cadouran ouvrit la porte.

C'était un colosse haut de six pieds, ayant tout à fait l'aspect d'un marchand boucher : une face tauresque, d'épais cheveux blonds frisés ; la chair de ses joues envahissante repoussait et faisait remonter le bout de ses oreilles ; deux gros bourrelets sanguins roulaient à sa nuque, s'écrasaient sur l'encolure de son vêtement. Au bout de ses bras plus volumineux que le corps d'un enfant, s'écartaient des mains extravagantes. Les porte-plumes ordinaires, trop menus, s'échappaient de ses énormes doigts poilus ou bien les plumes s'écrasaient sur le papier, comme des pailles, dès qu'il voulait serrer. Il se fabriquait des instruments de la gracilité d'un manche à balai. Néanmoins, il était à peine capable d'écrire, et son intelligence ne dépassait guère les mystères de l'addition. Son travail, au service de la statistique, consistait à compter interminablement des fiches, retournées du bout de son index mouillé, et à en inscrire le nombre sur des états. Il ne pouvait demeurer assis ; ses muscles, sa chair puissante se révoltaient. Pour éviter un coup de sang, il était obligé de monter et de descendre plusieurs fois de suite les quatre étages du ministère. Mais sa fonction préférée était d'aller de bureau en bureau « faire les chaises » ; il en soutenait deux, trois, quatre dans l'espace, jusqu'à ce que les collègues eussent compté de un à cent ou crié : « Assez ! » Il entrait rayonnant, écarlate :

— Bonjour, messieurs, un petit bras tendu, histoire de vous remettre les esprits.

Et il saisissait tous les sièges disponibles.

Il avait aussi la spécialité de colporter les bonnes farces administratives.

— Vous connaissez la nouvelle, messieurs ? lança-t-il, on va féminiser les ministères ?

Simultanément, tous les collègues, Jadot lui-même, dressèrent le nez comme

CADOURAN.

fait un chien auquel on présente, en l'air, un morceau de sucre.

Cadouran continua :

— Chaque employé sera associé... à une employée.

Minet ouvrit son cœur :

— Chic ! je fourrerai tout le travail à mon associée.

— Alors, monsieur Jadot, cria Lapalette, au lieu d'avoir monsieur Minet devant vous, vous aurez une petite minette.

Blanblan fut le seul à ne pas rire : une épaule remontée, le cou tendu, le menton appuyé sur l'autre épaule, il grinça, montrant la face d'un paysan capable d'assassiner sa mère par cupidité :

— C'est un abus ! Les femmes ne sont bonnes à rien. Il ne manquerait plus que cela, qu'elles viennent nous voler nos places !

Jadot intercéda, suppliant, respectueux :

— Voyons, monsieur Blanblan, soyez indulgent. Selon la règle, les femmes

DÉJETÉE PAR LE POIDS...

bénéficieront de la mauvaise besogne : elles manieront de lourds dossiers, elles avaleront la poussière... Vous ne pouvez pas leur refuser cela : tous les défenseurs de la famille vous prouveront que les femmes sont, par destination naturelle, des filtres à poussière.

— Et puis, dit Marcelin, joyeux, les femmes monteront à l'échelle faire les recherches dans les cartons du haut.

Aussitôt éclata un feu d'artifice de bons mots :

— Permettez, il est question de leur imposer un loup.

— Pas de grande toilette à faire pour ça.

— Mais non ! un scaphandre !

— Dans notre intérêt, à nous, alors? on sait bien que nous avons la vue sensible...

— Nous ne pourrions même pas voir le loup...

— Messieurs, soyez sérieux, reprit Cadouran, je vais, tout de suite, vous amener une candidate.

Il sortit et revint au bout d'un instant. Il introduisait devant lui une jeune personne dont la tête affleurait sa chaîne de montre : mademoiselle Broche, qui avait pour métier de proposer des abonnements de librairie. Elle promenait sous son bras un tome relié du *Grand Dictionnaire Larousse*. Une vingtaine d'années, blonde, un corps fluet de Parisienne, assez gentille, si elle n'eût été trop tachée de rousseur et déjetée par le poids de son énorme bouquin spécimen. Elle s'avança jusqu'à la table de Thomas, posa son Larousse sur le coin et, détirant son épaule, regarda avec une pointe de méfiance les faces carnassières de ces messieurs.

— Voilà, dit Cadouran, au bureau de la statistique, nous avons informé mademoiselle que l'administration va employer des femmes dans la plupart de ses services.

Les collègues, pouffants, braqués sur sa féminité, serraient une double envie dans leurs mâchoires.

Lapalette quitta son paravent et vint reniller plus près, contre l'éléphant.

— C'est parfaitement exact, mademoiselle, et, si vous désirez entrer, il n'y a pas de temps à perdre.

Moudur se dérangea aussi :

— Attendez : on exigera certains titres, fit-il, la mine grave.

— J'ai mon brevet d'institutrice, dit timidement la jeune fille, encore mal convaincue.

— Il n'en faut pas davantage, cria Marcelin enthousiaste.

Deguy le regarda d'un air stupéfait.

Puisque « cela mordait », chacun jeta son appât :

— Pensez donc, mademoiselle, vous aurez un métier autrement agréable...

— Des appointements réguliers.

— Une retraite.

La main droite sur son Larousse, le bras gauche pendant, rétrécie, penchée, comme une accusée sans défense, elle tournait des yeux anxieux qui mendiaient la vérité: elle désirait tellement une vie moins précaire, un gain moins difficile à arracher, son corps surmené aurait été si heureux de se reposer pendant des heures sur une chaise, qu'elle ne pouvait s'empêcher de partir à la dérive, entraînée par un espoir violent : elle se voyait à l'abri, chauffée l'hiver ; elle se voyait assise ! assise ! quel rêve ! Elle fixait avec convoitise les sièges cannés. Jamais un employé ne lui en avait offert un ! C'était sacré, sans doute ; il fallait appartenir à l'administration pour se poser dessus.

— Vous ferez partie d'un service ! avec une table, des cartons, des fournitures correspondant à votre grade, disait Blanblan, les jambes croisées, la toisant fièrement.

— Vous serez fonctionnaire, quoi ! prononça Thomas, la tête en arrière, les yeux rapetissés, hautains.

L'envie d'être assise la prenait aux reins. Une bouffée d'ambition orgueilleuse lui monta à la tête.

— Je ne sais pas quelle formule..., finit-elle par balbutier.

— Voilà ! cria Moudur.

Il s'avança, cueillit un papier auprès de Minet, se pencha et prononça tout haut les mots qu'il traçait :

« Monsieur le Ministre, j'ai l'honneur de solliciter de votre haute bienveillance... »

Elle regardait écrire, souriante enfin, respirant à peine, offerte.

On se délecta.

Elle reprit son Larousse qui rendait sa robe toute reluisante aux hanches, et, le précieux papier à la main, elle remercia, les yeux purs comme du cristal, son visage pauvret embelli de reconnaissance, son corps déjeté mis en frais de secousses respectueuses à l'adresse de chacun de ces messieurs, et elle se sauva vite, emportant son bonheur.

On pouffa derrière elle. Lapalette soulevait sa jambe droite à deux mains, comme s'il voulait la porter sur son épaule et il criait :

— Zut alors ! Ça peut s'appeler un bateau !

— Et maintenant, un petit bras tendu ! proposait Cadouran excité.

Blanblan et Minet lui passèrent leurs chaises.

Marcelin ne riait qu'à moitié, par contenance. Il avait reçu en plein cœur le regard ineffable de la petite abonneuse, et, aussitôt, il avait pensé à Lucette, comme un enfant coupable pense à sa mère. Et il remarquait que Deguy faisait une grimace ambiguë et taillait le même crayon avec application, depuis dix minutes.

— Bon Dieu ! dit Moudur, je vais faire aussi rédiger une demande à ma porteuse de pain ! Je lui dirai : « Vous tenez une comptabilité épatante sur votre calepin, vous avez les aptitudes requises. » Elle marchera, ça sera tordant. Je me la représente transformée en employée ! Si vous la voyiez traîner sa voiture ! Je ne pourrais pas dire son âge ; peut-être trente ans, peut-être soixante. Je m'attends toujours à l'entendre hennir dans ses brancards. Ce n'est pas de la blague ; elle a pris comme une tête de jument et elle a l'aspect efflanqué et pointu des rosses de fiacre... Pégase battrait des ailes...

Une hilarité prodigieuse éclata aussitôt. Les bouches s'ouvraient énormes, comme pour avaler l'énormité de l'erreur.

VIII

Le diplôme était au mur, au-dessus du piano.

Chaque jour, Marcelin ouvrait la porte de la pièce réservée et, sans entrer, le regardait.

Au bureau, il invoquait à tout propos le brevet de sa fille. Il en avait presque un air pédant.

Sans oublier l'apparition lamentable de Phonsine, Lucette se laissa aller à la joie d'avoir fini ses études. Pendant plusieurs jours, elle tripota ses petites affaires, elle plaça et replaça dans la commode ses livres et ses cahiers qui représentaient déjà de vieux souvenirs. Entre temps, elle s'asseyait et rêvait d'avenir, les yeux sur le papier bleu de sa chambre.

Un soir, après dîner, dans la cuisine, elle se campa devant la table, d'un air mutin, sûre qu'on ne pourrait rien lui refuser :

— Dis donc, papa, qu'est-ce que je vais faire, maintenant ?

— Parbleu ! ma fille, il faut que tu choisisses une situation.

Marcelin commença par réaliser un désir

longtemps retenu : sous le prétexte de fêter le succès de Lucette et de tirer des plans pour elle, il invita Lapalette et sa femme à dîner.

Madame Gayard avait compris aussi la nécessité d'augmenter les relations ; elle avouait que les Lapalette étaient des gens du monde et, ma foi, l'on n'avait pas à s'occuper de la conduite privée de madame Lapalette, du moment qu'il n'en résultait aucun scandale.

Celle-ci était une femme de trente-cinq ans, très racée : brune, la peau mate, le visage maigre, comme travaillé au feu, les yeux en combustion, les lèvres arquées divinement. D'aspect réservé, elle parlait peu, écoutait avec une sorte de résignation aimable. Jamais elle ne regardait son mari, dont elle semblait même ignorer la présence. Quant à Lapalette, il avait l'air sérieux et fier d'un politicien qui accompagne un ministre.

Le couple séduisit absolument madame Gayard.

Bien entendu, tout le long du dîner, la conversation roula sur le mérite triomphant de Lucette.

— Mademoiselle ne peut accepter qu'un emploi dans une administration ou dans l'enseignement, dit madame Lapalette.

— Nous sommes très difficiles, dit Marcelin fermement. Tu verras ce qui te convient le mieux, ma fille.

— Je préfère un emploi, dit Lucette en jeune personne modeste et ingénue qui choisit avec politesse un gâteau dans un plat.

Quelques jours plus tard, une fâcheuse nouvelle vint surprendre la famille ; le vieux parent de l'archevêché était mort à Vichy, laissant toute sa fortune à l'Église.

Il avait demandé autrefois que Lucette fût élevée dans un couvent. On voyait maintenant ce qu'il en coûtait d'avoir refusé.

Madame Gayard fut très désolée, elle comptait que le vieux parent doterait Lucette :

— Nous aurions dû penser à l'argent et faire une concession.

— Non ! jamais je n'aurais cédé sur ce point-là, déclara Marcelin en fidèle républicain avancé.

Sur ces entrefaites, les informations recueillies pour Lucette causèrent un profond étonnement à tout le monde ; il n'y avait aucune administration, pas une seule, où l'on pût entrer d'emblée en faisant simplement valoir ses titres. Il ne suffisait pas que la postulante fût une jeune fille accomplie ! Il ne suffisait pas qu'elle eût le brevet de capacité ! ce diplôme si rare ne suffisait pas ! La présentation de parents honorables et bien pensants n'ajoutait rien. Il fallait quand même faire la queue et passer, en se bousculant, par le tourniquet du concours.

Marcelin jeta son dévolu sur une administration financière. Lucette rédigea une demande, se fit inscrire, fournit des quantités de pièces timbrées ou légalisées, affronta une visite médicale, se procura un programme, en étudia les matières, puis elle attendit deux mois l'époque du concours.

Il se trouva que douze cents concurrentes se présentèrent, alléchées par les vingt places à enlever. C'était un troupeau de jeunes filles distinguées, anémiques et sans dot, ayant entre elles un air de famille, toutes avides de vivre, toutes n'ayant d'autre instinct que de vouloir se faufiler par la même porte entrebâillée.

On fit une pause de six semaines avant de connaître le résultat de la bousculade. Lucette ne fut pas dans les vingt plus fortes.

« Si pourtant elle était sans ressources ! » pensa Marcelin.

Il se rappela la foule moutonnière des candidates ; il entrevit que le nombre des mangeoires était limité, bien inférieur à celui des affamées. Que résultait-il d'une si énorme différence? Beaucoup de postulantes avaient l'air maladif, écrasé... Cependant la mort ne pouvait pas tout faire ! Puis, il se rappela ces jeunes vendeuses de bouquets qui se postent à la sortie des salles d'examens : un cachet de vice et de mendicité les sépare absolument des candidates ; en dehors du sexe et de l'âge, aucune comparaison n'est possible. Et pourtant, le jour où Lucette avait obtenu son brevet, il en avait remarqué une, de visage convenable, vêtue de noir, qui se serait à peine distinguée des aspirantes, si elle n'avait été nu-tête ; c'était comme un spécimen intermédiaire qui reliait les jeunes filles honnêtes aux pauvresses innommables. L'inquiétude fugitive d'un triste problème assombrit Marcelin. Mais, dès le lendemain, il retrouva l'assurance et la volonté de l'homme qui bénéficie de la distribution hiérarchique si bien organisée dans la société.

— Il faut faire inscrire Lucette pour un autre concours, dit-il, et cette fois j'aurai la recommandation de mon directeur et du conseiller de notre arrondissement.

Alors la misère commençait. Lucette ne pouvait sortir seule, sans but, et sa mère n'avait jamais le temps d'entreprendre une promenade. Madame Gayard se plaignait continuellement d'être souffrante et d'avoir de l'ouvrage par-dessus la tête, et elle ne voulait pas être aidée par Lucette : du reste, celle-ci n'avait pas le secret d'inventer « un ouvrage fou » dans un petit appartement de trois pièces, dont une « réservée ».

Après le déjeuner, Lucette se mettait au piano sans entrain, puis s'accoudait à la fenêtre de sa chambre, ensuite s'asseyait, un ouvrage de couture ou un livre scolaire à la main. Mais à quoi bon lire, coudre, pianoter? Cela ne se rapportait à

Encore une attente de plusieurs mois.

L'ennui entra dans la vie de Lucette. Lentement, se manifesta ce mal des demoiselles bien élevées, des demoiselles de la toute petite bourgeoisie, qui ont soi-disant terminé leurs études. Finis les devoirs d'école! Les vacances tout le temps! Elles se figurent que c'est le bonheur. Mais, à cause de leur prétendue éducation morale, de leur réserve vaniteuse, de leur jeunesse bien pensante et sans charité, elles ignorent la vie autour d'elles et la vie les ignore. Elles ne voient rien d'intéressant à faire, n'ont rien à aimer, ni rien qui les passionne. Alors se déclare l'inquiétude mélancolique d'êtres incomplets, fixés dans un milieu artificiel, bêtement égoïste et fermé. Les relations sont presque impossibles ; l'on ne saurait sortir de son monde et l'on appartient à un monde privé de toute vitalité. Alors, dans l'atmosphère même où l'on respire, s'infiltre une froide tristesse d'isolement : un vide incompréhensible vous suit partout : c'est l'affreux ennui.

LUCETTE SE PROCURA UN PROGRAMME...

Lucette se levait à sept heures, rangeait sa chambre et s'occupait de sa toilette en tournaillant dans la maison. Avant onze heures elle était en tenue, prête à sortir, prête à recevoir, à faire quelque chose. Et elle n'avait rien à faire, nulle part où aller, personne à attendre. Mais d'après les idées de ses parents, il fallait qu'elle fût habillée dès le matin, en demoiselle du monde, conformément à son rang.

rien, ne s'adressait à personne. Elle se sentait prisonnière dans la stagnation morte de la maison, elle aspirait vers un en-dehors indéfinissable.

L'aiguille arrêtée, le livre fermé, elle rêvait à son enfance, à des jours de soleil et de plein air où elle avait senti la vie aimante auprès d'elle. C'était au square des Vosges, où sa mère la conduisait, toujours à la même place. Le jardin lui paraissait immense ; il y avait un côté inexploré qui représentait le bout de la terre.

ELLE RÊVAIT A SON ENFANCE...

Lucette regrettait ce temps de voisinage avec la simple nature animale, ce temps de courte et pleine vision faisant que des univers tenaient entre quelques arbres, dans un coin sablé, borné par un banc et une corbeille de fleurs. Quelles heures confiantes passées avec d'autres petits enfants, sous le regard enveloppant des mamans qui cousaient, proche le kiosque du marchand de sucre d'orge!

Puis, tout d'un coup, ses souvenirs faisaient paraître Phonsine. Avec la curiosité de ses dix-sept ans, elle pensait à son existence sur le pavé. Les demi-révélations des condisciples vicieuses se présentaient, torturantes, obstinément. Et quel remords, quelle impatience d'être enfermée, oisive, inutile, tandis que Phonsine se débattait... contre quoi?

Le jour du concours arriva enfin. Lucette, abasourdie et tremblante, ne put dire si elle avait bien ou mal fait les compositions. Quelques semaines plus tard, on apprit que, malgré les recommandations décrochées, elle n'était pas classée parmi les admissibles. Les parents découvrirent alors qu'elle était trop impressionnable pour passer des examens.

— Il faut diriger nos recherches d'un autre côté, dit Marcelin d'un air entendu.

Et il resta plusieurs jours sans parler d'un projet quelconque, bien que Lucette, chaque soir, à son retour du bureau, le regardât comme fait un enfant qui s'attend à voir sortir une friandise de la poche d'un visiteur.

— Mais, papa, je m'ennuie, finit-elle par dire sur un ton de reproche aimable ; tu n'as pas l'air de te presser de me trouver une occupation.

En effet, Marcelin ne s'émouvait pas de l'impatience de sa fille. Pourtant, Lucette n'était plus la même : elle se forçait de parler, semblait-il son joli rire ne tintait plus. Mais, du moment qu'il était tranquille à son bureau, Marcelin n'arrivait pas à se pénétrer de la réalité du mal d'autrui. Tous les événements qui n'avaient pas une répercussion immédiate sur l'administration le laissaient à peu près indifférent, et voilà que « l'amour de l'emploi » dissolvait même les plus intimes sentiments, même la plus vive affection paternelle.

— Tiens, je vais tâcher d'obtenir pour toi une place d'institutrice, dit-il, un matin, au moment de partir, frappé enfin de l'air malheureux de Lucette.

Hélas ! justement ce jour-là, commença

un drame administratif qui relégua bien loin l'intérêt de Lucette.

Vers deux heures, Marcelin, habitué à penser tout haut, dit résolument :

— Je vais rendre mes feuilles de statistique à M. Brocus, et je lui demanderai l'autorisation de m'absenter ; j'ai une démarche à faire à la Direction de l'enseignement.

La scène immanquable se répéta :

— H. P. veut dire Hôpital ? interrogea le sous-chef.

— Non, monsieur, Hors Paris.

— De quelle classe êtes-vous, monsieur Gayard ?... Et les accès virils, toujours présents, réguliers ?... Moi, c'est désolant, à chaque étape de ma carrière, j'ai diminué... Aujourd'hui, je n'ai presque plus de présence ; c'est au point que je n'ose pas me réjouir d'être proposé pour le grade de chef...

Du coup, Marcelin ne demanda pas à s'absenter. Il salua vivement le sous-chef et retourna dans son bureau. Gonflé d'importance, ayant besoin d'espace, il s'avança au milieu de la pièce :

— Messieurs, lança-t-il emphatiquement, un mouvement se prépare : Brocus passe chef !

Aussitôt tous les collègues électrisés quittèrent leur place et se réunirent devant l'éléphant.

— Depuis combien de temps était-il sous-chef ?

— Qui va passer à sa place ?

— Alors il y aura des mises à la retraite !

— Cela va faire de l'avancement jusqu'en bas....

— Il y a peut-être d'autres nominations de chef.

— Torloy, alors ?

— Jamais de la vie !

— Pourquoi donc Torloy ne passerait-il pas chef ? demanda Thomas, véhément ; je prétends qu'il a les titres.

Thomas ne s'emballait qu'à propos des nominations de chefs.

Les fronts se contractaient, les mentons pointaient ; l'effort palpitant, douloureux et beau des gestations intellectuelles se lisait sur tous les visages. Marcelin faisait des yeux perçants qui sondaient l'avenir. Les voix se mêlaient, s'attaquaient.

La rumeur attira Dufourni. L'oreille contre la porte, il saisit des paroles, et s'empressa d'aller épater les garçons de bureau qui passaient dans l'escalier.

Après de longs débats, de transcendantes conjectures, Marcelin et ses collègues éprouvèrent le besoin irrésistible de courir chez les voisins, soit pour propager la nouvelle, soit pour compléter leur information. Ils se rassirent, puis, sous différents prétextes, ils filèrent un à un, à l'exception de Jadot et de Deguy.

Dans tous les bureaux, ils trouvèrent des rassemblements. Ils avaient été devancés par les garçons. Partout ils arrivèrent pour entendre agiter passionnément les mêmes questions :

— Qui va passer à la place de Brocus ?

— Qui sera mis à la retraite ?

Partout des faces allumées, tragiques ; partout des expéditionnaires marmiteux et caducs, s'enfiévrant à pronostiquer les promotions du haut personnel.

Revenus à leur place, Marcelin et ses collègues reçurent à leur tour la visite des employés des différents services. On se levait à chaque entrée ; on n'avait pas plutôt repris sa chaise que, derrière le partant, survenait un orateur. Nulle part, on ne travailla durant l'après-midi. La conférence des cocus n'eut pas lieu ; fait sans précédent. Marcelin oublia complètement Lucette.

Enfin, vers l'heure du départ, sans qu'on eût pu dire comment avait filtré l'indiscrétion, l'on sut qu'il y aurait à nommer un chef, un sous-chef, un commis principal, un rédacteur principal, et que des classes seraient attribuées à quelques expéditionnaires.

Marcelin quitta le ministère plus tôt que les autres jours ; il marcha, soulevé par le flot de ses pensées, il tomba chez lui, la bouche envahie de paroles qui se bousculaient pour sortir plus vite :

— Figurez-vous que Brocus passe chef ! On ne sait pas qui le remplacera, mais le mouvement sera considérable.

Il exhala toutes les suppositions, jusqu'à bout de souffle.

— Mais tu ne nous as même pas embrassées ! dit Lucette à la fin.

— Et moi, j'oubliais de te dire, fit sa femme qui était aussi partie dans les nuages : Lucette a eu mal au cœur et à la tête depuis le déjeuner ; je crois que c'est une indigestion.

Marcelin s'intéressa à l'indisposition de sa fille, tout en restant ému par les histoires administratives. Comme Lucette montrait une mine affligeante, il trouva le moyen de réunir et de mélanger les deux préoccupations.

— Si je pouvais obtenir une classe au choix, cela nous donnerait un peu plus de bien-être ; Lucette aurait besoin d'une nourriture plus fortifiante... mais je me demande pourquoi Torloy n'est pas nommé chef au lieu de Brocus.

Les jours suivants, la passion et l'activité propres à la chasse à l'avancement sévirent dans tout le ministère. En pénétrant dans chaque bureau, on sentait comme une solennité dans l'espace, entre le vis-à-vis des cartons verts ; on sentait qu'un événement se préparait, primant tous les événements de l'univers. Les journaux n'étaient plus lus. Les têtes d'employés se dressaient, contractées, sévères ; même ceux qui n'étaient candidats à aucune faveur montraient des faces fanatiques de soldats d'une grande cause.

Lucette avait beau dire le matin, d'une voix touchante : « Papa, pense à moi ! » ; Marcelin « ne pouvait pas » s'occuper d'elle.

Les collègues des différents services ne s'abordaient qu'à regret, avec des mines hypocrites et des paroles menteuses :

— Eh bien, mon cher, il paraît que vous avez des chances ?

— Moi ? pas du tout, je ne m'en occupe même pas.

De temps en temps, l'un, l'autre, arrivait le matin en tenue de garçon d'honneur, l'air grave, impénétrable. Les collègues riaient jaune, essayaient quelques félicitations ironiques ; mais bientôt ils redevenaient soucieux, fouillant leurs souvenirs, cherchant des combinaisons nouvelles pour augmenter, eux aussi, leurs recommandations.

Des femmes en grande toilette venaient chercher leur mari. Des personnages considérables, députés, sénateurs, officiers à épaulettes d'or, se faisaient introduire chez les directeurs.

Dans les bureaux, dans les galeries, dans l'atmosphère du ministère, il se faisait des courants d'opinion. Les cancans, les rapports dénaturés, les insinuations perfides se propageaient avec une rapidité invincible. Les mots volaient, des signes passaient, les instincts s'entendaient et, toujours, par une loi inévitable, le démolissage portait sur le collègue le plus intelligent, le plus indépendant, de chaque bureau. Ainsi, Jadot, en bonne justice, aurait dû passer rédacteur principal ; mais son chef, M. Vrillard, lui était carrément hostile, on le savait, et les collègues, Marcelin même, lui souhaitaient mauvaise chance. En un rien de temps, par un phénomène de transmission inexplicable, « ce fut dans l'air » que Jadot n'obtiendrait pas d'avancement.

Des semaines s'écoulèrent.

Les craintes, les espérances, les rumeurs contradictoires formaient dans les cerveaux un fouillis inextricable : beaucoup d'employés ressemblaient à des hallucinés. On se confiait de terribles secrets :

— Mon cher, je suis combattu par la franc-maçonnerie ! Heureusement, j'ai le gouvernement pour moi.

La manifestation simultanée du délire de la persécution et de la folie des grandeurs révélait l'état pathologique latent d'un lot respectable de salariés en paletot.

Madame Gayard avait beau répéter avec persévérance :

— Je crois que Lucette est malade d'impatience ; tâche donc de hâter son affaire.

Marcelin était engourdi, sans un soupçon de volonté, dès qu'il s'agissait d'autre chose que de la grande compétition administrative. Il avait pu, à grand'peine, écrire à la Direction de l'enseignement, laquelle ne répondait pas.

Il se trouvait dans des conditions voulues pour obtenir une classe « au choix ». Malheureusement « il n'avait plus l'archevêché pour lui ». Il ne put arracher que la vague recommandation d'un député, mendiée de troisième main, par l'entremise des amis Bigot, d'anciens voisins de commerce, avec qui on était resté en relations. Tandis que, d'autre part, on voyait M. Minet père, chef du bureau des affaires litigieuses, monter et descendre fréquemment l'escalier central, guetter le directeur, garder une extase aplatie en sa présence et l'accompagner avec des gestes dévots...

Enfin, le fameux mouvement parut. Minet obtint une classe de faveur en passant par-dessus Marcelin. Jadot ne fut pas nommé rédacteur principal. Il y eut deux nominations d'expéditionnaires principaux : grâce à une violation des règlements, imperceptible et comme huilée, un emploi fut créé spécialement pour le jeune et brillant Deguy. Afin de balancer la dépense, on diminua le nombre des classes attribuées aux vieux expéditionnaires.

Dans le bureau de Marcelin, les mécontentements furent modérés, les passe-droits faits en faveur de Minet et de Deguy étant compensés par le non-avancement de Jadot. Car chacun se réjouissait, comme d'une revanche, de ce que l'avancement n'allait pas au mérite intelligent ; l'on n'admettait comme armes égales que le servilisme et le « pistonnage ».

En voyant Minet favorisé, Marcelin ne put s'empêcher d'admirer ses qualités. Depuis plusieurs générations, tous les mâles de la famille Minet avaient vécu dans la paperasserie. De là un résultat merveilleux : leur cerveau s'était de plus en plus spécialisé, leur corps était devenu de plus en plus mou et chétif, leur volonté ne consistait plus qu'en une sorte d'instinct gluant de sangsue dégonflée. Aujourd'hui, Minet jeune était le tatillonnage fait homme ; son esprit n'aurait pu fournir d'autre sécrétion que le recueil des clichés obligatoires ; sa chair faisait penser à de la cire à modeler ; sa nullité était consciencieuse et tenace au point de constituer une utilité administrative.

Marcelin lui dit cordialement :

— Je ne vous en veux pas.

N'avait-il pas la consolation ineffable de triompher auprès de Jadot ? Pourtant il y mit un certain tact, il parla gravement, sans trop de méchanceté :

— Vous voyez : les faits m'ont donné raison ! Il a fallu des motifs inquiétants pour que vous ne passiez pas à l'ancienneté. Mais, je l'ai assez répété, vous compromettez votre avancement par votre attitude vraiment trop incorrecte.

Lucette languissait, désespérée. Et voilà que son père arriva, la taille redressée, le visage illuminé, olympien. Elle eut une palpitation.

— Qu'est-ce que je vous avais promis ? cria Marcelin en guise de bonsoir, Deguy est commis principal !

Il embrassa fortement sa fille et sa femme ; son affection pour elle s'exaltait par l'effet d'une ivresse glorieuse.

— Avec une fortune pareille, c'était forcé ! ajouta-t-il en poussant des rires secs d'homme supérieur, qui connaît la vie et sait d'avance la marche des événements.

Madame Gayard et Lucette le contemplaient, émerveillées ; Lucette en oubliait son cruel désappointement. Il prononça encore une phrase bien sentie :

— Parbleu ! je sais bien qu'on a commis une injustice colossale ; mais je m'en fiche, puisque je ne pouvais pas obtenir ce grade-là.

Ils se regardèrent tous les trois, en souriant finement, comme des compères devant un tour bien joué.

On avait conservé l'habitude de manger dans la cuisine. Marcelin, à sa place de prédilection, en face du fourneau et des casseroles, commenta toutes les promotions, la fourchette à la main, puis il revint à Deguy. Une platée de choux fumait sur la table.

— A vingt-cinq ans, commis principal !

Ce mot « principal » fut immense dans sa bouche, qu'il agrandit, et sa tête bougea comme si, par un choc, les fonds de casseroles projetaient un éblouissement de rayons.

Madame Gayard resta un instant les yeux éberlués sur la bouche de son mari, s'attendant sans doute à voir sortir le grade par l'ouverture. Lucette aussi baya et sembla distinguer la chose sublime, dans l'air, mêlée à la vapeur des choux.

— Et Jadot reste sur le carreau ! continua Marcelin, la voix baissée. Ah dame ! quand on est fonctionnaire, il faut penser sans cesse, non seulement à monter en grade, mais à conserver sa place. On ne doit pas prononcer une syllabe, ni remuer un doigt à la légère.

Il prit avec précaution une bouchée de choux convenable au bout de sa fourchette. Sa femme hocha la tête d'un air convaincu et repoussa strictement la carafe à la même distance du plat que la bouteille. Lucette, machinalement, rajusta sa serviette. On parla peu jusqu'à la fin du repas ; l'atmosphère de la cuisine était devenue grave, on y respirait la suggestion d'une crainte sacrée.

Le lendemain, Moudur entra au bureau, brandissant un papier avec des contorsions de joie :

— Ça y est, cria-t-il, j'ai fait signer une demande d'emploi à ma porteuse de pain !

Vous allez voir cette signature : « Rosalie Pingouin ».

On était déjà très amusé, mais ce nom de Rosalie Pingouin provoqua une hilarité folle. Etait-il permis de s'appeler Rosalie Pingouin ? Puis, le papier posé par Moudur sur l'éléphant, l'on se divertit à l'examen de la signature. C'était une grande écriture équarrie, terriblement expressive, pleine d'efforts, comme cramponnée au papier, les lettres y avaient des

MOUDUR ENTRA AU BUREAU. .

os pointus, déformés ; tremblée, tirée, grimaçante, chancelante, on y aurait retrouvé le tremblement des brancards, le tirage pénible de la bricole, l'arrachage pesant des pieds. Des jambages haletants montaient des étages.

Les employés restèrent longtemps à faire glousser leur moquerie, à regarder avec des yeux ronds, méprisants, cette écriture poussive, suée par des doigts de manœuvre. Dans la jouissance de leur supériorité, ils ne se rassasiaient pas de penser à cette démence impayable de Rosalie Pingouin, osant espérer qu'il lui serait accordé, un jour, d'écrire sur du papier administratif. Thomas en suffoquait.

Marcelin voulut aller montrer le document aux camarades des autres services. Il le trimbala pendant plusieurs jours à tous les étages. Après une semaine, il s'éboulait encore de joie sur une chaise, pendant que l'on s'en régalait. Et il continua d'oublier que sa fille souffrait dans une inaction insupportable.

Car Lucette n'arrivait pas à se contenter de son sort : ce n'est pourtant pas dans une famille d'ouvriers qu'on eût trouvé une mère si économe et un père si régulier !

Sa mère, toujours gémissante, jaune de visage et mal fagotée, trottait sans bruit, ne laissait pas un objet dépasser l'alignement, n'arrêtait pas de rendre la maison de plus en plus morte.

Son père, immanquablement levé à la même heure, cirait les chaussures, le matin, en sifflant avec obstination les cinq mêmes notes ; puis, un vieux béret sur la tête, il descendait la boîte à ordures et allait à la cave. Après avoir fait exactement le même nombre de choses avec des gestes identiques, il se trouvait prêt à partir exactement à huit heures et disait sans varier les mêmes paroles d'adieu.

Et le soir, il entrait toujours du même pas, à cinq minutes près, et il rapportait toujours des nouvelles fraîches du bureau: Thomas, Blanblan, Jadot, Minet, Moudur, Deguy, Lapalette, Dufourni, Cadouran... il y avait de quoi s'exercer l'imagination.

Et sa mère avait toujours vu, par la fenêtre de la cuisine, les mêmes voisines du second et du troisième étage secouer leur tapis trop tard, ou bien, comble de l'abomination, faire leur lit dans l'après-midi ! Elle vous enflammait de ses critiques altières.

Et l'application exclusive avec laquelle son père fignolait ses écritures supplémentaires ! La face de Marcelin devenait soucieuse et résolue comme s'il rédigeait des secrets de l'État ; dans son tricot marron, il avait les grossissements de dos d'un homme qui tient l'existence d'un monde, là, sous la main. Madame Gayard, ayant le sentiment de l'Inaccessible, marchait sur la pointe des pieds : « Chut ! ton père travaille !... » On se retenait de tousser.

Non. Lucette aurait voulu encore autre chose.

Il n'y avait pas un livre dans la maison, à part les livres de classe ; le *Petit Parisien* lui était défendu, et elle était blasée sur l'émotion de faire continuellement du crochet ou du canevas sous la lampe.

Les jours où l'on dînait avec les Bigot ne lui semblaient pas non plus assez colorés : ses parents et les Bigot, une fois en présence, « ne savaient jamais rien de nouveau ».

CE FURENT LES ATTENTES MOUILLÉES ..

Souvent, son père avait la veine d'obtenir assez de copie pour charmer toute la journée du dimanche ; alors, sa mère, jalouse de lui assurer, à elle aussi, son compte de réjouissance, inventait la sortie d'aller à vêpres. Ce n'était pas encore l'idéal.

Elle se plaignit si obstinément que Marcelin, au mois d'octobre, rapporta des adresses d'établissements industriels qui employaient des femmes aux écritures. Aussitôt commencèrent une série de démarches qui durèrent tout l'hiver. Lucette et sa mère parcoururent Paris, comme des malheureuses, en dépit des mauvais temps. Ce furent les courses exténuantes faites à pied avec le souci douloureux de ne pas trop gâter les vêtements, ce furent les attentes mouillées et glaciales aux stations des tramways, les courbatures et les énervements.

Marcelin n'avait aucune confiance dans ces recherches ; mais, renfrogné dans son emploi, il n'engageait pas les deux vagabondes à se reposer, parce que leurs peines le déchargeaient, lui : ils les laissait patauger sans pitié, pour n'avoir pas à bouger, lui.

Au début, Lucette crut aux paroles banales de politesse, aux promesses ambiguës par lesquelles on se débarrasse des gens. Puis elle tomba dans un autre mal : le désespoir complet, une honte affreuse. Ne se moquait-on pas de sa mère, d'elle-même, de leur mendicité maladroite? Et, soudainement, une autre remarque : la façon singulière dont s'éveillaient les regards des personnages sollicités. Dès lors, que ce fussent des regards arrondis de gaieté, ou des regards aigus, voraces, elle se sentait attaquée, salie, comme par un arrachage de vêtement, elle en avait des frissons et des poussées de sueur.

Malgré une impression si blessante, cette persécution masculine eut l'effet d'un feu malsain : la maturité de la chair en fut hâtée ; les sens de Lucette commencèrent à s'inquiéter. A la maison, dans l'intervalle des courses, son ennui se compliqua : elle fut pareille aux enfants grognons qui ne savent pas ce qu'ils veulent. Alors son besoin d'aimer se trompa, il se porta de divers côtés, à l'aveuglette. Pendant quinze jours elle posséda la manie pressante de collectionner des timbres ; puis, subitement, elle adora les oiseaux, il fallut lui acheter une cage avec un couple de canaris ; puis elle voulut voir pousser des plantes, dans des pots, sur sa fenêtre ; enfin, un mois durant, elle se crut la vocation religieuse.

Le résultat définitif des démarches de cet hiver fut que madame Gayard attrapa une bronchite et Lucette plusieurs gros rhumes ; on usa terriblement de robes, de chaussures et de médicaments. Les dépenses d'omnibus, à force de se répéter, firent une somme importante. Bref, on fut embarrassé pour payer le terme d'avril.

LUCETTE RESTAIT DES HEURES ..

Encore des mois de désœuvrement. Madame Gayard ne voulait plus penser qu'à se soigner. Marcelin évitait le seul sujet de conversation qui intéressât Lucette, lequel troublait sa quiétude d'employé, diminuait sa jouissance d'homme arrivé.

Lucette restait des heures à la fenêtre. De jeunes ouvrières défilaient le matin, le soir, gaies, bavardes, ayant des coquetteries tortillées. Ah ! quel regret d'être « une demoiselle » ! Des jeunes gens suivaient ; quelques-uns étaient de très bonne tournure. Lucette finissait par les connaître ; ils tiraient sa pensée au passage, comme les gamins, sur leur chemin, tirent les sonnettes des portes.

A la longue, elle osa souhaiter tout haut d'être placée dans le commerce ou d'entreprendre, à la maison, des ouvrages d'aiguille. Sur la recommandation de madame Lapalette, elle fut acceptée à l'essai dans un magasin de mercerie. La solidité lui manqua : il fallait rester debout, autant dire, de sept heures du matin à

DE JEUNES OUVRIÈRES DÉFILAIENT...

neuf heures du soir. Elle tombait à la fin de la journée, sa mère était obligée de la déshabiller. Devant cette insuffisance d'équilibre, madame Bigot trouva autre chose : l'intermède exactement opposé ; des tâches de couture, à demeurer clouée sur une chaise, pendant quinze heures, sans démarrer, pour gagner vingt sous. Un jour, le médecin, en venant ausculter madame Gayard, déclara que si l'on voufait voir Lucette devenir phtisique, on n'avait qu'à continuer le régime encore quelque temps.

— Et des leçons de piano ? proposa madame Lapalette, sur nouveaux frais.

Il arriva que l'on offrit, comme prix des leçons de Lucette, exactement ce qui avait été payé autrefois à mademoiselle Tourneur : environ cinquante centimes le cachet. Marcelin fut positivement outré qu'il y eût des gens si peu consciencieux.

Il fit enfin l'effort magnanime de se rendre à la Direction de l'Enseignement. Mais n'eut-il pas la fatale inspiration de s'absenter sans autorisation ?

A son retour, il fut réprimandé par le chef. Alors un égoïsme peureux l'emporta sur tout autre sentiment. La crainte avare de compromettre ses gratifications, l'idée — aussi pénible que celle de la mort — de voir sa sécurité atteinte, chassa toute considération étrangère à son service d'employé. Il se mura dans ce raisonnement que son premier devoir envers sa fille était de conserver sa propre situation. A partir de ce jour-là, il ne bougea plus, bien qu'on l'eût engagé assez complaisamment à revenir, à la Direction de l'Enseignement. Il se contenta, de temps en temps, quand Lucette paraissait trop attristée, d'annoncer qu'il s'était mis en rapport avec certains collègues de différentes administrations, lesquels lui donnaient bon espoir.

IX

L'amitié avec Lapalette s'était resserrée ; il y avait eu, de part et d'autre, plusieurs invitations à dîner. Madame Gayard s'attachait à madame Lapalette. Si cette dernière avait une maison bien montée, de beaux meubles, un vrai salon, par contre, madame Gayard était convaincue de l'emporter au point de vue du rangement et de l'astiquage : elle pouvait énumérer pendant des heures les malfaçons du ménage de cette chère amie, elle n'était donc pas jalouse.

Une fois, au moment de passer à table, Lapalette, fier, cérémonieux, montra, près du salon, une petite pièce parfumée, tendue de draperies, et il dit religieusement :

— Le boudoir de ma femme !

La tenue du dîner en fut plus solennelle.

On parla, comme d'habitude, de l'avenir de Lucette. Marcelin et sa femme manifestaient des étonnements prodigieux :

— Après tous nos sacrifices, nous ne sommes pas plus avantagés que des gens du peuple !

Soudain, comme on apportait les douceurs du dessert, madame Lapalette eut une minauderie savoureuse :

— Je ne vois qu'une chose, il faut marier mademoiselle Lucette.

— Mais, oui ! cria vivement son mari, charmé ; le mariage, voilà le bon métier pour une femme !

Les parents consultèrent leur fille d'un regard câlin. Après un instant de réflexion, ils trouvaient déjà plus commode de chercher un mari qu'un emploi.

Quant à Lucette, le consentement sortait tout seul de ses joues rosées.

Depuis quelque temps, madame Gayard essayait les cures les plus coûteuses ; la préoccupation de sa santé devenait sa grande affaire de femme d'employé confinée dans l'imaginaire tracas du ménage. Lucette devinait que le sentiment maternel était mangé par un égoïsme analogue à l'amour de l'emploi qui avait envahi le cœur de son père. Elle constatait qu'à la longue on s'était résigné à son désœuvrement ; cela passait dans les habitudes de chercher vaguement, d'attendre une réponse problématique, de s'étonner, de se plaindre, puis de penser à autre chose. D'autre part, elle allait avoir dix-neuf ans, et elle se laissait entraîner à découvrir que la moustache rend le visage d'un jeune homme joliment différent de celui d'une jeune fille.

Bientôt, Marcelin et sa femme, la voyant affaissée, sans appétit, lancèrent leur langue avec une résolution dans les projets de mariage.

— Comment veux-tu qu'on te trouve un mari si tu ne manges pas ? dit un soir madame Gayard, de ce ton qu'adoptent les mamans pour initier leurs filles aux secrets de leur sexe.

— Dame ! appuya Marcelin, prometteur, on n'est jamais charmé de voir une demoiselle avec une figure de papier mâché.

— Je vais être raisonnable, je vais manger beaucoup, beaucoup, fit Lucette avide, prête à tous les efforts.

En effet, elle changea de mine en quelques jours. Son mal était facilement guérissable. Elle aspirait à une affection plus enveloppante que celle de ses parents, affection à la fois unique et universelle, où entrerait le bleu du ciel, la splendeur du soleil, le chant des oiseaux et le parfum des fleurs. Appelée par la vie, elle éprouvait une sorte de besoin de s'éparpiller.

L'appétit perdu revint avec l'espérance. Voyons : faut-il qu'un mari soit grand ou petit ? blond ou brun ? L'âge, c'est vingt-cinq ans. Ce sera un employé plutôt qu'un commerçant; il y a aussi, dans le monde, des officiers, des savants, des artistes.

Lucette avait des idées de classe; la possibilité d'épouser un ouvrier n'existait même pas; la morale, les convenances lui interdisaient de faire attention à un travailleur manuel.

Elle reprit du goût à enjoliver ses vêtements, à ranger et déranger ses petites affaires, dans sa chambre. Les vieilles poupées furent sorties :

— Maman, regarde donc Margot, qui a le nez tout rouge ; comme elle a vieilli !

Elle fredonnait en regardant par la fenêtre ; au bout d'un instant, elle quittait brusquement cet observatoire pour courir se regarder dans la glace de l'armoire, arranger ses cheveux et s'assurer qu'elle n'avait plus une figure de papier mâché ; de là, elle bondissait au piano, jouait quelque morceau enlevant, triomphant, ou quelque mélodie sentimentale.

Une semaine s'écoula. Elle put dire à son père d'un ton curieux :

— Hein ! je mange bien maintenant !

Cela signifiait : « Tu peux parler des prétendants que tu connais. »

— A la bonne heure ! répondait Marcelin en clignant de l'œil.

Sa femme lui avait dit :

— Vois donc si tu ne trouverais pas un parti convenable au ministère.

Il avait commencé son enquête en s'adressant à Lapalette.

— Quelle est la dot ? interrogea celui-ci nettement, tel un homme compétent, prêt à donner, de suite, le mot d'une affaire.

ELLE REPRIT DU GOÛT...

— Ah ! dame ! Lucette n'a pas d'argent. Mais vous connaissez son éducation, vous avez vu son diplôme... cela représente un capital.

— Diable ! pas de dot, voilà qui sonne mal à l'oreille, fit Lapalette devenu mou. C'est drôle, on ne peut se figurer qu'une jeune fille sans argent ait toutes les qualités désirables. Ainsi, moi, si ma femme n'avait pas apporté une assez forte somme, je ne me serais pas décidé, malgré sa parfaite éducation... Voyons parmi les jeunes expéditionnaires : Minet, inutile d'y penser : il y a Labat au contrôle, Torsot à l'enregistrement, Bizof aux archives, et Crudet au contentieux.

— Vous seriez bien aimable de les sonder un peu : moi, on se douterait trop vite de mes motifs.

Quelques jours après, Lapalette saisit Marcelin dans le couloir et lui servit le résultat de ses investigations. Bizof avait des oppositions sur ses appointements ; Crudet faisait insérer des petites annonces pour demander « union avec dame veuve ou divorcée, position aisée » ; Torsot s'amusait à fréquenter des maisons où on le comblait d'amabilités, il était décidé à n'épouser jamais.

— Quant à Labat, mon cher, c'est un farceur ; selon lui, les demoiselles sans dot sont assaisonnées spécialement pour fournir aux jeunes gens bien élevés une galanterie supérieure, digne d'eux ; il ne faut jamais faire la bêtise de se marier, on est sûr de les avoir autrement... En définitive, actuellement, je ne vois pas de débouché, dans l'administration, pour votre fille.

Lapalette se tut brusquement, réfléchissant, le nez pointé vers Dufourni somnolent dans son coin, sous le bec de gaz ; puis il quitta Marcelin d'un air anxieux, après avoir bredouillé :

— Oui, voilà... nous en reparlerons... Il faut que je monte à la comptabilité.

Il courut, et, au travers du grillage de la caisse, il pria un rédacteur de ses amis de sortir un instant. Il soufflait, il était rouge, ses yeux s'écarquillaient de toute leur puissance, dans sa face lunaire.

— Voilà ce dont il s'agit : j'ai un ami qui désirerait marier sa fille à un employé; j'ai fait des recherches infructueuses et je lui ai dit tout naturellement : « Je ne vois pas de débouché, dans l'administration, pour votre fille. » Eh bien ! est-ce que ça ne fait pas un mot ?

— Mais si ! cria le rédacteur, c'en est un épatant, et raide, mon vieux ! vous ne les ratez pas.

Lapalette revint à sa place avec la mine satisfaite et superbe d'un auteur qui a réussi. Au bout d'un instant, il ne put se retenir d'aller chuchoter dans l'oreille de Minet :

— J'en ai un bon à vous dire, mais en secret... Vous pourrez le prendre par écrit, celui-là.

Marcelin s'ouvrit à d'autres collègues : « Des hommes sérieux, comme Lapalette, » dit-il à sa femme.

Stupeur ! Dix, vingt collègues, successivement, lui confièrent leur embarras.

— Mon cher, moi aussi, je cherche !

Une des caractéristiques de l'employé mûr, c'était d'avoir des filles à caser — et de ne pas trouver ! Tous, tous, à la chasse d'un placement !

— Si tu retournais voir tes amies? dit-il à Lucette, pour se débarraser.

Lucette avait perdu de vue Rose et Marie. Dans son accablement, elle n'avait plus eu le courage de fréquenter leur monde heureux.

Chez Marie de Baher, on l'invita à venir en soirée, avec sa mère.

— Eh bien, voilà une bonne affaire ! dit Marcelin, soulagé, démissionnant complètement.

Dans le salon des de Baher, il y avait toujours, en compagnie de leurs mères, une demi-douzaine de jeunes filles et autant de jeunes gens, des commis de banque. C'était une petite bourse au mariage.

On faisait d'abord de la musique, puis vers le milieu de la soirée, les mamans formaient une petite réunion dans un coin du salon ; les demoiselles et les garçons se groupaient dans le coin opposé, ils essayaient de rire, de flirter; les préférences devaient se manifester; une espèce de cote s'établissait.

A la première soirée, Lucette eut beaucoup de succès ; sa timidité était vraiment charmante. Les mères des jeunes gens murmuraient des appréciations louangeuses.

Au milieu des autres dames, madame Gayard, à intervalles réguliers, jetait sur sa fille un coup d'œil de commerçante qui a un objet précieux en étalage, à portée de la main des passants.

Quand le groupe jeune se fut formé, les garçons s'empressèrent auprès de Lucette; c'était à qui trouverait le moyen de l'interpeller au milieu de la conversation générale. Un jeune homme brun, grand, barbiche en pointe, la complimenta sur un morceau qu'elle avait joué assez mal, en tremblant ; il plaça un long monologue sur ses préférences en musique ; bref, il sembla vouloir prendre la cote à son compte.

Lucette s'en alla dans un rêve qui dura plusieurs jours. Sa mère ne cessa de parler de cette charmante soirée, et, parmi les jeunes gens si distingués, de ce grand brun, monsieur Maurice, qui avait un air galant, bien digne d'encouragement.

Aux soirées suivantes, le succès de Lucette diminua inexorablement : l'une après l'autre, les dames cessèrent de s'intéresser à elle ; leur façon négligente de l'accueillir ressemblait au « merci » dit à la bonne qui présente un verre de sirop non désiré.

Comme elle attrapait une certaine aisance de manières, en vraie petite Parisienne vite acclimatée dans le milieu le plus comédien, ce furent les jeunes gens qui devinrent extrêmement timides. Ils se tenaient à une distance calculée, mesuraient leur sourire et leur conversation.

Tout de suite elle crut sentir un froid, un détachement. Puis la certitude s'imposa : il y avait une analogie entre ce qui se passait actuellement et ce qui avait lieu, autrefois, à l'école, lorsqu'une élève nouvelle, fille d'ouvriers, se fourvoyait avec les filles de commerçants ou d'employés.

Madame Gayard fut plus longtemps aveugle. Une compensation s'était établie : si les mères des jeunes gens témoignaient d'une sorte de méfiance, comme envers une commerçante déloyale qui chercherait à écouler quelque marchandise truquée, par contre, les mères des jeunes filles devenaient plus aimables.

Cependant, le lendemain de la quatrième soirée, elle interrogea Lucette :

— On dirait que tu es la moins flattée du salon? Tu n'as pas fait la sotte avec ce jeune homme, monsieur Maurice ?

Alors Lucette se jeta dans ses bras en sanglotant :

— Je n'osais pas te le dire ; on me laisse à l'écart, tout à fait.

— Ah ! voilà, c'est parce que tu n'as pas de dot, laissa échapper madame Gayard...

Et elle ne fut pas fâchée de ne plus se donner la peine de sortir le soir.

Marcelin, en bon expéditionnaire béat et consciencieux, se consola de l'échec de sa fille par une délectation plus appliquée de son emploi. Décidément, il s'était assez « décarcassé » pour Lucette, il ne voulait plus rien savoir.

Alors, les jours se passèrent encore sans la moindre allusion à un placement quelconque. De nouveau, ce fut la vie anormale, la vie hors nature d'une fille de petit salarié, qui se croit un personnage.

Un tourment s'empara des sens et de l'âme de Lucette. Le plein mûrissement gonflait sa chair, et les curiosités d'imagination étaient développées par le désir du mariage qu'on lui avait injecté et par

ET BRUSQUEMENT, ELLE S'ASSEYAIT...

ce fait d'avoir été mise en amorce auprès de jeunes gens coquets, au feu des soirées excitantes.

Pourtant ses aspirations n'allaient pas encore directement au mari nécessaire : elle s'attendrissait à voir, par la fenêtre, les bébés portés sur les bras. « Oui, voilà ce qui lui aurait fait du bien : être aimée, caressée, par de petits enfants. Voilà l'heureuse destinée à réaliser : être institutrice, entourée de chérubins sans méchanceté... toute cette jeune animation vous protégeait contre le néant, contre ce vide affreux... Ah ! les chers petits baisers !... » Et brusquement, elle s'asseyait, les jambes amollies, les reins troublés, fondants.

De nouveau, l'appétit diminua, les joues de Lucette s'en allèrent en cire; un cerne bleuâtre meurtrissait ses yeux. Elle se traînait dans la maison, sans volonté, mais d'une susceptibilité nerveuse excessive. Son sommeil était hanté de rêves fiévreux où passaient des couples qu'elle avait observés de sa chambre ; jeunes échappés d'ateliers folâtrant ensemble, se tenant de si près pour marcher qu'ils se touchaient et se taquinaient des hanches...

Un jour, elle eut une syncope, à la fin du dîner. Les parents, aveuglés par leur égoïsme, ne surent pas juger le cas de leur chère enfant :

— Comme les jeunes filles sont délicates, dirent-ils en guise d'observation profonde.

Le médecin ordonna du fer, du quinquina, l'inévitable série des remèdes qui échauffent le corps, lorsque c'est surtout l'âme qui languit. Pourtant, il conseilla aussi « de la distraction ». Alors on repensa au mariage.

Marcelin, à bout de dévouement, ne put se résoudre à de nouvelles recherches personnelles.

— Si tu conduisais Lucette à la musique, au jardin du Luxembourg, le dimanche, pendant que je fais mes travaux supplémentaires? proposa-t-il par charité avare.

Madame Gayard trouva l'idée géniale. Elle soignait l'arrangement du corsage et de la taille de Lucette, soulevait ses cheveux d'une façon plus alléchante, nouait à son cou une cravate claire quelque peu provocante. Des conseils s'ajoutaient à ces armements :

— Tu ressors par ici, en te serrant par là... Cela fait un jaillissement... hum !... on a du plaisir à voir comme une fleur...

Et puis, il fallait toujours supposer qu'on était observée : on devait donc toujours garder un visage agréable, un peu pensif, les paupières baissées avec modestie, la tête un peu penchée, de façon à se rendre compte tout de même.

Et, derrière toutes sortes de circonlocutions morales, elle expliquait ce qui devait arriver infailliblement : un jeune homme avec sa famille vient s'asseoir auprès d'elles, dans le cercle des chaises : les deux mères commencent par échanger quelques mots, sans avoir l'air de rien... Ou bien un jeune homme remarque une jeune fille comme Lucette, avec sa mère, il les suit à distance respectueuse, il se renseigne et se fait présenter...

Malgré ses désillusions antérieures, Lucette ne pouvait s'empêcher d'espérer ; son esprit se lançait dans les aventures les plus romanesques. Elle retrouvait du montant, ses épaules batifolaient au-dessus de sa jolie cambrure, ses yeux pétillaient :

— Tu sais, papa, si tu ne nous vois pas revenir, c'est qu'on nous aura enlevées toutes les deux !

Au Luxembourg, on prenait des sièges payants. Madame Gayard, très digne, immobile, épiait du coin de l'œil. Lucette, les deux mains croisées sur son ombrelle posée sur ses genoux, s'efforçait d'écouter la musique. Le décor des arbres l'attendrissait, la mélodie berçait langoureusement ses rêves. Dans le voisinage, s'éparpillaient des personnes âgées, des couples qui ressemblaient à des mariés de la veille, mais surtout beaucoup de dames mûres, avec deux, trois grandes filles, dont quelques-unes, par leur aspect falot, rappelaient des plantes étiolées, manquant de sève.

L'amour libre tournait autour de ce parterre. Il y avait de très beaux types d'étudiants : des bruns, à la barbe audacieuse, aux yeux d'astres ; des blonds à moustache envolée, pleine de tendresse ; des chevelus au front olympien ; il y avait des chapeaux cabossés, des cravates extravagantes, des pipes volcaniques. Et l'on voyait aussi de folles jeunesses qui faisaient penser à des oiseaux effrontés, au plumage voyant, au hochement perpétuel, au caquetage incessant.

Les arbres, baisés du soleil, érigeaient au-dessus des couples leur bénédiction géante.

L'espoir de Lucette ne dura pas. D'abord, elle constata l'énorme concurrence étalée autour d'elle : toutes ces dames blettes avec leur lot de jeunes filles « parfaites ». Et elle se reconnut dans ces pauvres natures suppliciées, dans ces vierges à visage allongé, décoloré, qui semblaient avoir emporté avec elles le reflet de leur intérieur médiocre, de leur entourage insipide.

Que penser des autres jeunes personnes si libres, si vivantes?

Au retour, Marcelin, tassé devant ses copies de statistique, écoutait le compte rendu de l'expédition en se frottant les mains.

Toujours, madame Gayard avait remarqué quelque chose... elle pensait bien ne pas s'être trompée... un jeune médecin, probablement, ou un architecte... sûrement, on le reverrait à la même place. Il semblait que la digne femme prît à tâche d'exciter la pauvre Lucette en lui indiquant les attitudes amorçantes et en lui dénudant les désirs masculins, lesquels, n'étant pas tous sérieux, devaient être tâtés prudemment.

L'AMOUR LIBRE TOURNAIT AUTOUR DE CE PARTERRE.

Lucette connut des hallucinations détestables. Mais son tempérament sain finit par l'emporter : après une dizaine de dimanches, elle refusa de se mettre à l'étal plus longtemps. Chaque mois, il arrivait que du feu courait dans ses veines et cherchait violemment une issue. Alors, la nuit, elle rejetait ses couvertures, ses draps, et elle offrait son corps nu à l'air, pour que la fraîcheur apaisât son mal. Mais bientôt, elle haletait davantage ; l'air la caressait, le froid se posait sur elle et sa chair entière n'était qu'une fleur avidement épanouie. Elle se recouvrait enfin, honteuse d'elle-même, souhaitant de mourir.

Puis, au bout de quelques jours, comme elle mangeait à peine et que l'anémie usait son sang, ces ardeurs tombaient.

Marcelin songeait de temps en temps : « Lucette a beaucoup changé : est-ce bien naturel? » Mais, aussitôt, des idées de service, d'avancement, de gratifications venaient manger la sollicitude paternelle. Selon lui, sa femme et sa fille participaient à son emploi ; elles savaient tout ce qui se passait dans l'administration ; elles étaient, dans une certaine mesure, attachées au ministère. Il se chargeait de vivre pour elles au dehors, ces veinardes n'avaient plus qu'à laisser les jours couler délicieusement à la maison.

Il finit par trouver indifférent que Lucette ne se mariât pas, comme il s'était résigné à ce qu'elle n'obtînt pas une situation lucrative. A force de la voir chlorotique et indolente, il oublia qu'elle avait été rose et vive.

Du reste, sa femme, dont les facultés sensuelles s'éteignaient, le persuadait, à l'occasion, dans l'alcôve, après les précautions silencieuses nécessitées par le peu d'épaisseur du mur entre leur chambre et celle de Lucette :

— Bah ! ta fille ne tient pas à se marier ; elle est bien tranquille là-dessus.

Un bâillement calme, un demi-soupir de débarras du côté du mur, ajoutait implicitement : « Du reste, elle n'y perd pas grand-chose. »

Marcelin, satisfait, s'endormait, du côté de la fenêtre.

X

A force de méditer, Lucette jugea la situation : sa vie serait celle d'une vieille fille pauvre, sans but, sans espoir, condamnée à entendre perpétuellement ses parents se moquer avec grâce des gens insensés qui gâchent leur temps et leur argent en futilités, tandis qu'il est si méritoire de savoir se passer de livres, se passer d'aller au théâtre, se passer d'introduire dans la maison des choses gaies ou seulement agréables.

Mais il y avait là une résignation au-dessus de ses vertus ; c'était une mort contre laquelle se révoltait tout son être. Elle voulait aimer, être utile, se disperser.

Après avoir succombé à l'aplatissement, au dégoût noir, elle se raidissait, un projet fixe d'évasion la hantait. Parfois, silencieuse dans un coin, elle promenait ses yeux autour de la chambre, lentement minutieusement : « Quelle chaîne faudrait-il donc briser pour que la joie vivante me fût accordée? » Souvent, pour éviter des questions persécutrices : « Qu'est-ce que tu as? tu ne dis rien? » elle s'efforçait de fredonner, à l'approche de sa mère, poussée par une certaine pudeur, à imiter l'employé qui distille vivement un peu d'encre, à la moindre odeur du chef.

Puis, l'heure venait de penser fidèlement à Phonsine. Au milieu des vœux affectueux, des attendrissements généreux, il se faisait une singulière fusion de personnages : tout en plaignant Phonsine, Lucette ressentait une grande pitié pour elle-même. Et, autant elle tâchait de se purifier des cauchemars hystériques, autant elle refusait d'admettre la déchéance de Phonsine ; tout son être se révulsait à l'idée de l'imprécise abomination, comme si sa chair et celle de Phonsine se fussent confondues. Alors, par similitude, sa charité englobait d'autres pauvres filles, les dernières, les plus décriées. Elle, la triste vierge, partageait sa douleur aux prostituées ses sœurs, comme si son supplice était le même que le leur, comme si être privée tout à fait du monde ou être jetée en pâture au monde s'équivalait en misère. Une seule détresse accompagnait Lucette, Phonsine et ces lamentables bêtes traquées par toutes les rages de la rue. Leur crime n'était-il pas celui de Lucette : n'avoir pas d'argent, pas de métier? Leur châtiment n'était-il pas le sien : n'avoir pas d'amour? Il y avait deux tortures de cœur pareilles. Il y avait deux tortures de chair pareilles.

La maison dormait ; le bruit du dehors se réduisait à un roulement de voitures intermittent, lointain. L'éclairage nocturne de la rue se glissait par la fenêtre et s'arrêtait au milieu de la chambre bleue, sur le blanc des vêtements adossés à une chaise, jupon et pantalon. Lucette, dans son lit, la joue sur l'oreiller embrassé, observait ce regard cynique de Paris qui fouille ainsi dans toutes les chambres. Elle se rappelait cette lubricité des messieurs omnipotents à qui l'on va demander un emploi, ce louchement qui « cherche du linge »... elle frémissait : « Phonsine je t'aime bien, je t'assure que je t'aime bien ! »

Il lui arrivait de ne pas dormir, de poursuivre toute la nuit des projets où elle rendait Phonsine opulente. Elle sortait alors de sa chambre avec un visage embelli d'amour sublime, un visage fiévreux, immatériel et condensé.

Marcelin était forcé de remarquer ce grandiose ennoblissement de traits quand elle venait lui dire bonjour dans la cuisine. Il pensait : « Tiens, Lucette est dans ses moments où elle ressemble tant à ma mère. » Et il sifflait plus vite, en tâchant de faire reluire ses chaussures autant que celles de Lapalette.

Il voyait maintenant l'aventure de sa mère au travers de sa vie mécanisée, en employé, en bourgeois calé. Il ne vibrait plus. Cette aventure, dont, bien entendu, il n'avait jamais su les détails délicats, était maintenant un fait brut, sans couleur ; le souvenir s'en simplifiait au point

A FORCE DE MÉDITER...

que cela devenait une histoire ordinaire de famille irrégulière, un passé scabreux à enfouir dans l'ombre. Aussi ne s'arrêtait-il plus à cette réminiscence, et ne voulait-il pas s'inquiéter de ce que Lucette semblait avoir l'âme de sa grand'mère.

Il faut maintenant connaître cette aventure, la voir, en quelque sorte, derrière le père et la fille, pour bien mesurer ce que le souci professionnel avait fait de Marcelin et pour bien sentir quelle flamme, dans le cœur de Lucette, ne voulait pas mourir.

Il faut posséder cette aventure, se rappeler la fin de l'héroïne, puis entrer dans la peau de Marcelin, rêver, comme il faisait, d'être invité à quelque réception officielle et s'annoncer à soi-même avec magnificence: « Monsieur Marcelin Gayard, attaché au ministère... Mademoiselle Lucette Gayard... »

Le lundi de la Pentecôte de l'année 1861, à quatre heures du matin, le compagnon Limouset sortit de chez lui, tout blanc du ébaubi de se voir prié par une personne qui ressemblait à une vendeuse de quelque magasin chic du quartier de l'Opéra.

Après un long moment, pendant lequel s'écarquilla progressivement toute sa face, il répondit, sans imagination, d'un air un peu niais et confus :

— Y a chez moi, où que vous pourriez aller vous reposer ; je ne rentre pas avant huit heures du soir.

— Oh ! monsieur, s'il vous plaît, n'importe où... me réfugier...

SES PAS OBLIQUÈRENT...

plâtre saupoudrant sa cotte et sa blouse bises, ses gros souliers à clous et son feutre mou. Il déboucha de la rue de Ménilmontant sur le boulevard de Belleville, et ses pas obliquèrent vers un banc sur lequel une femme était assise, tassée en bête peureuse.

A l'approche du maçon, elle se dressa d'un saut, prête à s'enfuir ; mais, brusquement, elle se jeta devant lui, les yeux égarés, les mains avancées :

— Monsieur, je ne sais où aller... je voudrais me cacher... je vous en prie, monsieur...

Limouset s'arrêta, lent à comprendre,

— Alors, je vais vous montrer où que c'est.

Il fit demi-tour et, suivi de la jeune personne, marcha à grands pas appuyés, les épaules tirantes, dans le mouvement ballant de traîner une voiture à bras derrière lui.

Rue de la Mare, au bout d'une cour étroite et longue, au sixième étage, il ouvrit une porte jaune :

— Dame ! on ne viendra pas vous déranger là.

Il secoua la tête et resta un instant sur le palier, la bouche écartée par une sorte de rire qui défiait les chercheurs malins.

Puis, négligeant toute autre invite ou explication, il laissa la clé dans la serrure et redescendit l'escalier en hâte.

Le soir, passé huit heures, il trouva sa porte entrebâillée : la particulière était encore là, sur une chaise, aplatie, la figure malade.

Sans essayer de dissimuler sa stupéfaction, il fit bonjour de la tête, en disant :

— Ah bah ! c'est moi.

Et il demeura sur le seuil, les bras pendants, une jambe en avant, un peu penché, dans la pose d'un homme qui cherche la bonne façon de déplacer un objet encombrant et lourd.

La jeune fille s'était levée vivement et s'était retenue aussi d'avancer ; elle parla, une main appuyée à la table, les yeux inquiets vers la sortie :

— Je vous remercie beaucoup, monsieur... je vais vous laisser... voici la nuit, je suis bien embarrassée...

Elle fit un pas, regarda en plein la figure bonasse de Limousel, et, tout d'un coup, un sanglot râla ; ses mains se joignirent, elle ne put résister au désir de se soulager en contant sa peine :

— Je viens de Roubaix, dans le Nord, monsieur, dit-elle d'une voix hachée de soupirs. Il y a huit jours, sur un journal de Paris, j'ai lu l'adresse d'une agence qui procurait des emplois aux femmes. J'ai écrit, demandant une place d'institutrice. L'offre m'a été faite d'élever des enfants dans une famille de Paris. Une femme m'attendait à l'arrivée, gare du Nord. Elle m'a conduite dans une maison très luxueuse. Nous avons commencé par dîner, toutes les deux ; la femme me répétait à chaque bouchée : « Buvez, mais buvez donc ! » Puis, nous sommes passées dans un grand salon où se trouvaient quatre jeunes gens qui fumaient ; l'un jouait du piano. Tout de suite, sans aucun préambule, on m'a invitée à danser ; j'ai refusé, la peur m'a prise : on me regardait en riant, on tournait autour de moi, on m'offrait des cigarettes. J'ai voulu m'en aller. On m'a barré le chemin, on m'a saisie à la taille pour me faire danser de force. J'ai crié ; ils se sont mis tous à chanter, couvrant ma voix ; je me suis débattue, j'ai été renversée sur un canapé ; la femme m'a mis un flacon sous le nez, toute ma force est tombée, je n'ai pas pu me défendre...

La jeune fille suffoqua, le visage caché dans ses mains. Elle reprit, dans un hoquet de larmes :

— La femme avait dit qu'on me garderait enfermée ; mais, je ne sais pourquoi, l'un des jeunes gens qui était très ivre, a battu les autres et m'a laissée me sauver, sans chapeau, sans manteau... j'ai couru jusqu'à épuisement... Qu'est-ce que je vais devenir?

Agée d'une vingtaine d'années, moyenne, vêtue de noir, très fine de corps, elle avait les cheveux châtains; son visage long, mat, ne manquait pas d'agrément, ni de distinction, malgré le nez un peu gros ; les yeux gris, pas très grands, étaient

LA FIGURE MALADE...

doux et pénétrants, la bouche paraissait intelligente et bonne plutôt que jolie.

Limousel, blond, avec une moustache rousse tombante, montrait une face de Gaulois épaissie, élargie ; à vingt-huit ans, il était vieilli par ses épaules voûtées, par sa membrure forte, noueuse.

Frappé d'admiration, puis remué par la douleur de la jeune fille, il avait sorti de sa poche un mouchoir à carreaux et s'était mis à le serrer en tampon, à le détirer, à le repétrir, à le déplier encore. Quand il vit que l'histoire était finie, il s'accouda au mur, contre la gâche de la porte, et il prit la parole avec placidité :

— Alors, c'est perdu, le manteau et le chapeau?

Il secoua la tête, arrêté par l'idée dominante de cette perte irréparable ; puis, il continua :

— Eh bien, j'avais un compagnon qu'est parti au pays la semaine dernière, qui couchait là, dans l'autre pièce ; si vous voulez y loger en attendant que vous soyez embauchée quelque part... moi, ça ne me gêne pas... moi, je suis Pierre Gayard, surnommé Limouset, natif de Souliac, dans la Creuse ; je travaille au compte de monsieur Ladruse, entrepreneur à Passy, et, pour sûr, je n'ai pas besoin de l'autre chambre ; c'est à votre service.

« L'autre chambre » était une cuisine étroite, où se trouvaient une chaise dépaillée, un petit lit en fer, un fourneau encombré d'une douzaine d'ustensiles en poterie. La pièce principale était carrée, tapissée d'un papier gris-de-fer triste et laid ; on y voyait, d'un côté, derrière la porte, un grand lit de sangle ; de l'autre, un poêle de fonte et une malle ; près de la fenêtre, une table de bois blanc et deux chaises. Entre le lit et la porte de la cuisine, des hardes pendaient à des clous.

La nuit tombait. Depuis un moment, le bruit confus de l'extérieur semblait se fondre et s'élargir en un grondement de flots montants: la population de Ménilmontant revenait du travail, et c'était, en effet, un flot humain qui roulait entre les maisons.

La jeune fille hésitait ; mais la peur de la rue l'emporta sur ses scrupules et sur ses autres appréhensions.

— Je vous remercie, monsieur, fit-elle, rougissante, pâlissante ; je resterai encore ce soir, car je ne connais pas Paris et je n'y ai aucune relation. Je me nomme Marguerite Parent; mon père est entrepreneur de maçonnerie à Roubaix ; c'est pourquoi je me suis permis, ce matin... et je ne veux pas retourner chez mon père, il vient de se remarier.

Limouset se décida à entrer. Marguerite immobile, près de la table, ne savait plus quoi dire, ni quoi faire.

— Alors, allez-y... sauf vot' respect, je vas me coucher, parce que je pars à quatre heures.

Marguerite fit un salut de la tête et vivement se retira dans la cuisine, dont la porte, sans clé, ne fermait qu'au pêne.

Par la fenêtre, on n'apercevait plus, sur les toits, que de vagues et lugubres corps de cheminées.

Marguerite resta debout, agitée de terreurs. Elle regrettait de ne pas être partie, elle se voyait à la merci de l'homme aux grosses épaules, à la mâchoire carrée.

Mais, tout à coup, gronda un ronflement formidable : le maçon dormait. Elle couvrit l'oreiller de son mouchoir et s'étendit toute habillée sur le lit.

A la pointe du jour, on entendit le maçon se lever, siffler, heurter ses souliers ferrés, se débarbouiller dans un seau en bois. Puis un claquement de porte et une dégringolade tumultueuse signalèrent son départ.

Limouset n'avait pas pensé à demander à son invitée si elle avait besoin d'un réconfortant quelconque. Pour toute consommation, Marguerite avait bu l'eau d'un petit cruchon placé sur la table. Par bonheur, son porte-monnaie contenait une vingtaine de francs. Dans la matinée, elle osa descendre, le cruchon à la main ; elle rapporta du pain et du lait.

Son estomac refusa le pain. Elle était malade de fièvre, de courbature ; elle s'engourdissait sur une chaise, sans pensée, sans volonté, soulagée pourtant d'être seule, cachée dans un fond où le souffle vivant de Paris n'amenait qu'un lointain murmure.

La journée s'écoula. Le maçon, rentrant fit simplement : « Ah ! bonjour », avec le hochement de tête qu'on adresse, d'un trottoir à l'autre, à une personne de connaissance. Et il tomba en arrêt, gêné, la bouche ouverte.

Marguerite balbutia une phrase pour s'excuser d'accepter encore l'hospitalité pendant une nuit. Dès qu'elle eut disparu dans la cuisine, il répondit vivement : « A vot' service », comme quelqu'un à qui soudain la mémoire revient.

Le lendemain, Marguerite se sentit absolument incapable de s'en aller. La scène du retour de Limouset se répéta toute pareille.

Elle vécut ainsi, la semaine entière, prostrée, restant des heures inerte, accoudée sur la table, à regarder la porte.

Le dimanche, Limouset rentra vers cinq heures.

— Faut pas vous sauver, dit-il par politesse, à Marguerite, surprise dans sa position hébétée et qui n'osa pas se lever.

Il tourna dans la chambre, cherchant quelque chose par terre, et enfin, il risqua une question :

— C'est-il qu'on vous a pris aussi vot' malle?

— Non, j'ai le bulletin d'une malle qui est en consigne, répondit Marguerite avec un empressement involontaire.

— Si vous me le donnez, le bulletin, j'irai vous la réclamer.

— Mais, monsieur, je ne veux pas rester ici éternellement...

— Ah ! n'allez pas dans les hôtels ! Vous avez vu, dans le journal, la femme coupée en morceaux? Ah! voilà ! voilà !

Il écartait les mains, il avançait le menton et le nez.

On aurait juré qu'il avait bien prévu ce crime et qu'il s'en armait pour faire la leçon à une enfant désobéissante et romanesque.

Marguerite était déjà livrée aux imaginations les plus noires ; sans hésiter davantage, elle remit son bulletin de bagage à Limouset.

UN ATTENDRISSEMENT LUI CARESSA L'AME...

Un attendrissement lui caressa l'âme devant sa malle ouverte : des souvenirs de son pays, de sa famille, venaient lui tenir compagnie.

Les jours suivants, elle put coudre, laver son linge, se créer une occupation, tout en songeant aux moyens de sortir de sa singulière situation.

Un soir, Limouset apporta un paquet de hardes rendues par la blanchisseuse et les laissa sur la table. Marguerite les inspecta le lendemain, elle raccommoda une cotte, une chemise.

Limousct eut un gros rire bête, quand il s'aperçut de ce petit service. Puis, une pensée importante lui poussa subitement ; il fut sur le point de dire quelque chose, mais il ne sut pas. Il laissa Marguerite s'enfermer dans la cuisine ; il se contenta de siffler et de se promener pendant quelques minutes avant de se coucher. Ce fut seulement vingt-quatre heures après que sortit son discours, précédé de grimaces et de tiraillements de moustache :

— Ah ! bonsoir... attendez donc... ne vous en allez pas... faut que je vous dise : l'argent est là, dans le poêle, faut en prendre... c'est comme à vous ; je la cache dans le trou du tuyau... faut vous servir, à votre aise... tapez dedans.

Et il tourna le dos à Marguerite et au poêle, se balançant d'une jambe sur l'autre devant son lit, les deux mains dans ses poches, pour bien montrer qu'il donnait toute liberté à Marguerite, qu'il ne voulait rien connaître des relations susceptibles de s'établir entre elle et le poêle.

Marguerite remercia, très troublée, puis elle demanda :

— Savez-vous, monsieur Limousct,

comment je pourrais trouver un ouvrage à faire... n'importe lequel?

— Il y a la concierge qui s'occupe de couture, faut lui en parler. J'y ai dit que vous étiez une payse, comme une sœur de lait, quoi ! rapport qu'elle est curieuse.

En effet, la concierge confectionnait des vêtements d'enfants pour un grand magasin. N'étant pas trop gourmande, elle fit une part à Marguerite. Le tarif rendait environ un sou et demi de l'heure, mais la quantité était limitée.

Marguerite épuisa son argent, sans réfléchir que le manque de ressources allait la tenir prisonnière là, tout à fait. Un jour, elle dut fouiller dans la cachette du poêle ; ses mains tremblèrent, son cœur battit ; sur quelle pente irrésistible s'engageait-elle?

C'est que son tempérament était des plus étrange ; elle demeurait apathique, incapable de décision, tant qu'il s'agissait de sa propre personne ; mais, par contre, son sentiment du devoir envers autrui se dressait toujours brutal, entier, implacable. Une fois qu'elle s'était dit : « Je dois cela », il n'existait plus de tranquillité, elle ne pouvait plus échapper à l'obsession envahissante de sa conscience : c'était tenace, encombrant, lancinant, dans sa tête, comme une excroissance matérielle.

Et, en effet, ayant été obligée d'acheter son pain avec les sous de Limouset, elle pensa : « Je devrais au moins offrir à mon hôte de lui préparer son dîner ; il trouverait ainsi l'avantage de l'économie, du confortable — et de ma société. »

Pendant plusieurs jours une répugnance insurmontable l'empêcha d'énoncer sa proposition ; mais l'idée était là, indéracinable, grandissant, s'immisçant dans tous les mouvements de la vie. Et, brusquement, un soir, Marguerite parla, d'un jet, récitant des phrases prêtes depuis longtemps, comme si quelqu'un d'invisible la bousculait et la forçait.

Limouset fut enchanté.

La première fois, elle ne put se décider au tête-à-tête avec lui ; elle dîna d'avance et se tint à l'écart, dans la cuisine, après lui avoir servi son repas sur la table : un poêlon de soupe et une platée de viande et de légumes. Il engloutit le tout bruyamment ; ses larges lampées vidèrent un litre de vin rapporté sous son bras. Puis, rassasié, la bouche essuyée sur le dos de sa main, tandis que Marguerite enlevait le couvert, il demanda, gêné à la fois et un peu malicieux :

— Alors, c'est que votre habitude est de manger plus tôt?

Elle se violenta, parla vite, sans s'écouter :

— Oui, jusqu'à présent... demain, je dînerai avec vous.

Il fallut bien !

Ce fut le repas bizarre de deux convives qui auraient eu peur l'un de l'autre. Ils n'osaient pas se regarder ; leurs mouvements étaient guindés, maladroits. Chacun se servait chichement, comme s'il craignait de recevoir une chiquenaude sur les doigts.

Limouset ne connaissait à table que la politesse de verser du vin bord à bord dans le verre de son vis-à-vis. Avant la première cuillerée de soupe, il dit en se frottant les mains :

— Alors, bon appétit... moi, ce n'est pas ce qui manque, l'appétit.

Et son inspiration s'arrêta là, rétive à tout encouragement.

Marguerite sortit péniblement quelques mots d'excuse sur son peu de talent de cuisinière ; mais le silence, de plus en plus impossible à rompre, ne put être évité. La fenêtre était ouverte ; le crépuscule commençait à rendre les toits tristes comme des ruines abandonnées. Pendant que les mâchoires muettes remuaient, le maçon fixait les yeux sur le ciel, Marguerite contemplait la porte. Une voisine de la cour, vieille femme en bonnet blanc, restait devant ses pots de fleurs, pétrifiée par le contraste extravagant des deux convives assis face à face, chacun à un bout de la table rectangulaire : Marguerite, très droite, mince dans son vêtement noir, les formes affinées ; Limouset large, le dos arrondi dans sa blouse blanche, les formes écrasées, grossières.

— Je ne sais pas si vous avez eu assez? demanda Marguerite, debout, les yeux timides, en servante très douce et très dévouée.

— Mais oui, mais oui, répondit Limouset, adossé béatement sur son siège, souriant en maître discret, mais qui sait apprécier son monde.

Après quelques répétitions de la cérémonie du dîner, un apprivoisement s'effectua. Le prodige d'une apparence de conversation se réalisait : Marguerite s'étant découvert un goût très vif pour l'étude de la maçonnerie.

Les confections de vêtements l'occupaient une partie de la journée. Assise près de la fenêtre ouverte, elle tirait l'aiguille, le plus vite possible. Des serins qui se répondaient d'une cage à l'autre, dans le silence de la cour, donnaient l'illusion d'un petit coin de province calme au milieu de Paris. Et elle songeait à son enfance, à sa mère défunte, à son père désaffectionné par un second mariage et à qui elle ne voulait même pas écrire.

En faisant les commissions, elle se recommandait aux commerçants, et des histoires fallacieuses de leçons particulières à décrocher un jour ou l'autre lui étaient soufflées, en confidence. Pendant ce temps-là, peu à peu, l'habitude atténuait le malaise de son invraisemblable cohabitation.

Un samedi, grande frayeur ; Limouset rentra un peu ivre. Le repas fut agrémenté d'exclamations, de coups de poing joyeux sur la table et d'un bavardage entêté qui sentait le plâtre et le vin. Puis Limouset s'attendrit ; il répéta plus de vingt fois : « Ah ! je voudrais que vous resteriez ici toute la vie ! » Il osait regarder Marguerite avec de grands yeux humides de bon chien intelligent, et son rire soulevait ses lèvres qui semblaient frémir et s'avancer, dans l'expression d'un éperdu désir de chair.

Heureusement, il s'endormit sans manifester d'autre hardiesse et rien ne reparut le lendemain de cette passagère effervescence.

Cependant l'alerte secoua Marguerite :

« Voyons, cette situation ne peut se prolonger indéfiniment. Mais, quelle affreuse difficulté ! à moins de danger réel, il serait fou de s'en aller sans argent, sans travail assuré. »

Elle sortit pleine de résolution et, dans un coin de mur, elle découvrit une adresse, sur une affiche encore humide. C'était dans l'impasse de Ménilmontant. On faisait la queue à la porte d'une fabrique. Déjà dix pauvresses l'avaient devancée ; en quelques instants, il en vint dix autres qui la bousculèrent. Elle fut la dernière à entrer.

— C'est fini, l'équipe est complète ! lui cria-t-on.

Comme elle restait plantée là, toute penaude, deux messieurs se mirent à l'examiner crûment, de haut en bas, avec un sourire d'acheteurs facétieux.

Elle se sauva. Et voilà qu'en tournant la tête, de droite, de gauche, elle ne voyait que des boutiques noirâtres de brocanteurs et les sales devantures rouges des « commerces de vin-hôtel meublé », encadrant les silhouettes de tenanciers, bouffies, blafardes. Et certains pressentiments lui disaient de ne pas tant se plaindre de son sort actuel ; que fût-il advenu si Limouset ne lui avait pas donné un abri ?

ASSISE PRÈS DE LA FENÊTRE OUVERTE...

Il fallait l'avouer ; la grosse existence commune de Limouset s'était appropriée parfaitement à calmer sa douleur. Aurait-elle conservé la force de vivre, dans un milieu plus raffiné, où le bonheur élégant aurait insulté à son infortune ? Au contraire, le pauvre décor du logis lui rendait l'estime d'elle-même. Est-ce qu'une compassion humble, déférente, ne s'émanait pas du papier gris taché, du carrelage usé, des chaises trouées, de la table mâchurée, des lits malheureux ? Et Limouset n'était-il pas respectueux et généreux à sa façon ? Des choses touchantes étaient à remarquer ; il ne faisait presque plus de bruit le matin, avant de s'en aller ; il crachait moins souvent par terre.

Alors, elle retomba dans sa quiétude avachie, s'entêtant aux vagues espoirs qu'entretenait le bagout professionnel des commerçants : « Dans quelques jours, pour sûr, elle allait avoir une occupation excellente. »

Vint le mois de septembre. Le maçon faisait des journées moins longues.

Un samedi soir, vers six heures, Marguerite reporta un lot de vêtements terminés, chez une entrepreneuse, dans le faubourg du Temple. Au retour, elle aperçut Limouset, en avance de quelques pas, qui marchait, les épaules roulantes, sous l'accroupissement tenace de la vieille fatigue.

Le temps était doux et humide. Toutes sortes de marchands ambulants criaient leur chanson, accompagnée par le vacarme des voitures. Les cabarets projetaient leur illumination vénéneuse jusqu'au milieu de la chaussée. Une foule bigarrée emplissait le faubourg ; des quantités de femmes, de jeunes filles nu-tête, un sac ou un panier à la main, passaient seules ou deux à deux, avec un trottinement vif, gracieux, un mouvement aguichant des coudes ; de tous côtés des profils jeunes, chiffonnés, jolis, des clartés de corsages, des sinuosités de hanches, des frisons voltigeants, des chevelures dorées, riantes, des noires, majestueuses.

Limouset, la nuque dolente, suivait l'une l'autre, du regard, tout en tirant ses pas pesants. Il s'engagea sur le boulevard de Belleville. Là, les passants s'éparpillaient entre les bancs vides, entre les arbres qui avaient encore quelques feuilles. Dans les coins d'ombre, des jupons grouillaient. A un moment, son dos sembla plus écrasé, sa tête, baissée, s'obliquait légèrement. Une inconnue l'accrocha par le bras ; il s'arrêta bientôt, montrant le sourire crispé d'un malade à qui l'on présente une potion.

Marguerite avait posé sa main sur la barre d'un banc, et elle le voyait tout blanc, la face blanche, dans le rayon d'un réverbère. La fille parlait, approchait son visage anguleux et ses cheveux étagés. Il remua les lèvres et aussitôt ils partirent côte à côte jusqu'à la lanterne d'un couloir voisin.

Marguerite pâlit sous une affreuse torsion intérieure ; elle se hâta de rentrer, toute tremblante. Elle se mit à préparer le dîner avec l'application d'une femme qui a des torts à réparer, une affection à regagner.

Quand Limouset arriva, une rougeur cuisante l'obligea de s'attarder dans la cuisine.

Le maçon mangea d'un air morne. Des phrases plus nulles furent prononcées plus difficilement qu'à l'ordinaire. Marguerite n'avait pas faim. Un imperceptible relent musqué, venant de Limouset, agissait sur ses nerfs, contractait son estomac. Jusqu'à présent, elle avait trouvé naturel, pour ainsi dire, que Limouset pourvût à l'insuffisance de son gain de couturière. Tout d'un coup, un malaise nouveau se déclara ; elle était une débitrice insolvable, les aliments placés là, sur la table, n'étaient pas à elle... Il lui sembla que Limouset mettait des heures à se rassasier.

Elle ne put dormir ; son sang battait violemment, une obstruction brûlante se faisait dans sa tête. Ce ne fut d'abord qu'un bouleversement physique, puis un désespoir sans fond l'oppressa, un de ces désespoirs qui apportent la sensation de la mort, de la fin de tout et de soi-même. Ses larmes coulèrent silencieusement, inépuisables, anéantissantes.

Vers le matin, malade, épouvantée, elle sut ce qui avait poussé en elle, de si douloureuse façon. Elle se parla par sa conscience brutale, précise :

« Mon devoir est de me donner à Limouset. L'injustice est intolérable qu'il soit obligé de payer une de ces malheureuses... Il a droit à une femme comme moi... S'il y a des corps fins, des esprits cultivés, c'est grâce à ces grossiers manœuvres tels que Limouset ; ils produisent tout ; sans eux, aucune perfection ne serait accessible... La reconnaissance, le respect humain, l'honnêteté, oui, l'honnêteté, me commandent de donner mon corps à Limouset... »

Mais, aussitôt, horrifiée, elle se répondit tout haut :

« Non ! non ! oh non ! jamais ! »

C'était le commencement d'une lutte affolante ; ses tempes en étaient mouillées de sueur, ses mains étaient glacées sous le drap. Jamais la nécessité ne s'était implantée, aussi développée, aussi impérieuse ; jamais non plus la révolte du moi foncier, atavique, permanent, contre le moi nouveau, accidentel, n'avait été aussi intraitable ; jamais la révolte de toutes les fibres, de toute la substance, contre l'imagination, n'avait été aussi farouche.

Marguerite resta couchée très tard, pelotonnée, en défense, le visage dur, butée à ne plus se répéter qu'une seule formule : « Non ! non ! je ne veux pas ! je préférerais aller me jeter à l'eau. »

Elle quitta le lit, décidée à partir dès le lendemain n'importe comment, à l'aventure. Dans la journée, elle ramassa ses affaires et prépara sa malle.

Elle supplia les fournisseurs du quartier : n'importe quel ouvrage ne la rebuterait pas. Le conseil lui fut donné de s'adresser à un bureau de placement pour domestiques, boulevard Voltaire. Mais là, on lui réclama des références, des certificats, et même il fallait de l'argent, rien que pour inscrire sa demande.

La soirée fut des plus pénible. Limouset, justement, montrait une exubérance inaccoutumée : on avait planté le drapeau sur le faîte de son bâtiment.

— Six étages ! disait-il en admiration. Ça fait plaisir à regarder : ça vous fait comme un enfant devenu grand et plus riche que vous ; c'est un enfant de vous et c'est un étranger ; il est trop beau...

Devant la table, Marguerite gardait le visage raidi d'une personne offensée « qui ne veut pas revenir »; ses mains, son corps malheureux ne trouvaient pas une pose endurable.

Le lendemain, un amollissement se produisit. Marguerite reconnaissait l'impossibilité de s'évader à l'improviste : elle n'avait même plus de vêtements qui ne fussent pas usés, marqués de misère. Et aussi, l'effroi de la rue impitoyable et dévorante la soumettait : hier, sur le chemin du bureau de placement, les messieurs qui venaient en face d'elle la dévisageaient en amateurs intéressés, prêts à l'enchère ; ceux qui venaient derrière, et la dépassaient, se retournaient audacieusement... Partout, des ressemblances rappelant la femme et les jeunes gens qui avaient abusé d'elle, à son arrivée.

Alors, quoi faire? aller se jeter à l'eau? Quelle faillite de débitrice méprisable ! Elle s'immobilisait sur une chaise, à regarder les toits déserts, le ciel nuageux, tourbillonnant... Et sa conscience violente recommença d'imposer ses raisonnements :

« Le gros entrepreneur qu'est mon père a commencé par être ouvrier cimentier ; de quel orgueil, de quelle injustice, suis-je donc possédée? Voilà-t-il pas un bien grand abaissement que de me donner à un maçon? Et, après mon malheur, voilà-t-il pas un cadeau bien considérable? Et lui, Limouset, cet homme de travail, ne donne-t-il pas énormément au monde, à moi-même? »

Au repas du soir, elle osa regarder Limouset, en pensant « à la chose » ; elle voulait essayer de s'habituer à l'idée monstrueuse.

Limouset mangeait, trop penché au-dessus de son assiette, le front borné, les yeux vides, bleuâtres ; son nez seul avait une expression, un épanouissement satisfait. On voyait remuer sous la peau l'ossature de la mâchoire puissante, équarrissant le bas du visage. Pendant que sa moustache rousse, tombante, montait et descendait, ses larges poings posaient sur la table ; la chair en était grosse, rouge, gaufrée, avec d'ineffaçables raies de plâtre dans les pores épais.

Malgré la meilleure disposition à l'indulgence, sa chair, à elle, se rétracta ; un invincible sentiment de dissemblance hostile pénétra tout son être.

Les jours suivants furent accablants. Elle se méprisa, car la vérité était triste à dire : son perfectionnement de personne cultivée n'aboutissait à aucune bonté, il se manifestait uniquement par une sorte d'animosité de classe. Belles qualités d'une âme d'élite !

Puis, elle conçut une immense pitié, une admiration craintive, pour les malheureuses qui vendaient leurs corps. Elle était une misérable auprès de ces courageuses qui avaient le mérite de la souffrance, de la participation au sacrifice général. Ah ! les damnées sublimes ! Pouvoir vivre entourées de l'injustice innombrable, sans une protection, sans une affection ! Le matin, par exemple, se réveiller, c'est-à-dire sortir de la mort, avoir besoin d'aspirer de la force et rentrer dans l'horreur ! n'attendre que le dévorement haineux et, malgré cela, ramasser l'énergie de disputer au monde sa part de misère !

Des souvenirs se présentaient : parfois, jeune fille privilégiée, pourvue du nécessaire et du superflu, chérie de ses parents, assurée de toutes les bienveillances sociales, elle se levait, le matin, avec du noir dans l'âme, elle ne se sentait pas assez aimée, pas assez garantie contre le mal humain, et c'était à peine si elle trouvait la force d'accepter la vie qu'on lui servait toute préparée, toute adoucie, toute embellie. Mais celles-là, rien de bon pour elles, rien en leur faveur ! Imagine-t-on ces réveils de condamnées à mort ? et comment peuvent-elles traîner leur loque charnelle à la torture, sachant que la rancune sociale les guette de tous côtés et les frappera sans pardon pour cette torture même ! Ah ! les malheureuses, les malheureuses ! les héroïques ! Mais, gens heureux, essayez donc de vivre une heure, je ne dis pas au milieu de la haine générale, mais seulement dans l'abandon ! Essayez donc de vous tenir debout une heure dans le vide de toute pitié !

Marguerite pensait aussi à la seconde femme de son père, par qui elle avait été chassée de la maison familiale. C'était une grasse bourgeoise, à la beauté hautaine, qui, du jour de sa naissance, avait sans cesse été adulée, couverte de respects et d'hommages, parce qu'elle daignait être heureuse ; qui, de sa vie, n'avait jamais tenté un effort, jamais risqué une douleur, qui n'avait jamais rendu service à personne, jamais prononcé une parole de charité, qui vivait uniquement pour manger, pour jouir et pour faire souffrir ses bonnes et les petites gens sans défense. Sa seule pensée, sa seule vigilance, en dehors de son bien-être personnel, était d'humilier, de nuire, au nom de ses droits. Oh ! les droits terribles qu'elle avait contre les pauvres, contre les gens travaillant !... Eh bien, non ! ce n'était pas celle-là l'honnête, la juste...

Et, aucun repos n'était laissé à l'âme de Marguerite. Toujours cette implantation d'où sortaient des arguments inébranlables :

« Si je m'étais mariée, j'aurais eu peur aussi de la chair de mon mari ; je n'aurais pu me décider, tout d'abord, que sur l'estime de certaines qualités morales. Eh bien, Limouset a des qualités naïves, les plus vraies, les plus précieuses... »

Alors, involontairement, Marguerite jetait un regard sur le misérable lit en fer, et aussitôt criaient des révoltes :

« Alors, plus de rêves bleus, plus de projets d'avenir? Mon sort serait réglé... de quelle façon grossière! On peut accepter provisoirement n'importe quelle misère, du moment que l'on conserve l'aptitude au bonheur ; mais peut-on se rendre impossibles les grandes, les belles aspirations mystérieuses? C'est un renoncement au-dessus des facultés humaines. »

Et, pendant une heure ou deux, c'était fini : il ne fallait plus songer à la chose abominable. Puis la nuit arrivait et son cortège d'ombres inquiétantes ; l'obsession bannie reparaissait :

« Il y avait les pires dangers à vouloir une existence supérieure. Et quoi espérer, sans relations, sans appui? Sur quelle chance compter, sans une première mise de succès? Ne valait-il pas mieux s'accommoder bravement avec la terrible difficulté de vivre? Et enfin, le bonheur ne pouvait se trouver en dehors du devoir, de la justice, et cela seul qu'elle refusait était bon et juste... »

L'hiver fut précoce ; dès le mois de novembre, les travaux du bâtiment furent arrêtés. Limouset, en chômage, sortait cependant tout le jour, mais il rentrait vers cinq heures et fumait sa pipe auprès du poêle. Marguerite cousait et ne laissait pas durer le silence. On aurait dit que son but inavoué était de créer entre elle et Limouset une intimité progressive et préparatoire, de façon à rendre, à l'échéance inévitable, « la chose » compréhensible, moins monstrueuse.

Par malheur, Limouset lançait des rires épais, des exclamations rudes comme ses joues hâlées, ou bien il se croisait les bras et s'immobilisait dans une attention muette, enfantine. C'était atrocement décourageant.

Mais, d'autre part, à cause du mélange plus effectif des existences, il s'abandonnait à une familiarité croissante. Même, la subtilité féminine découvrait à des riens, à des indices inexplicables, la faim d'amour éveillée, tiraillante. Après des coudoiements dûs à l'étroitesse du local, il se livrait à d'interminables sifflements mélancoliques, assourdis, qui servaient évidemment à réfréner et à bercer des velléités ravisseuses.

Pendant quelque temps, son occupation fut de remettre des semelles à ses souliers ; il taillait le cuir avec son couteau et clouait sur son genou ; puis il ressemela aussi les bottines de Marguerite. La petitesse comparée de ces chaussures l'émut singulièrement ; des phrases émoustillées lui vinrent, sur la mignardise des femmes ; ses épaules alourdies remuèrent en contorsions douces de frôlement, de soumission ; ses rires étouffés étaient des grognements plaintifs, affectueux.

Marguerite se résignait presque à une transaction possible :

« Je ne peux pas me donner ; c'est au-dessus de mes forces, mais j'aurais sans doute le courage de me laisser prendre. »

Illusion ! La timidité du maçon était aussi insurmontable que sa répugnance, à elle. D'imbrisables chaînes pesaient sur la volonté de Limouset ; ce robuste manœuvre aux bras énormes n'aurait pas eu la force d'un gamin pour saisir les mains de Marguerite. Et pourtant, tassé sur sa chaise, derrière le poêle, Dieu sait s'il les regardait pendant des heures, ces mains mignonnes, là-bas, près de la fenêtre !

Les économies s'épuisaient malgré le petit appoint de la couture. Alors, la conscience de la débitrice se faisait plus pressante ;

« Allons, voilà l'acte désintéressé absolument ; voilà de la justice, de la pureté ! »

Marguerite sentait venir la fin ordinaire ; elle sentait venir une espèce de démence où, sa raison et sa sensibilité étant supprimées, elle se jetterait aveuglément dans le devoir... A cause de cela, elle éprouvait dans sa chair en maturité un effroi bien défini et aussi un trouble mystérieux, amollissant, comme si la nature devait sournoisement aider au triomphe du bien.

La veille de Noël, Marguerite resta tout le jour distraite, taciturne ; elle vaquait au ménage avec une légèreté, un automatisme de somnambule. De brusques sursauts l'éveillaient quand Limouset parlait ou remuait, puis elle retombait dans sa passivité morne.

Le soir, comme Limouset, en s'asseyant pour dîner, tirait son couteau de sa poche, elle l'interpella, sérieusement agressive :

— Voyons, je vous ai mis un couteau de table, pourquoi en prenez-vous un autre? Alors vous ne voulez pas du couteau que je vous prépare ?

Limouset ne vit pas l'intimité d'une pareille attaque ; il ne comprit pas que la provocation appelle la riposte et que la riposte, c'est forcément du contact pouvant devenir tout ce qu'on veut, de la caresse, au besoin. Il se contenta de remettre son couteau dans sa poche, en riant :

— Ah ! vous savez, c'est par habitude.

La soupe fumait sur la table et répandait une odeur âcre, appétissante. Marguerite en prit à peine deux cuillerées. Elle s'efforçait de parler, le cœur battant, le souffle court, comme si elle venait de monter un escalier à la hâte ; elle se dérangeait à chaque instant sans motif, elle allait respirer dans la cuisine.

Limouset s'occupait consciencieusement.

A force de se raidir, elle rattrapa sa respiration régulière ; alors elle redevint querelleuse :

— La soupe n'est pas trop salée ? Vous ne dites jamais votre avis : c'est difficile de faire plus à votre goût une fois que l'autre.

Limouset leva les yeux, mais, décidément, il n'était pas chatouilleux. Et pouvait-il deviner qu'une scène de ménage est un moyen de se mettre en ménage ?

— Oh ! moi, je trouve toujours que c'est très bon, votre cuisine.

Marguerite recommença à palpiter. Son vouloir tournait obstinément autour d'une chose impossible à dire :

— La soupe n'était peut-être pas assez grasse... j'économise le beurre... il le faut bien... mais on a beau économiser tant qu'on peut...

Et, tout d'un coup, avec la voix brève, haletante, d'une enfant qui va pleurer et qui répète de force une phrase dictée, elle jeta ces mots :

— Eh bien, s'il n'y a plus d'argent, il faudra vendre un des lits.

Et, très pâle, elle ne bougea plus, les yeux peureux, les épaules serrées, la bouche entr'ouverte.

Limouset coupait du lard ; son couteau s'arrêta :

— Ah ! fit-il étonné.

Puis il promena son regard dans la pièce :

— Bin oui ! on pourra le vendre, mon lit ; je rapporterai du chantier une bâche et un peu de paille, ça me suffira bien.

Cette acceptation bonasse, inattendue, fit que Marguerite s'anima, en colère contre elle-même, contre Limouset.

— Alors, vous trouvez cela juste, de coucher par terre et que je garde l'autre lit ? Vous trouvez cela tout naturel, de travailler durement et d'être privé ? de tout produire et de ne rien avoir ?

Limouset, saisi, se recula sur sa chaise :

— Pourquoi que vous me dites ça ?... non... je ne trouve rien... je ne sais pas... faites excuse si je vous ai manqué...

La tête détournée vers la fenêtre, les yeux baissés, les joues décomposées, Marguerite prononça d'une voix chevrotante, méconnaissable :

— Il faudra vendre l'autre lit.

— Le vôtre ? Ah bah !

Limouset resta un instant ébaubi, le nez en l'air, puis il se leva brusquement :

— Ah ! je comprends, vous vous en allez ? Ah ! dame... c'est sans doute que vous avez une place ?

Devant cette échappatoire encore ouverte, Marguerite eut une lâcheté :

— Oui, fit-elle avec un air hésitant, honteux.

Limouset paraissait accablé : ses bras pendaient, sa tête pendait. Il finit par se rasseoir. Le coude sur la table, il enfonça ses ongles dans sa joue comme pour arracher un mal intolérable, et son visage, devenant plus allongé, se spiritualisa soudainement :

— On était habitué, dit-il d'une voix, basse, touchante : ça me fait de la peine, ça va me sembler drôle d'être seul, maintenant.

Il eut un rire douloureux, un rire qui pleurait.

Marguerite tremblait, elle déplaçait machinalement son couteau, sa fourchette. Allait-elle persister dans sa lâcheté ? Allait-elle se dérober au moment suprême?

Après un silence, Limouset regarda tristement autour de lui, il remua l'immémoriale misère agriffée sur ses épaules :

— Ah ! ça sera vide... ça me fait frais dans le dos...

Découragé, il remit dans le plat le lard qui était sur son assiette, et il ajouta, d'un ton impuissant, se parlant à lui-même :

— Ah! dame, l'hiver, le bâtiment ne va pas.

En entendant cette supposition qu'elle s'esquivait maintenant, parce qu'il n'y avait plus d'argent, Marguerite eut un haut-le-corps : un soufflet en pleine face ne l'aurait pas atteinte plus cruellement. Elle alla reporter une assiette dans la cuisine et, là, elle se secoua, dans un accès d'irritation. D'un coup de doigt, elle déboutonna son corsage à moitié :

— Allons donc ! j'ai trop chaud.

Revenue à sa place, elle parvint à sourire, le visage déchiré par l'insupportable contraction du système nerveux :

— Eh bien, non ! dit-elle, je n'ai pas l'intention de partir... Je vous suis si reconnaissante !...

Les palpitations coupèrent là sa phrase.

— Ah ! tant mieux ! cria Limouset.

Il se redressa, un grand soupir desserra sa poitrine ; sa face rassérénée vira à droite, à gauche, et il répéta, dans un large rire :

— Ah bin, vrai, tant mieux !

Puis il se mit à se frotter le nez vigoureusement avec le dessus de sa main. Il avait une pensée dont l'expression fuyait:

—Ça devenait triste et vilain, ici quand vous parliez de vous en aller... n'est-ce pas ? Je suis censément riche de voir une personne comme vous ici... Alors, si vous repartiez, ça serait comme si je retombais. Ah ! je ne peux pas vous dire... comme si je perdais des belles idées qu'on a, qui vous font vivre mieux... C'est des choses qui n'existent pas, mais qu'on voit tout de même et qui vous font plaisir...

Il souffla, empourpré par cet effort d'élocution et, là-dessus, ma foi, il reprit son morceau de lard.

Marguerite, assise, ne bougeait pas, haletante, et, pour lui, elle avait l'air d'écouter très attentivement. Il cherchait encore et soudain, éperdu de gratitude envers cette compagne qui voulait bien rester, il se pencha, la main égarée sur le cœur, essayant d'exhaler ce qu'il avait de meilleur en lui :

— On s'arrangera... Demain, j'irai m'embaucher, n'importe quoi... vidangeur !

Il coupa sa viande, avala quelques bouchées, puis s'arrêta, la fourchette piquée dans son assiette ; l'idée lui venait maintenant d'une grosse plaisanterie, une énormité, une chose drôle par son impossibilité surhumaine. Mais il n'osa pas tout de suite, il serra d'abord les lèvres, tâtant Marguerite du regard. Enfin, il se décida timidement, avec une gaieté qui soulignait l'innocence de la plaisanterie :

— Mais, si on vend le vôtre... Ça ne fait plus qu'un lit pour nous deux ?

Quelque chose de sublime, d'effroyable, se passa en Marguerite. Le ressaut du corps atteint en pleine vie fut si violent, qu'il y eut un répit de quelques secondes. Mais, après un regard de mourante levé lentement, puis baissé aussitôt, toute droite devant la table, elle fit : « Oui ! » d'un signe de tête net, brave.

Et, à cause de ses paupières levées, puis baissées, de ses bras serrés au corps, de son raidissement d'attente frissonnante, cela fut brutal comme une provocation de fille, cependant que la pureté du Bien embellissait d'une blancheur saisissante son visage hiératique.

Limouset chavira sur sa chaise, ses yeux battirent ; sa bouche s'ouvrit d'un ressort brusque. Instantanément, il fut pris de suffocations bruyantes, rapides ; puis, hagard, se tâtant les cheveux, la joue, il se mit à pleurer, pareil à un enfant.

Cela dura quelques minutes ; il se balançait, ne sachant plus où il était, cherchant sa respiration, sa pensée, son équilibre.

Marguerite ayant fait un mouvement et posé sa main au bout de la table, il avança la sienne. Au contact accepté, Marguerite eut une rétraction glaciale de tout le corps. Et Limouset resta penché ; il la regardait au travers de ses larmes, suppliant, tremblant ; ses yeux heureux, puis effrayés, disaient : « Ce n'est pas possible, hein ?... Comment ! vous voulez ?... Je suis fou... vous allez vous moquer de moi... me battre... »

Marguerite sanglotait aussi, la tête baissée. Il s'approcha, se traînant sur les genoux ; il lui essuya le visage avec une serviette, il bégayait :

— Voyons, voyons.. je ne sais pas, moi, faut pas pleurer...

Et il gémissait plus fort qu'elle. Il cherchait du secours sur la table : devait-il lui offrir à boire? Non... Quoi faire, alors ? Doucement, il osa se frotter la joue sur la main, sur la robe de Marguerite, en signe de caresse compatissante. Et, de nouveau, il essuyait les larmes, il bégayait, ses yeux imploraient désespérément. Après de longues minutes, il finit par promener ses lèvres sur la manche de Marguerite, il reniflait, son souffle brûlait.

Un accident providentiel facilita l'impossible dénouement. Dans son agitation de gros chien qui donne de la tête maladroitement pour consoler son maître, Limouset heurta si fort la table que la lampe, renversée, s'éteignit. Enhardi par l'obscurité, il emporta Marguerite sur le lit. Elle poussa un cri d'angoisse.

— Là... là, fit-il, ayez pas peur.

En effet, il la laissa, il se recula dans un coin.

Elle enleva ses vêtements dans une hâte délirante et se cacha sous les couvertures.

Il fut assez inspiré pour ne pas rallumer la lampe et pour attendre longtemps à l'écart, jusqu'à ce que les pleurs et les soupirs ne s'entendissent plus.

Mais l'héroïsme de Marguerite ne put tenir jusqu'au bout. Quand Limouset haletant, lourd, entra dans le lit, elle eut une crise de nerfs, tout son corps dansait d'épilepsie et ses sanglots hennissants étaient coupés d'exclamations brusques de brûlée :

— Non !... non !... oh non ! oh non !...

Pourtant Limouset ne l'avait même pas effleurée. Il resta au bord du lit, aussi grelottant qu'un fiévreux, et l'on aurait compté les coups martelants de son cœur.

Après des heures, Marguerite, maîtresse de ses nerfs, se jeta contre lui. Il étendit sa large main doucement ; elle s'abandonna dans un demi-évanouissement. Elle ne pleurait plus, saisie par l'hallucination du patient au contact des fers de chirurgie, perdue dans l'épouvante de la mort.

La prostration qui suivit fut celle de l'individu pris et frappé après avoir été traqué longtemps, sans merci ; une sorte de soulagement survit : « Subir tous les maux, plutôt que cette chasse exténuante; être broyé, mais s'arrêter, se reposer... » D'ailleurs, l'horreur physique s'apaisa dans un cri comme la douleur disparaît instantanément chez une accouchée. Marguerite tomba dans un anéantissement presque bon ; son sang bourdonnait, elle croyait descendre indéfiniment dans un abîme sans fond.

Limouset, reculé, ne bougeait pas plus qu'un mort. N'était-il pas effrayé, repentant de sa victoire ?

Du temps s'écoula. Il faisait très noir et très chaud dans la chambre. Et c'était ce silence compact qui vous emmène hors du présent, ce silence infini qui est la réalité du pays des rêves.

Limouset se rapprocha une seconde fois. Marguerite ne se défendit pas ; elle se remit à pleurer, mais doucement, des larmes qui n'étaient pas douloureuses, des larmes de détente nerveuse, et sa chair était comme soumise, sans révolte. Elle pleurait d'un flux tiède, régulier : et tout d'un coup : Ah ! elle s'accrocha... elle se sentit s'en aller, s'en aller...

— Ah ! ah ! mon ami !...

C'est l'enlèvement vers le mystère divin de la fécondation, puis le grand soupir saccadé, arrivant, des épousées consentantes, puis la Nature qui vous reçoit dans son immensité aimante.

. . . .

IL EMPORTA MARGUERITE...

. . . .

Un monument solennel, des artifices de lumières et de décors, des chamarrures, des habits noirs, des importances officielles, des servilités pompeuses...

— Monsieur Marcelin Gayard, attaché au Ministère !...

XI

Un jour, à la fin de l'hiver, le médecin ne sachant trop comment soigner Lucette, lui demanda :

— Voyons, qu'est-ce qui vous ferait plaisir ?

— Je voudrais sortir, — dit-elle soudain, en rougissant, par une sorte d'inspiration un peu trouble.

— Je vous le recommande expressément, dit le médecin : de l'exercice, de la distraction ; il faut sortir tous les jours.

Madame Gayard protesta :

— On ne peut pourtant pas suivre les rues, sans but, le nez en l'air. Du reste, tu descends dans le quartier pour les commissions.

— Je pourrais aller tous les jours au-devant de papa, à l'heure où il revient du bureau.

Marcelin ne faillissait jamais à son habitude de faire à pied la longue course du ministère à la rue Vieille-du-Temple. Il trouva l'idée excellente.

QU'EST-CE QUI VOUS FERAIT PLAISIR ?

Les sorties ne donnèrent pas une sève heureuse à Lucette. Chacun cherche et observe, au dehors, les commentaires de son occupation ou de sa passion ; Lucette se sentait un être à part, sans racines : il n'y avait rien qui se rapportât au vide de sa petite existence éteinte. Le sentiment de sa dérisoire personnalité la rendait nulle et piteuse au point qu'elle avait une peur affreuse de rencontrer quelque ancienne condisciple : une phrase lui aurait coûté l'effort le plus pénible, une honte mortelle l'aurait empêchée d'avouer qu'elle ne faisait rien, qu'elle ne se mariait pas.

Et Marcelin était ravi d'avoir Lucette à son bras. Il portait sa serviette bourrée de papiers administratifs sous son autre bras ; il tenait donc là, contre son paletot, ses deux amours : son emploi et sa fille. Il marchait au milieu du trottoir, souriant, bienveillant, supérieur, prêt à renseigner n'importe qui sur n'importe quoi. Dans le coudoiement de la foule, il sentait profondément qu'il était employé de ministère et qu'il était le père d'une demoiselle distinguée.

Un mois maussade s'écoula. Maintenant, le soleil d'avril tout neuf, pas encore poussiéreux, plaquait de tous les côtés, dans la rue, les touches vibrantes d'une palette de feu ; tout ce qui était métal, vernis, étoffe claire s'animait d'une expression vive et parlante. Les passants, tirés par l'aspect rajeuni des choses, avaient une physionomie plus accentuée, une allure moins pressée. Lucette n'échappait pas tout à fait au chatouillement de la magnificence printanière.

Un après-midi, elle quitta la maison un peu en avance et s'efforça de flâner devant les étalages du bazar de l'Hôtel-de-Ville où se mélangent les porcelaines, les lingeries, les articles de papeterie, les outils, les ustensiles de pêche.

Vêtue très simplement en noir, strictement gantée, coiffé d'un chapeau très cher, mais sans effet, elle était d'ordinaire, malgré sa tournure jolie et délicate, une de ces personnes fermées sur lesquelles le regard ne trouve pas à enfoncer sa hardiesse. Mais là, devant le bazar, le front sans pensée, la démarche molle, le visage un peu défraîchi par l'anémie, elle ne décourageait pas la curiosité. Certes, il était difficile de déterminer à quelle catégorie de femmes elle appartenait, mais enfin, on voyait qu'elle était jeune, distinguée, pas heureuse — une institutrice sans emploi ? — et l'on pouvait s'engager dans cette judicieuse spéculation : il y a de ces femmes isolées, désemparées, qui ne cherchent pas, qui redoutent l'aventure et qui, pourtant, s'y laissent entraîner, sans goût, sans défense.

Comme elle atteignait la limite de l'étalage, un monsieur replet, à tête de notaire contumace, obliqua près d'elle, coude à coude, et murmura dans son cou, avec une voix lécheuse, une politesse retroussante :

— Madame, veuillez me permettre... je serais charmé de vous accompagner...

Elle tressaillit, regarda, ouvrit la bouche et, suffoquée, précipita ses pas au travers des mailles de la foule. Elle ne reprit une allure tranquille qu'au moment d'arriver à l'angle du boulevard Sébastopol.

Et là, tout à coup, quelle surprise : Phonsine ! Elle l'aborda d'un élan, la main tendue, comme elle se serait réfugiée auprès de son père, en disant avec effusion :

— Je suis bien contente de vous rencontrer.

Sur le point d'ajouter : « Figurez-vous que je viens d'être accostée », elle s'arrêta net, saisie, rougissante.

Phonsine portait un chapeau orné de fleurs trop beau, un tour de cou en imitation de fourrure, un costume de drap bleu quelque peu fripé, des chaussures de cuir jaune. Elle tenait à la main une ombrelle et n'avait pas de gants. On eût dit d'une actrice de dernier ordre, arrivant à la fin de sa jeunesse. Son visage était légèrement poudré ; ses cheveux roux débordaient en masses exagérées au-dessus des oreilles.

Elle examina Lucette d'ensemble, vit la correction gracieuse de sa tournure et son étonnement brusque :

— Ah ! dit-elle, amère et ricanante, vous voyez je ne cours pas après le prix Montyon... vous allez vous compromettre.

Elle retira vivement sa main et fit un pas sur le côté pour s'échapper. A l'instant, Lucette eut les larmes aux yeux; elle ressaisit Phonsine et lui dit, suppliante:

— Mais non ! Je vous aime bien. Voulez vous que je vous donne le bras?

Ce fut le tour de Phonsine de rougir devant cette sincérité entière d'enfant qui tend les lèvres et demande pardon. Un jet reconnaissant sautait de son cœur à ses joues, et elle répondit d'un ton effrayé, saccadé :

— Non ! je ne veux pas que vous me donniez le bras.

Le trottoir grouillait de monde ; trois, quatre passants avaient déjà humé, en amateurs, vers les deux amies ; on les frôlait ; une femme qui trimbalait un immense panier plein de linge débagoula rudement :

— Voyons, les poupées, allez donc compter vos cabrioles ailleurs.

— Venez un peu avec moi, reprit Lucette ; je vais tout droit, au-devant de papa qui sort de son bureau ; mais je ne suis pas encore près de le rencontrer.

Elles marchèrent côte à côte.

— Alors, vous n'êtes pas encore mariée? demanda Phonsine.

— Moi, je ne me marierai jamais, je n'ai pas de dot, dit Lucette d'un ton détaché, contente par là de s'assimiler à Phonsine.

— Oh ! vous, dit Phonsine d'un air entendu, vous n'avez pas besoin de dot ; mais je comprends que vous ne soyez pas pressée, étant chez vos parents. Alors, ils vont bien?

— Oui, merci. Et vos frères?

— Les quatre plus grands sont en

apprentissage ; il n'y a plus que Lolo, le dernier, qui va encore à l'école ; il a eu un prix à Pâques, pour l'orthographe... Mais c'est papa, maintenant, qui est impotent ; des rhumatismes attrapés sous les portes ; vous savez, l'hiver dernier, quand il a fait si froid, son tricot de laine s'est trouvé usé.

Elles allaient lentement, au bord du trottoir, pour se dégager du monde porté davantage devant les boutiques. Phonsine s'efforçait de prendre un air très réservé, très honnête, serrant le visage, évitant de bouger les prunelles et de trop coudoyer Lucette. Celle-ci, au contraire, penchée, se mêlait le plus possible à Phonsine, et, plus elle découvrait les stigmates d'une certaine misère, plus ses yeux se faisaient grands et unissants. De gros hommes lippus et blafards, des maigres à peau rouge, à tête de carnassier, pointaient sur elles leur nez fouineur. Des femmes jeunes lançaient leur coup d'œil, évaluant la concurrence.

— Comme le temps a passé ! disait Phonsine. Que c'est loin, le temps où, rue des Écouffes, je venais aider votre mère à faire le ménage ! Vous n'aviez pas encore de robes longues, et pourtant vous étiez, pour moi, plus qu'une petite fille.

— Je me rappelle plus loin que ça, disait Lucette, élevant un sourire d'adoration ; je vous ai vue pour la première fois rue Saint-Antoine, où mes parents avaient une boutique. Je vous ai aimée tout de suite et pour toujours ; vous aviez un corsage si drôle, si étroit et les joues si sérieuses !...

Il y eut un silence ; les cœurs des deux amies exhalaient le doux parfum du souvenir, elles respiraient à petites lèvres cueillantes. Les paupières baissées, elles oubliaient la rue, s'isolant dans le fracas des voitures et dans l'enveloppement éblouissant du soleil. Lucette soupira :

— Depuis que nous avons quitté la rue des Écouffes, j'ai bien pensé à vous, Phonsine.

— Pas tant que moi, à vous ! dit Phonsine d'un ton triste, profond.

— Vrai? demanda Lucette attendrie.

— Oui, dit Phonsine avec émotion, vous étiez partout, dans la rue, vous étiez toutes les jeunes filles belles, sages, que je rencontrais... le plus affreux, ce n'était pas de vous voir dégoûtée, haineuse, c'était de vous voir moqueuse quelquefois... Comprenez-vous cette peine? une belle jeune fille se moquer de ma misère !.. Ça vous arrache tout, on n'a plus qu'à mourir...

La voix de Phonsine sombra dans les larmes :

— Et c'est à vous, Lucette, que je disais que je ne pouvais pas faire autrement...

Lucette s'arrêta, força Phonsine à s'arrêter en lui prenant les mains et, pareille à une mère qui s'affole d'entendre son enfant pleurer, elle balbutia :

— Ma petite Phonsine ! je ne veux pas... je vous aime bien... vous êtes la meilleure, vous avez eu raison... et d'abord ça n'est pas mal... et si c'est mal, la faute est au monde, pas à vous... votre cœur n'a pas changé...

Alors, toute vibrante et désolée, Lucette eut soudainement une nouvelle notion du bien et du mal. Soudainement elle devint audacieuse, pour ainsi dire sans pudeur. Tenant les mains de Phonsine, on eût dit qu'elle cherchait à l'absorber dans son regard d'amour et elle portait le front à droite, à gauche, prête à la défendre par instinct personnel, sentant dans sa propre chair le supplice forcé de Phonsine, et se révoltant que l'on pût douter de son ingénuité d'âme.

Phonsine se dégagea doucement et souffla encore un peu de mots, comme on rend du sang :

— Ah ! si vous saviez !...

Elle resta un moment à renfoncer sa peine et à s'essuyer les yeux, puis elle reprit :

— Merci... vous êtes bonne pour moi... merci, mais il faut que je vous quitte.

Elles étaient à l'angle de la rue du Louvre.

Je fais tous les jours ce chemin à la même heure, promettez-moi que je vous rencontrerai souvent, supplia Lucette.

— Oui, sans doute, dit Phonsine, brûlée à vif, je... viendrai...

Elle vit que Lucette avait envie de l'embrasser ; elle lui serra la main très fort, se raidit, recula sa tête, puis, à l'improviste, se sauva.

Lucette, l'ayant bientôt perdue de vue, continua sa route, toute remuée, toute changée. Son pas était nerveux et vif. Dans le désarroi de sa pensée attristée, elle était cependant surexcitée d'une sorte de contentement : elle se sentait tout d'un coup rentrée dans la vie mouvementée, remise en communion avec le monde. C'est qu'elle aimait Phonsine activement, comme au premier jour, comme elle avait aimé la pauvre noiraude à l'école.

Souvent, dans les heures d'ennui, de confession solitaire, sentant son cœur inerte, presque mort, elle s'était rendu compte que, sans Phonsine, elle n'aurait peut-être gardé intérieurement aucune générosité ; il lui semblait que sa fidélité à Phonsine eût fixé l'élément charitable en son âme. De plus, des idées d'évasion vers le bonheur épanoui, faussement promis par la morale mondaine, étaient liées à Phonsine, à son air mal élevé, à sa condition déclassée.

Et maintenant, Lucette venait de retrouver son cœur entier, elle aimait en Phonsine la dépositaire de sa jeune tendresse. Elle l'aimait aussi à cause des choses troublantes, défendues, effrayantes attachées à la pauvre fille, qu'elle pressentait, qu'elle savait sans savoir, qu'elle niait en frissonnant, qu'elle reprochait avec révolte au monde et qu'elle trouvait beau d'affronter.

Quand elle eut marché un instant, le malheur de Phonsine ne lui sembla plus irréparable. Grisée d'une hardiesse généreuse, le sang capiteux, elle se sentait redevenue complète, capable d'un amour dévoué qui ne laisse aucun vide à l'âme et qui est pareil à une flamme contagieuse où se réchauffent et s'illuminent les jours. Ah ! comme elle donnait sa pensée palpitante à Phonsine et au petit Lolo et à ses autres frères, et à tous les enfants malheureux ! Des souhaits de félicité, d'enrichissement pour Phonsine, s'exhalaient avec son souffle ; des aventures de roman s'ébauchaient en quelques secondes vertigineuses. Mon Dieu, quelle chance ! Elle pouvait donc s'accrocher à une espérance ! Le but radieux de faire du bien à Phonsine était donc offert à son existence ressuscitée !

Elle allait très droite, comme une illuminée, le visage tendu, les yeux intensément grands et voyants. La tendresse qui s'évaporait de son âme colorait le spectacle de la rue. Sous les arcades, elle longeait le magasin du Louvre, au milieu d'un tissage multiforme et bariolé de gens divers bougeant dans tous les sens, posant et balançant devant les étalages : des dames exquises, des types d'étrangers, des employés en chapeau de haute forme, des modistes affriolantes avec de grands cartons, de gros hommes à chapeau rond, le cigare à la bouche, des hommes à têtes de noyés, à vêtements de la Morgue, criant des titres de brochures, approuvés par des chevaux de luxe qui piaffaient et secouaient leurs mors. Lucette croyait voir pour la première fois cette animation du pavé ; des images émouvantes l'atteignaient de traits incessants et soulevaient la pleine sève de sa nature généreuse.

Elle traversa la place du Palais-Royal, et elle se disait superbement :

« La bonté est la chose humaine la plus belle, rien ne peut la ternir ni la déprécier ; elle existe ou elle n'existe pas. Puisque Phonsine est bonne, qu'importe le reste? Elle vaut mieux que les égoïstes les plus immaculées ! Qu'importe votre stupide et bestiale virginité? La bonté est sublime ».

Devant la terrasse d'un café, au-dessus des visages rendus importants et honorables par le vert de l'absinthe, par le rouge et le jaune des alcools compliqués, elle promena un regard si prodigieusement lumineux, si envolé, si magnifique d'embrassement idéal, qu'un consommateur se leva, emboîta le pas derrière elle : croyant à une occasion rare, — au délire de l'inanition qui vous livre une femme par affaiblissement, aussi réellement que si elle s'anéantissait par amour, — déjà il se penchait impatient du drame, et il allait prononcer une phrase palpitante où il serait question de cent sous, quand Lucette obliqua brusquement, ayant aperçu son père.

Par extraordinaire, Marcelin n'était pas seul ; il était accompagné d'un jeune homme très élégant qui fut l'objet d'une présentation pompeuse :

— Monsieur Deguy, commis principal au ministère.

Ce jour-là, une nouvelle amusante avait ricoché de la conférence des cocus : Dufourni avait retrouvé sa femme. Elle était revenue tout tranquillement, sans rapporter un objet du ménage, pas même un mouchoir, avec sa simple robe sur le dos ; seulement, elle était enceinte de huit mois passés. Devant cette circonstance explicative, Dufourni lui avait pardonné, mais sa paternité de seconde main l'embarrassait beaucoup, car il logeait en garni et il avait des dettes.

s'étant consolé chez le marchand de vins de la versatilité féminine.

Inutile de dire si les employés s'étaient envoyé de galantes plaisanteries, d'une table à l'autre, par-dessus les paperasses. L'esprit bureaucratique avait touché de son aile puissante tous les mots à double sens susceptibles de s'appliquer à une femme « qui a classé une mauvaise fiche ».

Puis, tout à coup, inopinément, Marcelin avait proposé de venir en aide à Dufourni au moyen d'une collecte. Il avait eu un air faubourien, rajeuni, qu'on lui voyait rarement ; il avait présenté sa requête sous une formule heureuse : « Pour l'enfant », et son accent de gaminerie vibrante avait mis un fluide chaud dans l'atmosphère morte du bureau. D'ailleurs, depuis midi, une imperceptible saveur végétale s'était mêlée à l'odeur normale de chien mouillé, comme si le printemps s'était décidé à entrer dans la cour du ministère, malgré l'insensibilité nue de ses quadruples rangées de fenêtres.

Aussitôt, Deguy s'était levé, avait placé son chapeau par terre près de l'éléphant et, parodiant les bateleurs de place publique :

— Allons, messieurs, un peu de courage à la poche !

Il avait jeté vingt francs : Jadot avait lancé cent sous ; tous avaient donné de bon cœur, rendus généreux par l'intime sentiment de leur richesse intellectuelle. Thomas avait extrait du fond de sa poche une pièce de vingt sous entortillée dans un long papier usé, noirci. Blanblan avait seulement demandé qu'on établit une liste sur papier officiel, avec en-tête en ronde et colonnes de noms, de chiffres et d'émargement ; mais, par délicatesse, on s'était accordé à ne pas indiquer expressément l'objet de la souscription.

Marcelin et Lapalette étaient partis tendre la main dans tous les bureaux du ministère, et ils avaient réussi partout, grâce à un truc soufflé par Jadot : ils avaient quêté pour un faux motif, soi-disant pour acheter une croix en diamant au collègue Deguy, qui venait justement d'être nommé officier d'Académie. Jadot avait dit, de son air naturel et innocent :

— Il n'y a qu'un motif de souscription irrésistible dans l'administration. Les employés refuseront de participer à toute bonne œuvre, excepté à l'achat d'une croix : il faut des entreprises nobles pour les empoigner.

Marcelin avait enlevé les offrandes avec audace, avec gaieté, avec adresse : un commis-voyageur méridional n'aurait pas mieux fait, avouait Lapalette ébaubi.

Le gros Cadouran, mis dans le secret, ayant répondu :

MONSIEUR DEGUY, COMMIS PRINCIPAL...

— Je ne marche pas ! Comment ? Dufourni ! mais il se saoule !

Marcelin lui avait crié sous le nez :

— C'est justement parce qu'il se saoule qu'il faut donner. Oui, c'est pour ça, uniquement pour ça, parce qu'il se saoule. Comprenez-vous, gros sac ?

Marcelin avait découvert qu'on obtenait tout de Cadouran par la gracieuseté : en se dressant devant lui, en lui marchant sur les pieds et en l'appelant gros sac.

Cadouran avait dit :

— Tenez, voilà vingt sous. Mais j'aime mieux faire un bras tendu que d'essayer de comprendre.

Il y avait un expéditionnaire de première classe relégué tout seul dans une petite pièce où il confectionnait des cuisines bizarres sur un réchaud alimenté clandestinement par le gaz d'éclairage. Il emportait ses écritures à la maison et les confiait à sa femme de ménage, payée cinq sous de l'heure. Il était très sourd, très puritain et très avare. Marcelin et Lapalette, pour le forcer à donner, s'étaient installés sur des chaises, décidés à rester là des heures, s'il le fallait.

Étant sourd et perdu sous les combles, le vieil avare avait du public à recevoir. Pendant qu'il défendait son porte-monnaie on avait frappé. Marcelin et Lapalette s'étaient éclipsés derrière un paravent et là, sur une table, ayant aperçu deux paires de ciseaux, ils s'étaient mis à imiter le cisaillement rapide et ininterrompu des coiffeurs qui coupent les cheveux. L'imitation avait été parfaite : les coups distancés qui abattent les mèches, les coups redoublés qui égalisent ; les grands happements qui avalent et les petits becquetages qui semblent reprendre haleine indéfiniment ; les menus mâchements derrière les oreilles, dans le cou, les mâchements plus larges autour du front ; et le choc isolé qui nettoie le peigne et les ciseaux. Impossible d'en douter : on coupait les cheveux derrière le paravent.

Alors, une scène inénarrable s'était passée.

M. Public, étonné, s'était arrêté deux fois, au milieu de sa phrase, regardant alternativement l'employé, puis le paravent.

L'employé, impassible, avait dévisagé fixement M. Public et jeté un coup d'œil tranquille sur le paravent. D'habitude, il lisait à peu près les paroles des gens sur leur figure ; mais la surprise de M. Public l'avait dérouté, il n'avait rien deviné et n'avait pas répondu.

Alors, tête effarée de M. Public entendant toujours couper les cheveux et répétant sa demande ; tête sourde de l'employé ne comprenant ni la requête, ni l'effarement de son interlocuteur.

M. Public demandait une autorisation concernant les domaines de l'État.

L'employé, croyant qu'il s'agissait de certains jugements dont on ne délivrait pas la copie *in extenso*, s'était décidé à parler :

— On vous fera un extrait seulement, monsieur, nous coupons les *attendu* et les *considérant*, nous ne laissons que le dispositif.

Il reflétait exactement la physionomie de M. Public : plus celui-ci s'ahurissait, plus il s'écarquillait de stupéfaction.

Alors, ç'avait été un bayement, une fixité réciproques, allant jusqu'au vertige, jusqu'à l'épouvante, et qui s'étaient terminés par la fuite courbée de M. Public.

Marcelin et Lapalette sortis de leur cachette, il avait fallu batailler de nouveau avec le vieil avare. Tandis qu'il se fouillait avec désespoir, Marcelin parlait tout bas, d'une voix chantante, calme, empruntant à son insu l'accent même de Jadot :

— Oui, mon père La Morale, tu financeras pour la femme à Dufourni. Si tu savais ce que Dufourni a raconté : elle a un ventre qui tient toute la chambre ! son ventre est en avant, tendu, dressé, béant, doublement impudique, il est formidable, il est extravagant d'immoralité et il est sublime comme l'amour, comme la fécondité, comme l'ardente générosité femelle. Dufourni, mille fois cocu, se tient devant, dans un coin, tout petit, perclus de respect, d'attendrissement... Non, mon cher camarade, je n'accepte pas moins de vingt sous.

Bien entendu, l'on ne s'était pas permis de solliciter les grades supérieurs. Pourtant, un sous-chef, rencontré par hasard dans un bureau d'expéditionnaires, avait voulu absolument verser sa cotisation. C'était un brave homme, assez méticuleux : il s'était fait délivrer, par le service du matériel, un petit plumeau rouge avec lequel il époussetait soigneusement les bûches de bois avant de les mettre dans le feu. Marcelin, ayant de la monnaie à lui rendre, avait frotté les pièces sur son genou, d'un air sérieux, imperturbable.

Au retour, il gambadait dans les couloirs, heureux comme d'un gain personnel; il faisait semblant d'embrasser Lapalette :

— Mon ami Jadot m'a donné une bonne idée ! il est malin, l'animal... Tiens, voilà justement Dufourni... quelle bonne tête !... Bonjour, vieux frère ! Je viens de toucher des gratifications, tâtez, j'ai mes poches pleines... Ah ! vous rapportez la signature de chez le chef? Sapristi, j'ai une copie urgente à faire signer.

Le cabinet du chef était une vaste pièce solennelle, au parquet feutré d'un tapis à fond rouge, au mobilier comme imprégné de compétence. En face de la porte, entre les deux fenêtres, s'érigeait une majestueuse bibliothèque surmontée du buste de Voltaire. Quand monsieur Vrillard, avait prononcé : « Entrez ! » on le trouvait toujours assis devant sa table spacieuse, occupé à compulser quelque énorme tome relié du *Recueil des actes administratifs* et il ne relevait qu'au bout d'un instant son visage grave, émaillé.

— Monsieur le Directeur fait demander les mémoires que je vous ai apportés ce matin, avait dit Dufourni.

Puis, étant allé relever les stores des fenêtres, ayant miré deux fois dans la glace de la cheminée sa longue tête mélancolique et son uniforme de drap bleu à boutons métalliques, apanage des serviteurs à quinze cents francs, il était revenu se planter devant la table de M. Vrillard,

Celui-ci avait pris un paquet de papiers, et il les avait palpés et repalpés avec embarras, examinant le haut, puis le bas, puis le recto, puis le verso, d'un air incompréhensif, et ne se décidant pas à se servir de la plume qu'il tenait entre les doigts.

Des minutes s'étaient écoulées. Dufourni, qui regardait les pièces à l'envers, avait avancé l'index sur la première page en disant avec une pointe d'impatience :

— Ici, un visa. Là, un simple paraphe...

M. Vrillard avait exécuté docilement, la mine sévère, le coup de plume net, tout-puissant. Le garçon avait tourné les feuillets, continuant à montrer les endroits exacts :

— Là, *vu sans observation*... Ici, *avis favorable*... Mais non ! rien, là, voyons, c'est le Directeur qui signe !

Il avait ramassé les documents, s'était baissé pour défaire un pli du tapis et était sorti, tandis que M. Vrillard, plein d'importance, ramenait sous ses yeux le *Recueil des actes administratifs*.

Après avoir rendu compte aux collègues de la fructueuse tournée, Marcelin était allé, derrière Dufourni, porter la copie urgente à M. Vrillard. Celui-ci, au moment de signer, avait découvert que la date manquait; il avait repoussé le papier en disant sèchement :

— Il faut faire attention, monsieur ! il n'y a rien de compliqué dans l'administration, à condition de travailler avec un peu d'intelligence.

Marcelin avait filé, la tête basse, changé instantanément. Il avait reçu un reproche du chef ! Il était aplati, racorni, transi, frappé d'une inquiétude lâche, il flageolait, il serrait le dos. Comme une personne atteinte brusquement dans sa santé perd toute exubérance, hantée par la possibilité de la mort, de même Marcelin blâmé n'avait plus que des idées égoïstes, peureuses ; il était malade dans son emploi, il devait prendre garde, s'observer, se soigner avec une étroite minutie.

A l'heure du départ, Deguy l'avait rattrapé dans le couloir :

— Je vous offre l'apéritif...

— Je ne peux pas, merci, ma fille vient au-devant de moi, avait répondu Marcelin, rasséréné, emphatique.

— Dans ce cas, je vous accompagne, avait dit Deguy par taquinerie aimable.

Mais Marcelin l'avait bel et bien pris au mot et entraîné par-dessous le bras.

Deguy, svelte, grand, carré d'épaules, le visage mat, expressif, la moustache en mince trait d'encre, portait le col montant, la cravate de satin, une jaquette noire d'une coupe si juste, fixée par un coup de fer si savant que, très droit dans ce vêtement si droit, si impeccable d'encolure, de dos et de revers, il affichait réellement une distinction particulière. Un chapeau de feutre gris, des gants gris foncé, une canne béquille à monture d'argent le rendaient beaucoup plus boulevardier qu'administratif. Il était tout imprégné d'une odeur ambrée de cigares de luxe.

Auprès de lui, Marcelin paraissait lourd et rond de partout, de visage et de corps : ses vêtements ne montraient que des rondeurs, aux épaules, au devant, au dos, sans ce dessin à angle qui donne de la physionomie ; il portait un chapeau melon et toujours un de ses bras faisait l'anse pour soutenir sa serviette de cuir et son parapluie.

Lucette répondit sans trop d'embarras au salut cérémonieux du brillant collègue. Deguy venait parfaitement à la suite de ses pensées enflammées : il était comme un personnage attendu dans un roman.

Lui, surpris évidemment, regarda Marcelin avec un haussement de front significatif : « Mes compliments ! »

— J'irai jusqu'au boulevard Sébastopol si vous le permettez, prononça-t-il.

On marcha, lui, à gauche de Marcelin, Lucette à droite. Tout de suite, il usa de son aisance d'homme du monde :

— Figurez-vous, mademoiselle, que je voulais détourner votre père de ce chemin-ci. Comme on peut se faire tort, faute de savoir !

Une sincérité caressante perçait dans son enjouement.

— S'il vous arrivait de ne pas rencontrer monsieur Gayard, vous auriez une jolie inquiétude, forcément?

L'adverbe se détacha dans l'hommage d'un sourire.

Lucette percevait la galanterie sans entendre tous les mots ; elle bavardait sans avoir bien conscience de ses propres paroles. Une légère vapeur d'ivresse troublait son entendement, dispersait son attention.

Au coin du boulevard, Deguy lui tendit la main et lui dit au revoir avec un regard intentionné.

Dès que son jeune collègue eut tourné les talons, Marcelin débrida son enthousiasme :

— Tu t'es souvenu tout de suite? C'est celui-là dont le père a trente mille francs de revenu et qui, si jeune, est déjà commis principal par une faveur étonnante, un vrai passe-droit. Crois-tu qu'il est chic ! et officier d'Académie !

— Moi... commença Lucette qui voulait bravement raconter la rencontre de Phonsine.

Mais son père continua, marchant, le visage contracté, sans voir les passants :

— Tu sais, les gens calés sont tout de même d'une société agréable ; auprès d'eux on se sent rehaussé. Tandis que, si l'on écoutait Jadot, l'on n'aurait plus aucune fierté, l'on se considérerait comme des rien du tout... Justement je l'ai remis à sa place, tout à l'heure. Que diable ! il faut toujours chercher à s'élever. La morale pour les grandes personnes est la même que celle enseignée aux enfants : ne jouez pas avec les petits polissons mal ficelés, choisissez des camarades bien tenus, élégants.

Brusquement, un souffle froid arrêta la franchise confiante de Lucette : elle ne sentait plus son père assez « ami » pour lui parler de Phonsine.

Marcelin se taisait, il avait allumé une cigarette, et des préoccupations énormes s'agitaient dans sa tête. Pansé de l'algarade du chef par l'amabilité de Deguy, il soufflait maintenant sur la petitesse des passants exempts des graves émotions administratives.

Il aurait fallu que Lucette parlât avant d'arriver à la maison : « J'ai vu Phonsine, elle souffre, je veux de tout mon cœur essayer de lui faire du bien. » Elle avait besoin du doux encouragement de son père ; leurs deux cœurs s'entendaient si vite autrefois !

Non. Les mots se refusaient comme s'il s'agissait d'une monstruosité. Comment présenter sans honte la misérable Phonsine, après l'apologie du brillant Deguy? Lucette aurait volontiers pleuré de sentir sa foi nouvelle obscurcie, renversée.

On arriva. Elle garda, pour la première fois, un secret grave qui la séparait de ses parents, un secret angoissant qui empoisonnait sa volonté généreuse.

Pendant le dîner, on ne s'occupa que de l'aimable collègue, et ce fut l'occasion de mâcher, avec les mets récalcitrants, une quantité d'axiomes relevés, tout en dévotion envers les gens chics, tout en prévention contre les gens du commun.

Et voilà, que, le soir, dans sa chambre, Lucette se trouva entre deux obsessions : d'une part, l'image de Deguy, qui la sollicitait vers la discipline à base d'argent, vers le dégoût des pauvres, et, d'autre part, l'image de Phonsine.

Tout de suite, cette intuition précise s'imposa : ce M. Deguy allait prendre une importance dans l'existence de Lucette ; elle était appelée à le rencontrer souvent... Eh bien, il faudrait choisir : Deguy ou Phonsine ; il faudrait rougir de Phonsine et s'en détourner, ou bien haïr Deguy. Car celui-ci excluait celle-là. Lucette le sentait bien ; son émotion charitable s'était amoindrie singulièrement après l'apparition du jeune homme.

Quel chagrin et quelle tentation ! La galanterie de Deguy, un instant oubliée, avait laissé une de ces impressions qui se ravivent sans cesse. Deguy, c'était la vanité féminine agréablement chatouillée, c'était aussi l'évocation permise d'une existence privilégiée. Et il y avait une

Lucette faible, ignorante, un peu pervertie et sensuelle : la Lucette des convenances, de la famille.

Mais la Lucette d'avant l'éducation, la Lucette de la noiraude, la Lucette de la misère se révoltait et ne voulait pas s'effacer ; ce jour même, une sorte d'instinct de conservation s'était affirmé en elle puissamment, pareil à un sentiment de race : cette Lucette se reconnaissait du même limon de peuple et de pauvres que Phonsine.

Toute la nuit elle serra jalousement sur sa joue son oreiller, confident de sa tendresse fidèle et qui avait la tiédeur douce d'une joue amie.

Mais on se lève. Et c'est toujours la maison désœuvrée et froide ; décidément il faut quelque chose de tout contraire à cet encroûtement mesquin des mornes habitudes.

Lucette attendit avec impatience l'heure de partir au-devant de son père.

Et il est des tiraillements irrésistibles.

Dans la première partie du chemin, elle fut toute à Phonsine ; mais son sentiment ressemblait au retour de tendresse moitié sincère, moitié forcé, d'une femme volage qui sera encore infidèle. Et, passé la rue du Louvre, ses pensées s'échappèrent : elle était vivement préoccupée de savoir si Deguy accompagnerait encore son père. A quelques pas du point de rencontre accoutumé, un trouble physique l'amollit. Enfin, elle ne put s'empêcher de sourire et de rougir en apercevant, de loin, que son père n'était pas seul.

— Bonjour ! figure-toi que Deguy va presque tous les soirs chez un ami, boulevard de Sébastopol ! Depuis longtemps nous aurions pu faire le chemin ensemble ; je ne m'explique par pourquoi nous ne nous étions jamais vus.

Marcelin, loquace, radieux, embrassait Lucette et regardait Deguy. Sans doute, par amour de l'art, il était enchanté du rapprochement : ici, un jeune homme riche, ayant un emploi superflu et tout loisir de satisfaire ses passions ; là, une jeune fille, sa Lucette, sans situation, sans avenir, vouée à la plus odieuse médiocrité, torturée en sa nature. Il souriait à la rue,

DEGUY ENGAGEA LA CONVERSATION...

aux pauvresses qui passaient, à tout le monde.

Deguy engagea la conversation avec Lucette et, jusqu'au boulevard, l'on savoura la distance à petits pas.

XII

Deguy prit l'habitude d'accompagner Marcelin tous les jours.

Lucette fut influencée par lui comme elle l'avait été par ses camarades d'étude, Rose Ballon et Marie de Baher. Quand il parlait, quelque chose la poussait à toujours acquiescer ; il aurait pu dire des méchancetés inacceptables ; sans le connaître, sans l'estimer, elle était sous le charme.

Et la rencontre du jeune homme, étant le seul événement de sa vie fadasse, acquit une importance de plus en plus considérable.

Maintenant, elle écoutait Phonsine, en son cœur, avec un malaise d'emprisonnement ; tandis que Deguy apportait à son imagination les mirages séduisants de la liberté lumineuse, enivrante. Elle évitait de se demander qui serait sacrifié.

Elle passait son temps à chiffonner des rubans, à composer des chapeaux ; elle étudiait consciencieusement au piano, parce que l'art de la musique vous élève à un certain rang. La glace, la pendule et la fenêtre se partageaient le reste de ses attentions.

Dehors, elle aspirait par les yeux et par la peau, les formes, les odeurs, les couleurs, les effluves qui rendent les pubertés précoces dans les grandes villes et développent chez les adultes le sens artistique, l'ambition, la vanité. Elle aspirait le chaud du luxe. Elle vivait intensément ; ses sensations ramasseuses couraient dans tous les sens ; elle fourmillait dans les passants mélangés de la rue de Rivoli : active de préférence vers les beaux vêtements et les découpures des physionomies intelligentes.

On était en plein été. Le soleil versait son feu sur le trottoir, mettait en valeur les noirs et les clairs de la foule, pénétrait les individus, en faisait sortir tout le relief.

Beaucoup de ces malheureuses ressemblant à Phonsine, portant un chapeau excentrique et une sorte de livrée indicatrice « faisaient le service » du Louvre à l'Hôtel de Ville. Tout d'abord, à les voir, Lucette éprouvait le bien-être de se sentir à l'abri, exempte de la misère matérielle, et, en même temps, comme la foule, jusqu'à la rue des Halles, est plutôt épicière et ouvrière et que les maraudeuses n'y font pas leurs frais, Lucette, avec une sensibilité de poète officiel, rêvait de donner à toutes un métier honorable et lucratif.

Puis, passé le coin de la rue des Halles, comme le trottoir Rivoli devient plus bourgeois, Lucette découvrait des accointances entre le vice ambulant et les messieurs bien mis, pareils à Deguy. Elle n'était pas non plus sans remarquer les convoitises masculines qui l'effleuraient elle-même au passage ; alors elle prenait conscience de sa valeur spéciale et de sa supériorité de classe. Plus de dispositions bienveillantes. Dans le fond et à son insu, elle éprouvait presque cette aversion spontanée des honnêtes femmes pour les déshonnêtes, aversion qui est simplement le regret des libres sentiments : jalousie d'esclaves volontaires contre d'autres esclaves plus malheureuses, mais portant une chaîne différente ; rancune de créatures restées trop longtemps chastes, puis rivées lâchement à un service unique, contre d'autres créatures plus audacieuses qui connaissent peut-être les assouvissements rêvés.

Dans ces moments, Lucette aurait été ennuyée de rencontrer Phonsine. Pourtant, elle la séparait absolument de ses congénères : du moment qu'il s'agissait de Phonsine, la dégradation n'existait plus réellement, c'était une apparence, une hallucination impossible à fixer. De même que l'amant d'une courtisane met sa maîtresse à part, et ne peut la considérer comme une éhontée, de même, faite par Phonsine, la « chose » cessait d'être ignominieuse. Et puis, ce phénomène persistait que la chair de Lucette, obscurément, se confondait avec celle de Phonsine : Lucette, à certaines idées, souffrait d'une sorte de viol, et elle avait pour Phonsine les excuses que l'on trouve toujours pour soi-même après une action mauvaise où l'on a été, à la fois, coupable et victime. Elle l'aimait donc encore, mais c'était l'attachement peu expansif réservé à une parente pauvre qui fait bien de se tenir à l'écart.

Enfin Deguy apparaissait et, instantanément, il accaparait Lucette en entier : ayant compris que les Gayard n'allaient jamais au théâtre, il racontait les pièces nouvelles avec une verve empoignante.

Après son départ, Lucette avait l'esprit aiguisé au plus vif ; Marcelin lui-même se rappelait les drames vus à l'Ambigu pendant sa lune de miel. Le père et la fille rentraient à la maison, l'un parlant de sa jeunesse, des débuts de son mariage, l'autre cherchant des jeunes premiers

LUCETTE DÉCOUVRAIT DES ACCOINTANCES ENTRE LE VICE...

parmi les passants et discutant des grandes passions mondaines qui se mettent à la scène.

Le dimanche était devenu le jour le plus ennuyeux. Depuis la fin de l'hiver, le dimanche, après le déjeuner, on allait à Charenton, errer au bord de la Marne, et l'on rentrait dîner sans autre dépense que celle du transport. A la descente du bateau, Lucette se plaçait à droite de son père qui donnait le bras à sa mère, et ils marchaient lentement, tous les trois de front. A la correction des vêtements, d'un chic pauvrement imité, aux visages médiocrement nourris, vides de passions, à un certain air sans-le-sou, sans relations, sans énergie, n'importe quel observateur aurait fait l'annonce sans hésiter : famille d'employé.

On voyait un tas de gens pleins d'entrain qui parlaient fort, se démenaient, mes furibonds et s'assurait que sa fille gardait un visage mort. Lucette, les paupières prudes, constatait que le manque de moralité rendait certaines physionomies diantrement naturelles et agréables, tandis que la sagesse avait le nez plutôt pincé, triste, fané. Elle se baissait, cueillait deux ou trois fleurettes blanches ; son père en mettait une à sa boutonnière et fumait dignement. On s'asseyait sur l'herbe, après avoir longtemps cherché une bonne place introuvable. Quelques

ON ALLAIT A CHARENTON, ERRER AU BORD DE LA MARNE...

entraient dans des établissements, dépensaient de l'argent, des gens enfin qui faisaient autre chose que de marcher posément, sans but. Lucette aurait voulu connaître leurs projets, elle se dépitait d'être une spectatrice trop éloignée. Des amoureux se donnaient le bras : comme elle comprenait des choses, rien qu'à les voir de dos ! que d'expressions, dans leurs coudes, dans leurs nuques, dans leurs épaules ! Et ceux qui, de face, ne se gênaient pas pour se menacer du bec, se jeter des rires aux joues !

Madame Gayard marmottait des blâ-phrases sur la chaleur et la poussière épuisaient les idées de chacun ; on regardait les pêcheurs ; on se laissait endormir à suivre l'inlassable va-et-vient de leurs lignes.

Le retour était lugubre. A l'aller, on a un peu de volonté, on compte vaguement sur de l'imprévu, quoique la promenade soit parfaitement connue. Au retour, c'est l'ennui qui s'est ajouté à de l'ennui et qui va rejoindre de l'ennui.

Malgré la fatigue bête, Lucette dormait mal, tracassée par la curiosité de son imagination : où étaient maintenant les couples joyeux en escapade au bord de la Marne? Puis, forcément, elle pensait à Deguy, non pas qu'elle l'aimât, non pas qu'il eût allumé en elle la moindre étincelle magique, mais il était le seul jeune homme placé à sa portée, il l'intéressait comme représentant le sexe masculin, et puis il était riche ; comment séparer le bonheur de l'argent?

ON S'ASSEYAIT SUR L'HERBE...

Quoiqu'elle ne connût pas les véritables besoins de son organisme détraqué et n'eût pas su dire d'aucun homme qu'il répondait à son idéal, elle avait cependant perçu instinctivement que Deguy était incapable de passion vibrante, elle avait été choquée par certaines railleries cruelles jetées sur la misère de la rue ; elle avait deviné un peu de supériorité moqueuse dans la camaraderie si chère à son père. Non, elle n'aimait pas Deguy.

Mais son imagination ne pouvait s'empêcher de le mêler aux histoires du grand monde qu'il racontait. Comme Lucette aurait voulu être une de ces belles dames — du théâtre ou de la réalité — ayant des intrigues émouvantes, rencontrant sans cesse des événements nouveaux ! Comme elle aurait jeté son cœur au secours des plus humbles détresses !... Et, au fait, Deguy ne manquait pas de qualités généreuses : ne l'avait-elle pas vu tirer d'embarras un apprenti maladroit qui avait cassé un carreau de boutique, en jouant à la toupie? On voulait l'emmener chez le commissaire. Deguy avait payé le dégât et il avait encore donné vingt sous au gamin pour l'indemniser de ses larmes. Et quel admirable mépris, octroyé — avec l'argent de la vitre brisée — au commerçant impitoyable !

Le lundi matin, elle se levait avec l'âme fade. Elle retrouvait la réalité aux attaches gluantes. Le miroir lui montrait un pauvre visage terne et insignifiant. Alors, devant la sérénité méthodique de sa mère, elle avait des remords de s'être comme enfuie en rêve de la maison paternelle. Mais aussi elle ne se sentait pas assez bien dirigée, assez aimée par ses parents : elle était comme au bord d'un abîme, et eux la laissaient sans s'apercevoir du danger. Désemparée, elle aurait voulu entendre à la maison d'autres paroles plus en rapport avec la vraie situation de la famille... Elle ne savait pas au juste... mais une autre morale plus en accord avec la bienfaisance naturelle existait certainement. Elle se reprochait aussi d'oublier Phonsine et de n'avoir plus de bonté : c'était un point malade, toujours douloureux dans sa conscience.

La matinée s'écoulait ; la clarté du jour changeait et toutes ces idées se dissipaient à mesure que l'heure de la sortie approchait. Et Deguy était le bienvenu.

Un jour, à la fin de juillet, Lucette aperçut Phonsine, d'un trottoir à l'autre, dans la rue de Rivoli. Phonsine marchait sans hâte : elle paraissait enlaidie, vieillie, quoique le haut du visage gardât inaltérablement un je ne sais quoi d'enfantin ; sa main droite relevait une robe fatiguée sur un jupon de ralliement.

Lucette la trouva mal fagotée, portant trop l'enseigne de la misère. Elle fut sur le point de traverser : son cœur battait très fort ; elle devait... L'instant était grave. Mais, par une lâcheté invincible, elle se borna à envoyer de l'autre côté de la rue un regard compatissant et de bon souhait, puis elle allongea le pas, sans motif.

— Tu sais, dit Marcelin, Deguy nous lâche à partir de demain.

— Oui, mademoiselle, je prends un mois de congé, peut-être davantage, et véritablement je regretterai nos rencontres quotidiennes.

Lucette, assombrie, fit un salut de la tête :

— Je regretterai aussi, monsieur.

— Oui, ajouta Deguy, les yeux sur Marcelin, nous serons quelque temps sans nous voir... à moins de rencontres fortuites, car je ne quitte pas Paris.

Lucette eut un regard trop vif, inexplicable.

Pendant un instant l'on marcha en silence. L'air était alourdi de poussière et agaçant de tiédeur farfouilleuse. Deguy et Lucette semblaient être absorbés par leurs préoccupations intérieures et n'avoir plus rien à dire tout haut.

— Vous en avez de la chance, de pouvoir prendre des vacances ! dit Marcelin, pour renouer la conversation. Il est vrai que je ne saurais quoi faire, moi, si je n'allais pas au ministère.

Pendant le mois de congé auquel il avait droit, Marcelin remplaçait un employé qui prolongeait son absence. C'était une aubaine de cent cinquante francs.

Deguy secoua la tête distraitement.

— Racontez donc à ma fille ce qui se passe à l'usine de votre père : c'est très amusant.

— Figurez-vous, mademoiselle, qu'un certain nombre de femmes se sont mises en grève. Parmi elles, quelques-unes n'ont pas osé annoncer qu'elles avaient cessé le travail, de peur d'être rouées de coups par leurs parents, par leurs frères, par leur homme ou par leurs enfants. Alors, elles partent le matin, comme si de rien n'était, avec leur petit panier du déjeuner. Elles rôdent toute la journée autour de l'usine, elles mangent dehors, dans un coin, et elles rentrent le soir à l'heure habituelle. Mais quand la quinzaine sera finie et qu'elles ne rapporteront pas d'argent...

— Il leur faut tout de même une sacrée résolution ! dit Marcelin.

Deguy continua :

— C'est ce que je dis à mon père :

« A ta place, je leur céderais, à celles-là ; elles sont tragiques ! »

— Oh oui ! fit naïvement Lucette, les prunelles engouffrantes.

Deguy se mit à rire :

— La question n'est pas si simple ! Comment céder aux unes et pas aux autres? Et si mon père cède à toutes, il ne peut plus lutter contre les usines rivales.

— Le problème est compliqué, appuya Marcelin d'un air capable.

— C'est pourquoi j'ai préféré l'administration, ajouta Deguy ; avec un bel égoïsme inconscient.

Et il voulut encore émouvoir Lucette qui venait d'avoir un étrange éclair de beauté :

— Alors, le soir de la paie, il y a des grévistes qui ne rentreront pas... des jeunes... et des vieilles aussi...

Lucette se réjouit de ne plus devoir rencontrer Deguy, elle le détestait :

« Quelle légère pitié ce beau monsieur doit avoir pour moi, qui ne suis pas de son monde, qui porte des chapeaux retapés, des robes rafistolées ! Il doit parler de moi, comme il parle des femmes de son usine jetées dans un horrible drame, avec le même accent théâtral, froid et complaisant. Et dire que j'ai laissé passer Phonsine?... Oh ! je veux la retrouver, la revoir vite et ne plus aimer qu'elle seule. Quand je vois l'insensibilité d'un monsieur Deguy, comme je sens bien que nous sommes sœurs ! nous n'avons censément qu'une chair qui est torturée par le même ennemi. »

En allant au devant de son père, Lucette se mit à chercher Phonsine ardemment. Entre l'Hôtel de Ville et le Louvre, dans cette partie de la rue de Rivoli uniquement commerçante, affairée, bazardière, sans caractère saisissable, sans une note intellectuelle, sans livres, sans tableaux, elle regardait, avec une douceur qui demandait pardon, les « petites dames » circulant de droite et de gauche, les seules fantaisies pittoresques de ce quartier utilitaire.

« Pendant ces derniers temps, j'ai peut-être passé auprès de Phonsine sans la regarder. A-t-elle deviné que je l'abandonnais? Oh ! comme elle doit avoir besoin d'affection !...

A la maison, Lucette s'efforçait de devenir meilleure pour ses parents. Elle conservait sa vie intérieure, sa pensée fermée, inviolable, mais elle s'appliquait à parler davantage, à rire quelquefois. Par dévouement filial, elle mettait du talent à provoquer les récits administratifs. Elle en redemandait même : après le dessert, elle faisait la gourmande pour avoir encore du Lapalette et du Blanblan.

Pendant que Paris aimait, travaillait, pendant que la rue grouillait et se passionnait, que le ciel était une féerie bleue, que le soleil vibrant agrandissait l'âme humaine, pendant que l'en-dehors existait et appelait tout ce qui veut être heureux, pendant qu'elle avait vingt ans et une nature palpitante, Lucette trouvait le courage de dire : « Vois donc, maman, comprends-tu qu'on batte un tapis de cette façon là? » Elle avait le courage de rester là, de paraître s'intéresser à la chose et le courage d'écouter l'interminable dissertation éclusée par ce tapis mal battu.

Madame Gayard qui, déjà auparavant, jugeait suffisante et convenable l'animation de sa fille, disait maintenant avec bonheur : « Lucette fera une femme d'intérieur parfaite, dans mon genre... »

Si la digne mère s'était doutée que l'admiration de Lucette pour ses vertus étroites était le trop-plein de la charité due aux prostituées !

Lucette se jetait aussi au cou de son père, de sa mère, inopinément, comme cela, prise du besoin d'aimer plus qu'elle n'aimait. Si ses parents s'étaient doutés qu'elle baisait Phonsine sur leurs joues !

Car, depuis peu, elle « s'expliquait » le front de Phonsine et ses yeux où miroitait une enfance indestructible. Voilà : une certaine innocence naturelle résiste à toutes les souillures. Il y a des bacheliers crétins, tandis que des illettrés sont artistes ; pareillement, chez une fille misérable, une candeur peut persister qui n'existe pas chez une vierge aristocratique. Lucette était si contente d'avoir trouvé cela qu'elle débordait de bonté pour ses parents.

Elle alla jusqu'à l'héroïsme. Un dimanche, après le déjeuner, elle dit naïvement :

— Tiens, papa, en rangeant ma chambre, j'ai retrouvé le damier : si nous faisions une partie?...

Marcelin fut enchanté. Il adorait le jeu de dames, il en était privé depuis des années.

— Ah ! j'aime bien mieux ça que de sortir ! s'écria-t-il.

— C'est gentil, dit madame Gayard ; je repriserai des bas auprès de vous.

C'était un beau dimanche d'août. Par les fenêtres ouvertes, l'air chaud entrait chargé d'électricité, chargé de l'exhalaison d'amour de toute la nature : il rôdait caressant, chercheur de maturités à faire éclore : on entendait au dehors des bruits de voix joyeuses, des appels d'enfants ; un orgue jouait la valse des roses, des fiacres roulaient vite. Pendant quatre heures, Lucette demeura assise en face de son père qui se grattait le nez longuement avant de pousser un pion. Sa mère, qui ne connaissait pas le jeu, se penchait de temps en temps avec gravité vers le damier, quand un toc-toc annonçait des pions pris, puis elle se remettait à couper des bouts de laine sur un œuf en bois. Pas un mot ne troublait la sévérité du jeu.

Marcelin gagna cinq parties sur six, et encore, perdit-il la sixième volontairement, pour faire plaisir à Lucette, parce qu'il était un bon père connaissant le cœur humain et sachant faire de tendres sacrifices.

XIII

Vainement, pendant une dizaine de jours, Lucette espéra rencontrer Phonsine. Après avoir été soutenue par une sorte de piété fervente, elle tomba dans un morne découragement : c'était fini, elle ne reverrait plus jamais sa pauvre amie : il n'y avait plus rien dans sa vie.

Puis, vers le milieu d'août, au lieu de Phonsine, ce fut Deguy qui se présenta devant ses yeux, à quelques pas de la rue Vieille-du-Temple. Il feignit une surprise charmée :

— En voilà, un hasard ! comment allez-vous, mademoiselle? Mais, parbleu, c'est l'heure : vous partez, sans doute, au-devant de monsieur Gayard ? Permettez-moi de vous accompagner un bout de chemin.

Lucette aurait dû être mécontente : eh bien non, elle s'empressa aux politesses maniérées, tout étonnée de ne pas détester le jeune homme davantage :

— Oui, monsieur, je vais au-devant de papa.

Et puis quoi ! en un instant, la rue était redevenue nourrissante, pleine de saveurs diverses, la couleur des gens avait changé, le bruit des voitures entrait en musique dans les oreilles débouchées.

Deguy marcha auprès de Lucette, tout naturellement; il lui parlait en se tournant un peu ; parfois les passants le forçaient à s'effacer, alors Lucette sentait qu'il l'examinait de près, sur le côté, comme s'il avait envie de goûter un petit morceau de sa personne. Depuis les études faites sous la direction de sa mère au jardin de Luxembourg, elle savait tenir la tête droite, les paupières en stores, de façon « à tout voir sans se faire voir ».

De faciles banalités se dévidaient d'une bouche à l'autre. Deguy exposa l'emploi de ses loisirs pendant les vacances : il avait été malchanceux aux courses ; il avait acheté un automobile qui clopinait gentiment : ses petits quatre-vingts à l'heure.

— Avez-vous remarqué, mademoiselle, aux corsages des dames, le gousset de montre est placé délicieusement? On dirait la boîte aux lettres de leur cœur !

Il essaya de glisser son poulet :

— Tous ces jours-ci, je regrettais le bureau, pour le plaisir du départ... pour je ne sais quoi, encore... il me manquait une douceur...

A la hauteur du Louvre, il prit congé :

— Mademoiselle, je vous remercie. J'aurais voulu aller jusqu'à ce que nous rencontrions monsieur Gayard, mais je n'ai absolument pas le temps... Ce sera pour une autre fois, ajouta-t-il avec un sourire badin, en manière de promesse et de petite plaisanterie.

— Papa ! j'ai rencontré monsieur Deguy, annonça Lucette, du ton inquiet d'une enfant sortie du danger à l'instant.

— Bah ! fit Marcelin amusé, le visage s'épanouissant par degrés, il t'a parlé?

— Mais oui, papa, il m'a même accompagnée depuis la rue des Archives jusqu'au Louvre.

— Ah ! ça ne m'étonne pas, c'est un fameux bavard. Il ne t'a rien dit pour moi ?

— Non, il n'avait pas le temps de venir jusqu'ici.

— Alors, qu'est-ce qu'il t'a raconté? A-t-il eu l'air aimable?

Jusqu'à la maison, Marcelin multiplia avidement les questions, les suppositions

PAS UN MOT NE TROUBLAIT LA SÉVÉRITÉ DU JEU.

relatives à Deguy. Lucette fut consternée qu'il ne fît aucune remarque au point de vue d'elle-même.

— Lucette a rencontré Deguy ! cria-t-il à sa femme en arrivant.

— Vraiment ! où ça?

— Près d'ici, rue de Rivoli ; sans doute, il revenait des courses de Vincennes. Il a acheté un automobile qui fait du quatre-vingts à l'heure ; dis donc, plus d'un kilomètre par minute !

Lucette retirait ses gants, elle épiait l'émoi probable de sa mère.

— Alors, il t'a parlé longtemps ? demanda celle-ci d'un ton satisfait.

Puis, rapetissant les yeux sous l'effet d'un profond sentiment :

— Il aurait mieux valu que tu aies ton chapeau avec des marguerites.

Deux jours après, Lucette fut sérieusement effarouchée de trouver Deguy en contemplation devant le bazar de l'Hôtel-de-Ville.

— Aujourd'hui, justement, je devais essayer de rencontrer monsieur Gayard, dit-il avec une prompte habileté.

— Papa sera heureux de cette occasion, dit Lucette, aussitôt mise à son aise.

La promenade fut la même que celle de l'avant-veille. Deguy disserta sur les courses et s'informa du goût de Lucette à voyager en automobile. Mais, arrivé près de la rue des Halles, brusquement il s'arrêta, comme frappé d'un souvenir :

— Ah ! sapristi, mademoiselle, je ne pourrai pas encore aujourd'hui serrer la main à monsieur Gayard. Je regrette... tenez (il tira de sa poche le papier bleu d'un télégramme), une affaire m'appelle avant six heures à la gare Montparnasse.

Il fit à un cocher un signe de client habitué.

Lucette regarda la voiture s'éloigner, réfléchissant que, depuis des années, elle n'était pas montée dans un fiacre. Et ses parents? Ils devaient compter dans leur existence les cérémonies extraordinaires où ils s'étaient payé une course en équipage.

Cette fois, ce fut d'un ton contrarié qu'elle annonça à son père la nouvelle apparition de Deguy.

— Soi disant, il voulait te voir, mais, au milieu du chemin, il s'est souvenu d'un rendez-vous.

— Bon ! j'y suis, dit Marcelin, doué d'une pénétration particulière, il veut me demander des nouvelles du bureau. J'avais promis de lui écrire.

— C'est que, papa, je m'attends à le rencontrer encore, avec ce prétexte-là.

— Eh bien? fit Marcelin.

Et, comprenant enfin, il ajouta :

— Oh ! ma chérie, tu peux être tranquille : Deguy a une trop belle situation pour penser à se marier avec toi, tu t'en doutes bien? D'un autre côté, quand on est riche comme lui, on sait se tenir, on a forcément de la morale, comme dit ta mère.

Lucette n'était pas satisfaite, elle aurait voulu que son père se tourmentât, qu'il lui conseillât de changer de chemin.

— C'est que, papa, il est très aimable... je suis obligée d'être aimable aussi ; alors je pourrais sans le vouloir me montrer trop familière... je n'ai pas l'habitude du monde.

Marcelin s'arrêta devant la chaussée du Palais-Royal, difficile à traverser ; il prit une physionomie grave :

— Mais enfin, n'oublie pas cette garantie : nous sommes collègues !

Une certitude solennelle plana du haut de son front sur l'agitation des piétons et des voitures.

Le lendemain, Deguy arriva au-devant de Lucette à pas rapides, en délégué porteur d'une commission :

— Bonjour, mademoiselle, dit-il avec un aplomb irrésistible, je viens du ministère, nous avons bavardé plus d'une heure avec monsieur Gayard.

Depuis dix minutes qu'elle était sortie de la maison, Lucette avait senti croître son agitation : elle s'attendait à cette audace de Deguy ; elle la redoutait et l'espérait un peu. Et, subitement, elle trouva que son père avait, pour ainsi dire, autorisé la rencontre ; mais oui, c'était de plus en plus net et certain, son père avait formellement dit qu'il « permettait ». La promenade devenait charmante. Le trottoir sec, jonché de prospectus, était agréable aux pieds. C'était un de ces jours de soleil où tous les gens ont des paquets aux mains et des mines de fête, dans ce milieu de la rue de Rivoli, confluent commercial du bazar et des grands magasins de nouveautés. Alors, une idée relative à Phonsine, en éclosion depuis longtemps, s'élargit soudain avec une force pressante.

Deguy racontait sa visite au ministère.

— Excusez-moi, dit-il à la fin, je vous ennuie peut-être avec mes histoires, mais je ne sais quelle attraction me ramène dans ces parages à heure fixe.

Il marchait avec circonspection, il paraissait naïvement chercher l'attraction en question, autour de lui, le long des boutiques. Une dame mal habillée passa, il accentua sa sincérité brouillonne :

— Je souffrirais outrageusement d'accompagner une personne qui ne serait pas exquise sous tous les rapports... je ne pourrais pas...

Après ces mots, un mutisme rêveur s'imposait. Lucette en profita :

— Je voulais vous demander, monsieur... Est-ce qu'à l'usine de votre père, on ne pourrait pas employer une personne de mes amies, à qui je m'intéresse beaucoup?

Lucette hésitait, tremblait un peu ; l'affaire était grave : c'était lier Phonsine et Deguy dans son esprit, dans son cœur... c'était, en quelque sorte, donner des droits à Deguy.

— Mais certainement, mademoiselle, répondit-il avec l'empressement d'un joueur favorisé ; du moment que vous la recommandez, on trouvera toujours à l'employer.

Il vit aussitôt l'avantage à tirer d'une habile temporisation :

— Je vais en parler à mon père et je vous dirai ce que l'on peut faire.

— Oui, accepta Lucette imprudemment, pendant ce temps-là je m'occuperai de prévenir mon amie.

On apercevait les grilles du jardin du Louvre ; ils se quittèrent.

— Deguy est venu au bureau nous voir, dit Marcelin d'un air charmé dès qu'il eut embrassé Lucette. Justement, Thomas voulait emprunter à Blanblan son grattoir...

Lucette, agacée de ce bavardage connu, fut comme jalouse de constater que le ministère tenait plus de place qu'elle-même dans les préoccupations de son père. Elle s'arrêta au moment de dire : « Moi aussi, j'ai vu M. Deguy. »

A quoi bon révéler cela? Elle attendit, fut plusieurs fois sur le point de parler tout de même, et finalement ne se décida pas, retenue par un orgueil buté de personne malheureuse qui veut être devinée, qui jouit amèrement de son mal et de son silence. Et, d'ailleurs, il était trop tard : maintenant que Deguy devait être utile à Phonsine, Lucette ne souhaitait plus que son père s'avisât de contrarier leurs rencontres.

Le soir, dans sa chambre, quel trouble ! ce double secret : Deguy, Phonsine ! Mais, en vérité, elle se fâchait contre ses parents : était-ce assez bête, leur égoïsme, qui non seulement les séparait du monde, en général, mais qui arrivait à les séparer de leur fille !

De son lit, elle les entendait remuer dans la chambre voisine. C'était exaspérant, cette minceur de cloison. Ah ! son père et sa mère avaient beau faire leur prudent chuchotement d'intimité, elle s'en rendait compte : ils étaient à peu près étrangers l'un à l'autre, chacun avait sa routine personnelle, satisfaite et aveugle, et elle-même ils l'aimaient sans intelligence et sans générosité.

Auprès d'eux, elle était bien forcée d'avoir de secrètes pensées ! Comme elle se sentait un petit cœur misérable et racorni quand elle le donnait seulement à la famille, à la maison ! Mais, comme son cœur fondait en s'agrandissant, dès qu'elle l'offrait à Phonsine ! Et le doute n'était pas possible : on ne possédait d'extension vraie, de vie complète, qu'à la condition de palpiter à la souffrance existante en dehors de soi.

Oui ! elle allait retrouver Phonsine et lui offrir pieusement ce cadeau : du travail honnête, une vie tranquille. Ah ! son spleen était guéri : elle plongeait en pleine humanité.

La tête sur son oreiller, elle fixait sa fenêtre éclairée par le bec de gaz de la rue ; avec cette lueur, son âme s'échappait vers des infinis d'harmonie et d'amour.

Il arriva que, tous les jours, le jeune Deguy se trouva sur le chemin du ministère : il fallait bien donner réponse à Lucette au sujet de sa protégée : et cette réponse, quoique favorable sans restriction, n'était jamais définitive.

Lucette n'était pas dupe de ce truc des pourparlers interminables ; mais elle examinait la situation en pleine lucidité, avec ce merveilleux instinct de sexe qui permet aux jeunes files les plus naïves, aux vierges les plus impeccables, les plus « en marbre », aux fillettes même non écloses sous leurs robes courtes, de s'analyser elles-mêmes en présence de la gent moustachue et mieux encore de juger, de dépister l'intention masculine la mieux dissimulée. Ce ne sont pas leurs yeux qui saisissent, ce n'est pas leur intelligence qui vibre. Dans bien des cas, le regard intelligent ne serait pas assez délicatement subtil : le magnétisme agit autrement : c'est leur nature qui les renseigne, telle une plaie vive, sensible aux plus imperceptibles transmissions de l'atmosphère, aspire, décompose, analyse tout ce qui l'approche.

Donc Lucette raisonnait avec le sûr instinct féminin :

— Je ne déteste plus Deguy, à cause de sa bonne volonté en faveur de Phonsine ; j'oublie son insensibilité d'artiste pathétique, mais je ne suis pas amoureuse, je ne suis pas conquise.

Le vrai sentiment était toujours le besoin d'évasion hors du néant familial, et aussi la fascination de l'argent et du rang. Et Lucette ne se défendait pas de céder, sur ce point, à sa bonne éducation. Quel beau résultat ! Elle était à la fois avec les gens chics et avec les misérables ! avec l'honnêteté, la correction de Deguy et avec la révolte, l'infamie de Phonsine ! Oui, oui, s'efforçait elle de croire, le terrible problème était résolu : elle avait concilié en elle Deguy et Phonsine.

Deguy, lui, s'enhardissait méthodiquement. Il avait bien établi qu'un premier secret existait entre lui et Lucette :

— Ne confions notre petite combinaison à personne, dans l'intérêt de votre protégée ; si l'on savait, tous les collègues me poursuivraient de sollicitations.

En parlant ainsi, en abordant Lucette, en la quittant, il se permettait des insistances de regards, des pressions de mains, significatives d'une tendre connivence.

Il risquait des allusions à de certains sentiments :

— Cette personne a bien de la chance que vous l'aimiez ainsi !

Et il prenait un air pauvre, mélancolique.

Lucette avait alors un rabaissement brusque de paupières et une immobilité commandée de visage ; elle attendait un peu que l'attaque fût portée ; puis, relevant les yeux candidement, elle paraissait s'intéresser beaucoup au costume de la dame la plus proche.

Mais Deguy ne tarda pas à trouver la fibre sensible, chez Lucette : la bonté. D'ailleurs, il n'était pas uniquement égoïste et frivole, c'était un garçon mélangé du meilleur et du pire, un intellectuel capable surtout de générosité raisonneuse et supérieure. Une fois, en compagnie de Lucette, il avait pris la défense d'un cocher de fiacre qui avait tort, contre un adversiare à mine de personnage officiel :

— Je vous en prie, monsieur, laissez cette affaire : si vous lui faites infliger une amende, qui pâtira en définitive? la femme, les enfants ; vous êtes peut-être en train d'arracher sa tartine à un pauvre mioche... Et puis, savez-vous bien, monsieur, nous, les privilégiés, nous n'avons pas le droit de représailles contre les petites gens.. en toute équité...

Il avait un faible pour les cochers de fiacre. Une autre fois, il en avait pacifié deux qui voulaient se manger :

— Réfléchissez donc... deux ouvriers comme vous, pas bien heureux, devraient toujours se pardonner, se soutenir...

Lucette l'aurait embrassé. Il l'avait bien senti, le bon apôtre.

En d'autres occasions, ayant vu le sang, la substance de Lucette se donner à lui, chaque fois qu'il disait : « Votre protégée sera très bien, très à l'aise », il s'était mis à brosser des tableaux charmants : l'usine de son père était située à Saint-Ouen, dans un endroit des plus sains, où subsistaient les vestiges d'un parc : des arbres, de l'herbe, des fleurs ; la Seine capricieuse et limpide, avec son rivage poétique, formait la marge et le cadre du ravissant paysage. Quant aux ouvriers et aux ouvrières, ils logeaient dans une agréable cité dépendante de l'usine : une immense construction en briques rouges, très gaie ; chaque ménage avait deux chambres ; on se trouvait à la fois chez soi et en communauté ; dans cette vaste famille, on ne connaissait pas la tristesse, ni l'incommodité de l'isolement. Il y avait aussi, à l'usine, une cantine obligatoire qui évitait bien des dérangements : on y vendait tous les objets de consommation. Enfin une école, patronnée par son père, façonnait la future génération d'ouvriers, sur le dernier modèle, le meilleur. C'était le paradis.

Lucette écoutait ces descriptions, dans l'enchantement : elle s'abandonnait à des rêves de vie nouvelle, paisible et bien arrangée, comme pour son propre compte; elle devenait Phonsine : voici la jolie cité, une des deux chambres était pour le père immobilisé par ses rhumatismes et pour Lolo ; la plus petite était pour Phonsine... Des fleurs sur les fenêtres... Elle se représentait l'aménagement très simple, mais gentil, suffisant ; elle s'imaginait les voisins, la communauté, l'échange continuel des services en toute cordialité... Ah ! cette vie de ruche, ce mélange qui fait goûter à plein l'existence, qui fait vivre de cent côtés à la fois !... Et Phonsine si obligeante, qui était aimée de toute la cité ! Mais ça allait être drôle !.. elle était recherchée de tous les enfants ! les enfants avaient une mère de plus !... c'était embarrassant et risible, ce magnétisme de Phonsine : les mères en étaient jalouses : toujours des petits derrière elle, après sa robe, à sa porte ! c'était ce front inaltérable, ce regard immense de bonne et pauvre fée : les petits sentaient qu'ils auraient pu lui demander sa chair à manger...

Alors Lucette devenait familière avec Deguy ; ils marchaient à petits pas, indifférents à la rue ; elle présentait des paroles émues, au bout de ses lèvres... Des gens malins s'arrêtaient, observaient le couple, persuadés que la petite dame était en train d'obtenir, avec ses quenottes blanches, la promesse du prix fort.

Parfois Lucette s'apercevait de son propre emballement : le visage de Deguy, aux reliefs trop tendus, trahissait un égarement tricheur hors du pays usinier. Elle se taisait, un peu inquiète.

L'alarme fut sérieuse quand Marcelin, au commencement de septembre, annonça que son jeune collègue avait demandé une prolongation de congé.

— Et il sera payé tout de même ! C'est moi qui ai expédié l'avis favorable de Vrillard. Alors je lui ai envoyé un mot, vivement, avec mes félicitations, pour qu'il soit fixé.

Lucette aurait dû varier son itinéraire, afin d'éviter la régularité des rencontres où Deguy semblait mettre maintenant un droit, une exigence. Elle ne put s'y décider.

Cependant Deguy s'aperçut qu'elle était refroidie et sur ses gardes. Alors, il laissa de côté les descriptions du paradis ouvrier qui commençaient à s'user ; il s'engagea dans des confidences intimes. Son père et sa mère ne vivaient pas en parfait accord ; lui-même, à cause de ce dissentiment, n'avait pas eu une enfance très heureuse et, actuellement, il se tenait encore à l'écart, habitant seul à Paris, ce qui n'était pas très gai. Si, un jour, il prenait à l'usine la place de son père, qui était un philanthrope un peu arriéré, il réaliserait de larges améliorations, et, s'il rencontrait un bon cœur, il écouterait ses conseils avec ferveur.

Lucette, conquise par cette sage et touchante sincérité, s'ouvrit aussi, d'un élan débordant, sur le sujet qui lui était cher : sa protégée s'appelait Phonsine et la vérité était que, pour le moment, elle ne savait pas son adresse ; seulement elle était sûre de la rencontrer un jour ou l'autre sur ce chemin, c'était une chose convenue entre elles deux.

— Comment est-elle ? s'écria Deguy avec un emportement cordial, je la chercherai avec vous.

Lucette hésita, rougit : ma foi, oui, pourquoi pas ? cela serait très utile.

« Phonsine était assez grande, âgée d'une vingtaine d'années, mais la mine fatiguée, ayant supporté de la misère énormément ; elle avait des cheveux blonds ardents qui débordaient, une figure mince, drôle, comme un gamin futé; elle portait une jupe nuance héliotrope ; il ne fallait pas faire attention si son chapeau était un peu excentrique. »

Alors, ce fut très gentil, très amusant ; tout le temps qu'ils allaient de compagnie, Lucette et Deguy « cherchaient Phonsine ». Leurs yeux couraient à toutes les formes féminines, aux robes jeunes, aux coiffures fleuries.

Deguy osait toucher Lucette, lui prendre le bras :

— Tenez, regardez donc là, près du réverbère, la personne au chapeau bleu.

Ils examinaient la foule amassée devant les magasins de Pygmalion et de la Samaritaine : l'encombrement les arrêtait, les serrait l'un contre l'autre. Deguy parlait en connaisseur des articles d'ameublement. On devinait qu'il possédait des tableaux, des bronzes, des plantes rares. Il étalait, pour ainsi dire, sa richesse, de façon à éblouir et à griser Lucette. Mais il savait corriger l'excessif de cette ostentation en revenant, par un adroit crochet, à la belle situation qui attendait Phonsine à l'usine de son père.

Les recherches n'aboutissaient pas. Et Lucette absorbait trop du dehors, trop de mouvement, trop de couleurs; à force de fouiller la rue intelligente et passionnée, elle éprouvait une sorte de démoralisation, comme par l'infiltration de goûts envieux, déséquilibrés.

Un jeudi, il avait plu juste assez pour enlever la poussière et imprégner l'air d'une bonne odeur d'automne, la rue de Rivoli avait comme une toilette de vacances; pourtant, Lucette manquait d'entrain, ses gants usés s'étaient déchirés au moment de sortir, et il fallait attendre la fin du mois pour les remplacer. Puis, Deguy n'avait su ajouter à son bonjour qu'une phrase ridicule sur la température; il avait laissé s'interposer le silence bête de deux personnes qui marchent côte à côte et cherchent vainement quoi se dire. Passé la Tour Saint-Jacques, il finit par montrer une femme aux grâces de sac de farine :

— Voyez donc, ne serait-ce pas Phonsine ?

Lucette esquissa un semblant de sourire.

Deguy, se mit opiniément à parler d'un ton agacé, brusque et cependant prudent :

— Décidément, nous ne découvrirons pas votre Phonsine; mais aussi notre temps est trop limité, nous parcourons trop peu de chemin... Voyons, mademoiselle Lucette, vous avez bien des amies à aller voir... vous pourriez facilement trouver prétexte à sortir plus tôt... nous changerions... nous allongerions... la promenade.

Lucette sursauta, elle avança la main par un geste de refus effarouché. Instantanément, elle avait délibéré elle-même; jusqu'alors elle ne considérait pas les rencontres quotidiennes comme des rendez-vous, puisqu'elle n'avait pas à s'y prêter; c'était sur sa route, c'était dans le temps nécessaire au parcours, et puis là, sur ce chemin de son père, à l'heure de son père, elle n'était pour ainsi dire pas seule avec Deguy. Mais tromper ses parents, se déranger de la ligne habituelle, halte-là !

Deguy n'insista pas; il n'avait que l'excellente intention relative à Phonsine; il ne pouvait se montrer plus zélé que Lucette.

Celle-ci avait hâte d'arriver au coin du Louvre où l'on était accoutumé de se quitter; elle tendit sa main mollement et s'éloigna vite. Des remords la tourmentaient : vraiment, c'était trop imprudent et quelque peu dévergondé, cet accompagnement qu'elle acceptait. Fallait-il tout avouer à son père et le prier d'intervenir ? Non, il valait mieux rester deux jours sans sortir; Deguy comprendrait.

Ce furent deux jours de deuil.

Ah ! comme elle voyait ses parents, plus que jamais, avec des yeux désillusionnés ! Comme elle jugeait leur vie bornée, sans rayonnement généreux !... Ah ! pourquoi fallait-il que les hommes désirassent l'amour en dehors du mariage ? Pourquoi l'amour permis et l'amour défendu ? Et la pauvre Phonsine, était-il possible de l'abandonner après de si beaux projets ?

Le troisième jour elle s'échappa avant l'heure, le cœur battant.

Devant l'Hôtel de Ville, Deguy était assis à la terrasse d'un café; il se leva vivement et vint à sa rencontre, l'air ému :

— Vous avez donc été malade? vos traits sont fatigués.

— Oui, j'ai été enrhumée.

— Ah ! que j'ai été malheureux, pendant deux jours!... je craignais un accident... Si je ne vous avais pas vue aujourd'hui, je serais allé au ministère.

Lucette se sentait renaître. Le regonflement de tout son être la faisait trembler. Elle comprit qu'elle ne pourrait renoncer volontairement à la seule distraction forte de son existence végétante.

XIV

Comme Lucette sortait de la maison, elle vit un gamin collé contre un mur qui semblait la flairer, la reconnaître. En effet, il marcha auprès d'elle, puis lui tira le bras :

— Il y a Phonsine qui est malade et qui demande après vous.

C'était Lolo.

— Ah ! mon Dieu ! qu'est-ce qu'elle a?.. mais... où demeurez-vous donc ? fit Lucette avec des secousses de poitrine détraquée qui va cesser de respirer.

— On demeure pas loin, rue François-Miron.

L'allée, longue de quelques mètres, bien lavée, aboutissait à un vestibule assez grand, surveillé par une grosse femme immobile dans une ombre de souterrain. L'escalier était clair; la maison silencieuse, mi-bourgeoise, mi-ouvrière, avait l'aspect entretenu d'un hôtel meublé.

Lolo monta devant ; la clé était sur la porte, il ouvrit en criant :

— La v'là, je l'amène.

Phonsine habitait au deuxième étage, sur la rue. Une pièce carrelée, tendue d'un papier vineux où étaient imprimés des pampres et des grappes de raisin, servait d'entrée, de salle à manger, de parloir ; on y voyait une table ronde, quatre chaises, une cheminée surmontée d'une glace et ornée de deux vases de coquelicots artificiels.

Lucette entra derrière Lolo, comme quelqu'un qui a peur de se cogner ; le pouls lui battait ; un parfum mélangé de pharmacie et de musc acheva de la troubler ; par un renversement d'idées, l'odeur de musc était une odeur d'homme pour elle. Dans la pièce d'entrée, elle ne remarqua qu'une chose : une canne, au coin de la cheminée, oubliée, sans doute, et dont la poignée de métal brillait.

La seconde pièce possédait un grand lit, une commode, un fauteuil et une toilette ; sur le papier à fond blanc posaient des guirlandes de vigne bleue ; un tapis, à la trame écartée par endroits cachait mal la face honteuse du carreau; de simples rideaux en étamine écrue gardaient la fenêtre. Le lit occupait le fond de la pièce, il était orné d'un couvre-pieds en imitation de guipure ; des courtines bleues, réunies au plafond, tombaient au pied et au chevet.

Phonsine était couchée, en camisole blanche ; son teint de gras-double, ses traits allongés révélaient une consomption grave. Elle se dressa :

— Ah ! je ne l'espérais pas ! dit-elle d'une voix de rêve.

Ses pommettes s'allumèrent, ses yeux parurent immenses et vacillants, sa bouche resta entr'ouverte et ses joues se retirèrent comme si cela lui faisait mal de sourire.

Lucette s'avança par enjambées plongeantes :

— Ma Phonsine !

Et ce fut un cri de sœur et de mère, un cri de pitié personnelle, une plainte de la chair pour son propre sang. Elle prit les mains fiévreuses, puis, n'essayant pas de retenir ses sanglots, elle se pencha sur Phonsine et resta palpitante, lui appuyant auprès de la bouche un baiser à pleines lèvres, chaud de toute sa tendresse précipitée.

Phonsine se mit à haleter, le visage tendu avidement, les yeux retournés, en extase :

— Ah ! merci... non, il ne faut pas... merci.

Lucette se redressa la couvrit de son regard éploré, absorba le regard extatique reconnaissant :

— Mais qu'est-ce qui vous a rendue si malade ? supplia-t-elle en ravalant ses larmes.

Phonsine ne répondit pas tout de suite, elle balança la tête sur l'oreiller pour se remettre et reprendre souffle; son sourire blessa de nouveau ses joues :

— Asseyez-vous là, dans le fauteuil, près de moi.

Puis, d'un air résigné :

— C'est la maladie de maman.

Lucette pose sa main sur le lit ; les deux visages se baisaient à distance.

— Cela m'a prise le soir de notre rencontre, j'étais toute courbaturée, après vous avoir quittée, sans savoir pourquoi, et, tout à coup, j'ai eu une suffocation, un arrachement, j'ai craché le sang. Sur le moment, je ne me suis pas débattue ; je me rappelais une histoire de quand j'étais petite : la vertu qui terrasse le vice... il y a une clarté qui tue la vie impure et qui devient de plus en plus belle. Je me disais : ça y est, je vais mourir. Et je rendais mon sang, qui était censément ma méchanceté, pour que votre clarté ne soit plus salie... Après cela, pourtant, je n'ai pas voulu m'aliter, j'ai continué à sortir ; c'est ça que je n'aurais pas dû...

Phonsine s'arrêta court, son sang apportait brusquement à ses joues une ombre de pudeur.

Lolo se dandinait contre la commode.

— Va faire encore un devoir chez la concierge, reprit-elle avec une sorte de calme courageux.

— Qu'est-ce qui vous soigne ? demanda Lucette.

— Lolo. Il ne va plus à l'école. Seulement la concierge veut bien qu'il vienne travailler un peu dans la loge : mais voilà, ses cahiers sont tout remplis, il est obligé d'écrire sur du papier jaune à envelopper la viande. Il y a une chambre, au quatrième, qui était pour lui et pour papa, et où nous mangions ensemble, mais il a fallu laisser emporter papa à l'hôpital, et Lolo a peur là-haut, tout seul.

Une pause, puis un abaissement de voix :

— Ah ! c'est bien fini... J'ai tant pleuré, quand on a emmené papa... et moi, il faudra bien aussi m'emporter à l'hôpital... je ne serai pas longue à être morte ; ça ne tient pas fort, ma vie ; s'il n'y avait pas Lolo, j'aurai déjà glissé... Alors, papa parti j'ai eu envie de vous voir... comme on veut goûter le soleil, l'air pur... Je n'ai jamais vu la campagne où l'espace est frais et tranquille ; je n'ai jamais entendu des oiseaux dans des arbres... N'est-ce pas, à la campagne, on sent que tout vous aime autour de vous ? (Elle remuait ses épaules.) Voilà ce dont j'aurais envie... Alors, quand je vous regarde, je ne suis plus là, je suis toute petite, loin... je suis toute fragile et innocente... il n'y a plus de méchanceté sur la terre et je fonds dans l'air qui m'embrasse...

Lucette grelottait intérieurement, bouleversée par la voix qui traînait une étrange vibration chantante, troublée aussi par des jupons franfreluchés, des vêtements choquants, pendus derrière le rideau, au pied du lit, qui s'étaient mis tout d'un coup à lui tirer les yeux.

Elle se leva d'un élan, l'air égaré, chevrotant :

— Vous avez bien fait de m'appeler... je veux que vous soyez guérie bientôt... vous n'irez pas à l'hôpital... Aujourd'hui, je n'ai pas le temps de rester, j'allais au-devant de mon père, vous savez ? Mais je reviendrai demain, je vous soignerai tout l'après-midi. Chaque jour, mon meilleur moment sera auprès de vous.

Elle courut. Deguy l'attendait, vaguant devant les étalages du bazar.

— Je commençais à m'inquiéter, vous êtes en retard, dit-il avec empressement, le chapeau à la main.

— J'ai retrouvé Phonsine, elle demeure rue François-Miron, elle est très malade, dit Lucette sans amabilité.

La parole mielleuse, la sollicitude de Deguy l'agaçaient : elle éprouvait même une antipathie rancunière à le voir élégant, bien portant. Elle le pria fermement de marcher vite, afin de rattraper le temps perdu.

Son père rejoint, comme il demandait, selon l'habitude : « Ça va ? quoi de neuf ? » Elle fit spontanément le mensonge que lui avait conseillé Deguy quelques jours auparavant.

— Je viens de rencontrer Rose Ballon avec sa mère, devant Pygmalion ; j'ai promis de leur rendre visite demain, dès après le déjeuner.

Le même mensonge fut répété à madame Gayard, avec aplomb. Questionnée, elle donna des détails sur la toilette de ces dames ; cela, sans réflexion, avec une volonté imbrisable, et, dans le fond, un sentiment hostile contre ses parents, contre tout le monde, contre tout ce qui la dérangeait de son idée fixe.

Le lendemain, elle fut chez Phonsine avant deux heures. Celle-ci avait quitté le lit ; assise dans le fauteuil, vêtue de sa camisole blanche et d'un jupon mauve à volants, elle se laissa embrasser avec un allongement de cou de petit mouton.

— Je vais mieux depuis hier ; ça me fait tant de bien de vous voir.

Lucette avait retiré ses gants dans l'escalier.

— Je ne veux pas que vous bougiez, dit-elle, moi je mettrai en ordre le ménage et je m'occuperai de vous.

Elle montrait ses mains, dans une impatience d'attaque la besogne.

— Voyons, qu'est-ce que vous prenez comme médicaments ? Mangez-vous un peu ?

Sur la commode, il y avait tout un encombrement : une casserole, une lampe à alcool, quatre fioles vides, une assiette avec une croûte de pain. Lucette se remuait, se faisait gaie : elle déplaçait un verre, une tasse, elle examinait les fioles :

— Bon, voilà une potion à prendre. Et ça ? c'est du sirop... Vous permettez que je lise l'ordonnance, pour vous servir comme il faut... et puis je vous arrangerai vos cheveux.

Elle lut tout haut la fin de l'ordonnance : « Viande hachée, matin et soir. — Toutes les deux heures, deux œufs battus dans du bouillon. — Un demi-verre de bordeaux. »

— Vous suivez bien ces prescriptions ?

Phonsine resta muette ; elle semblait contempler, avec une satisfaction indulgente, le jeu étourdi d'une enfant gâtée. Lucette singeait la sévérité du docteur ; puis, n'obtenant aucune parole, elle considéra de nouveau les mots du papier, la commode. Alors, elle remarqua que les fioles étaient vides, et la simple assiette

LUCETTE ENTRA DERRIÈRE LOLO ..

avec son pain sec lui notifia brutalement que Phonsine n'avait pas d'argent. La conséquence de ce fait cruel ne lui était absolument pas apparue. Elle fut saisie au point d'en demeurer stupide pendant un instant.

Elle se pencha, la bouche ouverte, mais sa question ne sortit pas. Du reste, Phonsine devina et répondit par une sorte de sourire las et honteux, qui montra ses gencives exsangues et ses dents un peu longues.

Lucette, toute frémissante, chercha autour de la chambre, perdant la tête, tâtant machinalement sa robe ; elle n'avait que des sous dans son porte-monnaie.

— Je vais toujours chercher des œufs.

Phonsine pleura presque de son repas forcé.

— Je vous assure, ce n'était pas pour vous demander secours que je vous ai fait appeler ; c'était seulement pour vous voir, pour respirer auprès de vous, avant l'hôpital.

— Non, non, dit Lucette véhémente, vous resterez ici, je vous le promets.

— Quand même, dit Phonsine, avec un geste de désillusion, je crois qu'on me renverra de la maison : l'autre jour, comme je ne pouvais plus marcher... et Lolo qui avait faim.... je me suis mise à la fenêtre, je suis restée là longtemps, accoudée, j'avais des secousses de toux... et justement, le hasard m'a bien servie : quelqu'un de connaissance est monté. Alors les gens d'en face se sont plaints ; leur salle à manger ouvre juste là, devant... une belle pièce, où ils passent beaucoup de temps... je crois que c'est très important pour eux de manger. Ils ont signifié à la concierge que ce n'était pas tolérable, ces tousseries d'appel à la fenêtre, et qu'ils voulaient manger proprement.

PHONSINE PLEURA...

Lucette alla regarder derrière les rideaux. L'appartement d'en face était ouvert ; on apercevait le cuivre d'une suspension, les poignées de tiroir d'un buffet et le côté luisant d'un dressoir. En effet, l'on devait manger longtemps et beaucoup en face.

Elle se mit à ricaner. Un sentiment de colère la poussait au désir violent de s'insurger contre les défenses faites : pour un peu, elle se serait aplatie sur la barre d'appui, dans une posture de bravade.

Lolo arriva, montant un broc d'eau plus lourd que lui et qu'il heurtait partout. Lucette voulut, à toute force, faire le lit de Phonsine et la coiffer. Puis elles s'assirent près de la fenêtre. Lucette raconta comment elle s'était occupée de retenir une bonne place dans une usine : il fallait donc vite se guérir.

Phonsine eut d'abord les acquiescements reconnaissants, mais sceptiques, d'une personne à qui le secours vient trop tard ; mais la pente irrésistible de l'espérance finit par la saisir, et l'on évoqua la cité en briques rouges, et la cantine, et l'école, et tout le monde voisinant, se rendant des services et cette tripotée d'enfants ! Phonsine, penchée dans son fauteuil, la pensée envolée, souriait ineffablement vers la fenêtre des gens « qui voulaient manger proprement » : Lucette souriait aussi, d'un air angélique, le regard allongé jusque dans la pièce d'entrée et posé inconsciemment sur la poignée de métal de la canne oubliée qui dormait au coin de la cheminée. Lolo, accroupi sur le tapis, le visage éteint, faisait l'effet d'un grand-père qui rumine de vieux souvenirs éveillés par le vain babillage de ses petits-enfants.

Passé quatre heures. Lucette partit au-devant de son père.

Maintenant, son grand tracas était l'argent indispensable à dénicher. Elle entrevit une possibilité en abordant Deguy :

— Je sors de chez ma petite amie, elle est dans une misère bien cruelle.

Suivant son penchant naturel, Deguy aurait dû, aussitôt, sans discours, offrir une assistance généreuse ; mais, avidement, sa passion intervint : « Attention ! voilà peut-être un joint ! »

— Vraiment, votre Phonsine est si malheureuse ? dites-moi donc ce qui lui arrive, fit-il avec un visage rétréci de peseur d'or.

Lucette saisit la prudence calculatrice. Son amour-propre recevait une blessure inoubliable, elle était humiliée pour Phonsine même.

— Quelqu'un est prévenu qui va s'occuper de mon amie, dit-elle sèchement, comme on rembarre un indiscret.

— Vous savez ce qui est convenu, dès que votre amie sera disposée, dit Deguy avec une gracieuseté gênée.

Et il changea de conversation ; la misère de Phonsine était un sujet fini entre eux.

Lucette raconta à ses parents qu'on l'avait reçue à bras ouverts chez Rose Ballon. Une description complète de l'appartement ne lui coûta aucun effort, et elle ajouta d'autorité :

— Il faut que j'y aille tous les jours, après le déjeuner, parce que madame Ballon espère me procurer une situation ; elle veut me présenter à toutes ses connaissances.

Depuis son enfance, Lucette possédait un livret de Caisse d'épargne où était inscrite une somme de quatre-vingt-dix francs provenant de pièces blanches reçues à l'époque des étrennes. Ce dépôt avait toujours eu un caractère sacré pour elle : dans la bouche de ses parents, le mot d'épargne prenait une grandeur religieuse. Elle les avait entendus souvent parler avec horreur des gens « qui n'avaient même pas un sou de côté » ; sa mère l'avait fait frémir quelquefois en narrant des drames domestiques où l'on était allé « jusqu'à retirer l'argent de la Caisse d'épargne » ! Il n'était pas sûr que l'on ne dût pas mourir de faim plutôt que de toucher à ce gage inviolable d'honorabilité.

Jusqu'à présent, Lucette avait senti, pour ainsi dire, qu'une jeune fille devait se marier avec son livret d'économies, comme avec sa virginité : l'un était presque aussi fragile et précieux que l'autre, ou du moins quelque rapport indéfinissable existait entre ces deux choses. Depuis l'époque morbide où elle avait espéré se marier, l'idée d'argent avait toujours, en son être, une répercussion sexuelle.

Tout scrupule s'arracha devant la détresse de Phonsine. Après avoir caché le livret sous son corsage et dit au revoir à sa mère en tremblant dans sa chasteté, elle se rendit secrètement à la Caisse d'épargne.

A l'entrée de l'établissement, forcée de se déboutonner pour préparer le livret, elle eut une rétraction de la chair, une faiblesse aux entrailles. Lorsque les mains d'un guichetier le saisirent, tout chaud, elle sentit « son sang se retirer » comme cela arrive, à un contact opérateur.

Elle sortit avec un frissonnement blessé, ayant la certitude physique d'être changée. Elle venait de tromper ses parents, une part de sa pudeur était enlevée, le restant de son innocence n'était presque plus protégé... Ses pas trébuchaient ; les fiacres faisaient un bruit de glas lugubre ; les passants voyaient le pénible de son allure et usaient de leur droit de dévisager sans ménagement les dévergondées.

Mais voilà qu'arrivée chez Phonsine, elle se trouva forte, insensible à l'opinion du monde, cicatrisée par le naturel de sa passion charitable. Elle eut des vibrations agréables en exhibant sa richesse.

Et quelques jours passèrent, exempts des soucis de l'argent. C'était singulier : Lucette cuisinait sur la commode, jouait à la ménagère, comme dans sa chambre, quand elle rangeait ses petites affaires, un peu attendrie, attentive exclusivement aux objets présents. Elle se voyait parfois avec étonnement, dans la glace, environnée du lit, de la toilette, du papier de tenture étrangers; mais son imagination limpide ne s'offusquait pas d'être en communion avec l'affreuse expérience de Phonsine.

Il y avait pourtant quelque chose. Quoique sa nature fût domptée par le temps et eût subi une sorte d'atrophie, Lucette n'en était pas à l'absence totale de crises d'une désexuée. Aussi il lui arrivait d'être attaquée par l'odeur de musc et de pharmacie du logement, ou bien par la couleur aguichante des jupons professionnels pendus au mur. Alors les ondes d'une pitié immense exaltaient son affection pour Phonsine. Elle ne pouvait se retenir de l'embrasser à petits coups savoureux, défaillants, d'où résultait un soulagement sensuel de vierge malheureuse, mutilée ; elle était une malade qui se console contre une autre malade : « C'était douloureux et bon ». A son insu, ses lèvres goûtaient, sur la peau de Phonsine, la trace des contacts masculins.

Les joues de Phonsine ne repoussaient guère. Dans son fauteuil, elle était comme accablée de la bonté du sort : ses regards voyageaient admirateurs, mélancoliques, derrière Lucette tournant par la chambre, un torchon à la main.

Le ménage fait, on s'asseyait en rond auprès de la fenêtre entr'ouverte. Lucette réglait la future installation à l'usine de Saint-Ouen. Par la cruauté ironique d'une inspiration sublime, sa tendresse disait les joies de la vie travailleuse et solidaire, les ivresses maternelles, les satisfactions familiales, l'harmonie altruiste réalisée, dans un décor champêtre. Et rien n'égalait en beauté cette mystification de la Seine à Saint-Ouen, fraîche et voluptueuse, caressant les berges accidentées, grasses d'herbes et de fleurs et recevant comme un baiser le reflet des grands arbres gazouilleurs.

Alors, Phonsine avait un petit cœur d'enfant qui s'ouvrait aux pures beautés de la nature, elle tendait un front très lisse où couraient des veines bleu pâle. Lolo regardait Lucette avec une curiosité inlassable, comme s'il lui voyait quelque chose de jamais imaginé auparavant. Des fiacres s'entendaient, donnant une impression de réalité passante et agissante, puis une impression de souvenir et d'espoir.

De temps en temps, surgissait un roulement brutal de carriole écraseuse, la maison tremblait d'un rire secret à l'intérieur de ses murs ; et les vitres, qui savent tout à force de regarder dedans et dehors, frémissaient d'une rêche moquerie.

Auprès de ses parents, Lucette mentait avec une tranquille impudence. Absorbée comme un auteur qui vit un roman, elle agissait par saccades automatiques, elle n'entendait même pas la conversation administrative du dîner. Marcelin gardait l'habitude, en parlant, de se mirer avec satisfaction dans son visage délicat; il prenait son air distrait pour la rêverie charmante d'une jeune fille qui papillonne avec délices, entre les encriers, les dossiers, les cartons verts, du contentieux à la statistique, du secrétariat à la comptabilité.

La somme retirée de la Caisse d'épargne fondit comme la neige en des mains chaudes.

Plus d'argent ! Lucette poussa la hardiesse désespérée jusqu'à oser porter au Mont-de-Piété ses menus bijoux : des bagues, des broches, un bracelet.

Quelle émotion ! Le Mont-de-Piété était une grande administration publique qui devait ressembler à un ministère. Lucette allait voir des employés pareils à son père ! de vrais employés dans leurs fonctions ! Elle avait toujours rêvé de voir son père travaillant au bureau. C'était bien intimidant de se présenter devant ces messieurs, mais il y avait le réconfort de l'image paternelle, et puis ces messieurs devineraient : quand une jeune fille engage ses modestes bijoux, c'est toujours pour une bonne œuvre.

Elle entra, douce, respectueuse, remerciant d'avance, disant en son cœur : « Je suis la fille d'un collègue, messieurs ; et j'ai un bien gros souci ; j'ai grand besoin de votre bienveillance. »

Une simple barrière de bois, à hauteur d'appui, séparait les employés du public.

— Adressez-vous là-bas, dit le premier employé d'un ton bref.

— Là-bas ! répéta un autre, d'une façon plus aboyante.

L'employé de « là-bas » rentrait. Agacé par une porte qui battait trop bruyamment, il venait de mettre à l'extérieur un écriteau : *Fermez la porte doucement, s. v. p.*

— Les pièces ! où sont vos pièces ? demanda-t-il d'un ton courroucé.

— Je n'en ai pas, monsieur.

— Vous reviendrez quand vous aurez des pièces.

Pendant cette réception, un collègue farceur avait, au moyen d'un papier collé, remplacé sur l'écriteau *doucement* par *très fort.*

Lucette navrée, le cœur comme effondré dans sa poitrine, prit la porte et docilement la tira de toutes ses forces.

L'employé bondit, se précipita, la rattrapa dans le couloir, la ramena par le bras devant la pancarte, et là, avec l'accent, le geste de l'autorité administrative exaspérée, il beugla cette apostrophe de style pur :

— Vous ne savez donc pas lire ?

Plus d'argent ! mille passions aiguës tenaillèrent Lucette. Elle voulait, de toute sa substance, défendre Phonsine contre la maladie, contre les privations; elle le voulait avec un dévouement et une furie de mère défendant son petit. Elle voulait, d'une volonté implacable et fiévreuse, que Phonsine demeurât là, dans ce logement ; si Phonsine et Lolo étaient enlevés de cette chambre, elle les sentait perdus, dévorés, jetés dans un gouffre sans fond.

Des énergies farouches cognaient aux parois de son crâne. Il fallait apporter des ressources à Phonsine, il fallait !

D'abord, en faisant les commissions, le matin, elle chipait des sous à sa mère : de plus, elle cachait dans ses poches de petits paquets de provisions : du pain, du sucre, de la viande cuite. Mais, voilà des moyens bien insuffisants ! Alors, une audace succéda à une autre.

Un jour, sur la place du Palais-Royal, elle toisa de loin son père qui arrivait, la serviette de cuir sous le bras, le parapluie à la main, son chapeau rond un peu en arrière, l'air satisfait et débonnaire ; brusquement, elle s'éleva au-dessus d'une certaine humanité incompréhensive et moutonnière, bonne à être exploitée :

— Ah ! papa, dit-elle très comédienne, comme je sortais de chez Rose Ballon, j'ai rencontré une amie du cours, tu sais, Clara Lupin ? elle est malade, dans une situation déplorable, elle m'a demandé un service... et, comme son embarras est accidentel, j'ai promis que tu lui prêterais une petite somme.

Marcelin brandit sa serviette et son parapluie :

— C'est impossible !

Et il s'arrêta, semblant prendre à témoin le ministère des Finances, à sa droite.

— Que tu es donc naïve ! Le principe est qu'on ne doit jamais prêter... On voit bien que tu n'as pas mon expérience !... Dans des cas très rares, on peut se risquer, mais avec de la prudence, des garanties, et surtout sans hâte ; comprends-tu ? on a toujours le temps... mais, comme ça, immédiatement, jamais !

Il se tourna, semblant prendre à témoin le Conseil d'État, à sa gauche.

— C'est impossible.

Calé sur ses jambes, à distance favorable des deux monuments, le Ministère des Finances, ici, le Conseil d'État, là, il souriait, majestueux, dans sa suprématie et son infaillibilité d'employé, et l'on sentait la puissance, l'invincibilité, l'immensité, l'éternité du mot *impossible*, dans les bureaux.

Au milieu de la place, contre la station du Métropolitain, il souriait, les yeux hauts, l'électricité pouvait marcher sous ses pieds, la cohue des véhicules pouvait s'enchevêtrer autour de lui, les gens pouvaient circuler en tous sens, portant dans leur tête toutes les inventions conquérantes, il avait prononcé sans appel : c'est impossible.

— Voyons, papa, insista Lucette inébranlable, j'ai promis de lui porter, si peu que ce fût... On retiendra cela sur mon entretien... Je n'achèterai pas ma robe à la fin du mois.

— Pour le coup, tu m'étonnes ! fit Marcelin en se remettant à marcher. Tu as promis? eh bien, on n'y va pas, et tout est dit.

Et il ajouta sentencieusement, inspiré par le génie professionnel :

— Tu ne te figures pas ce qu'on résout de difficultés en ne bougeant pas !

Lucette avançait sans répondre ; elle tenait sa tête droite, ses lèvres serrées, d'un air tellement contrarié, d'un air de rupture si menaçant, que Marcelin reprit tout ébahi :

— Je ne comprends pas ! quelle drôle d'idée!... Enfin, tu sais bien qu'on ne peut pas parler de cela à ta mère, et c'est elle qui a l'argent.

Lucette était de roc.

— Enfin, qu'est-ce que tu as promis? Veux-tu les cent sous que je porte sur moi, par précaution, en cas de souscription au ministère?

— Oui... tu diras à maman qu'on a fait une collecte pour une couronne mortuaire, accepta Lucette qui, maintenant, avait un goût irrésistible pour tous les mensonges.

Elle ralentit le pas, en regardant son père d'un tel air de « ne pas faire crédit » que Marcelin passa son parapluie sous son bras avec sa serviette et dit, la main dans sa poche :

— Je vais te les donner tout de suite... puisque ta mère ne doit pas le savoir.

Et, soudain, cette mimique de Lucette qui l'avait mis en demeure de s'exécuter immédiatement, lui rappela sa première aventure galante : la convention faite, sa dulcinée de rencontre l'avait modéré net et lui avait appris qu'il fallait payer d'avance, par une expression de visage pareille à celle de Lucette. Oui, Lucette avait eu cela extraordinairement : dans la figure immobilisée, un regard magnétique allant, de la bouche qui venait de promettre, aux mains, à la poche.

Ce n'était pas une solution d'avoir emprunté cent sous. Le lendemain, elle entreprit son père de nouveau, dans la rue de Rivoli :

— Le service que je t'ai demandé hier m'a fait réfléchir : je ne peux pas éternellement dépenser sans rien rapporter. Eh bien, il n'existe pas que des employées; j'ai des mains comme tout le monde... il y a des métiers qui n'ont pas besoin d'apprentissage... tiens, voilà...

Elle montrait deux jeunes filles nu-tête portant le long tablier des polisseuses, qui étaient en contemplation devant une boutique de modes.

Marcelin eut un accent plein de tendresse :

— Mais, ma chérie, tu n'es pas une charge pour nous.

Puis, admirant le fin profil de sa fille, il haussa les épaules avec un rire superbe.

— Toi, être ouvrière? mais c'est impossible, aussi impossible que de changer de sexe! Il faut être d'une certaine nature, il faut être née pour cela dans une certaine classe, élevée pour cela ; quand même tu voudrais, tu ne le pourrais pas. Du reste, on ne t'accepterait nulle part ; cela se voit bien, que tu n'es pas une ouvrière !

Il remontait sa serviette sous son bras, comme s'il soupesait son importante condition sociale et, d'un ton pénétré, il ajouta une considération magistrale :

— La fille d'un employé de ministère est une demoiselle qui n'a besoin de rien. Ta mère et toi, vous êtes la femme, la fille d'un employé, c'est une situation dont on se contente... c'est un rang dont on ne descend pas, comprends-tu?

Dans le pullulement des passants, çà et là, des casquettes, des blouses, des caracos solennisaient son regard droit de monsieur porteur d'un chapeau et d'un pardessus.

Lucette répondit presque brutalement, avec un geste agacé, de sa main gantée :

— Si vous veniez à n'être plus là, toi et maman, il faudrait bien que je vive, il n'y aurait pas de rang qui tienne. Si je ne me mettais pas ouvrière, qu'est-ce que je ferais?

Marcelin avança le menton d'une si drôle de façon qu'une aimable personne à chapeau de bergère, au moment de le coudoyer, lui décocha une œillade qui exprimait le plus entier dévouement.

— Voyons, ma chérie, pourquoi vas-tu chercher ces histoires? Je ne t'ai adressé aucun reproche hier... Du reste, madame Ballon s'occupe de toi, elle a sans doute un mariage en vue... tu ne vas pas démolir ses projets.

Quand Lucette fut seule dans sa chambre, l'angoisse heurta longtemps son cœur :

« Alors quoi? En face de la souffrance, de la misère, je ne suis capable de rien? Me voici, avec mon éducation, ma sagesse, on peut bien mourir de faim à côté de moi... rien à tirer de mon immense valeur. »

Elle se déshabillait, regardait autour de la chambre, s'examinait dans la glace, contemplait les fleurs imprimées sur son pot à eau : rien à donner?

XV

Quelques journées d'énergie entêtée. Avec une ferveur frémissante, Lucette s'appliquait à transfuser sa propre santé. Ses mains qui apportaient une tasse, un linge, avaient un dégagement d'ailes, comme si son âme était présentée là, au bout des doigts, avec les choses.

Puis, un jeudi, l'affolement. Elle croyait sentir la vie de Phonsine s'en aller goutte à goutte, sans arrêt, comme du sang coule d'une blessure : il faut du secours, un pansement, n'importe quoi, vite ! vite ! Elle ne pouvait tenir en place ; elle s'asseyait auprès du lit, puis elle marchait dans la chambre, puis elle allait dans la pièce d'entrée et revenait auprès du lit. Quoi? quoi? elle cherchait, ou plutôt elle luttait contre le vertige : sa pensée défaillante s'approchait d'un abîme encore indistinct et reculait et s'approchait encore, de plus en plus troublée.

Phonsine, toute blanche, restait sans bouger, la tête sur son oreiller, tournée vers la fenêtre. Elle ne parlait pas, ses yeux seuls vivaient. Elle n'avait pas voulu manger un petit morceau de viande apporté par Lucette ; une bouchée de pain lui avait suffi.

Lucette avait posé l'assiette sur la commode. Lolo était venu, avait fureté, puis, sans rien dire, avait pris la viande et s'était mis à l'avaler. Phonsine l'avait refusée pour cela ; il y avait une sérénité de mort heureuse et volontaire dans ces grands yeux creusés qui avaient faim et qui félicitaient les mâchoires voraces de Lolo.

Comme quatre heures étaient passées et que Lucette devait bientôt partir, elle fut plusieurs minutes à marcher dans la pièce d'entrée ; enfin, toute changée, elle revint près du lit et renvoya Lolo :

— Je... j'ai trouvé, dit-elle, le souffle court, la voix trébuchante ; vous savez, ce monsieur du ministère, dont le père dirige l'usine où vous aurez une place? Eh bien, je le rencontre tous les jours en allant au-devant de papa...

Elle fit une pause.

— Je vais lui demander de l'argent.

Un spectre se dressa du lit : Phonsine exhala un cri sauvage, tragique, épouvanté :

— Vous !... non, non... je ne veux pas ! jamais, vous !...

— Mais, dit avec un effort Lucette devenue livide, il n'y a pas tant de mal à emprunter...

Phonsine arracha encore de son épuisement une protestation effrayante :

— Non ! Lucette... vous ne savez pas !.. jamais... jamais...

Lucette la regarda tout droit retomber sur son oreiller :

— Si, Phonsine, je sais, dit-elle, douce, ironique, pleurante.

Et, le respect humain criant aussi en elle irrésistiblement, elle continua, de plus en plus amère et sarcastique :

— C'est vrai ! moi : on ne supporte même pas de penser que *cela* pourrait arriver... Je ne suis pas fabriquée de la même manière que d'autres... Mademoiselle Lucette ! oh ! jamais !... c'est impossible, inadmissible... tout l'univers s'interposerait... Vous? oh ! vous, c'est possible, acceptable... vous ne sentez pas comme moi... vous n'êtes pas de chair et d'âme souffrantes... vous, ça n'a pas d'importance...

Mais Phonsine persistait à la regarder avec des yeux de prière ardente, en faisant signe de la tête : non ! non !

Et le silence s'empara de leur émotion. Lucette s'assit auprès du lit, la nuque cassée : son courage fondait par tout son corps, les fibres défaillaient, se dérobaient. A la longue, il s'affirma que jamais, en effet, elle ne pourrait même se mettre en danger ; elle ne tenterait rien du tout, elle ne demanderait rien à Deguy.

Et pourtant, tous les deux, ils s'acharnaient à ne pas manquer la rencontre habituelle. Et il y avait entre eux des gestes guindés de complicité hypocrite : ils étaient pareils à deux aventuriers qui se haïssent et se recherchent par une terrible affinité : ils s'attendent, se regar-

PHONSINE RESTAIT SANS BOUGER...

dent venir, ils tournent, ils louvoient, se tiennent à distance, et ils savent confusément qu'ils feront affaire tout de même, ensemble.

Phonsine se calmait, consciente de certaine inaltérabilité divine.

Lolo fit une nouvelle apparition. Comme une ménagère qui a égaré son dé ou son plumeau, Lucette alla errer dans la pièce d'entrée. La glace, au-dessus de la cheminée, l'attira ; son moi sarcastique et amer se remit à parler intérieurement :

« Je me rassure ! je puis m'admirer dans la glace, je ne suis pas changée... Je suis vierge... intacte... bien portante... Je reste digne de tous les bonheurs, j'ai tous les mérites ! Je ne fais rien que manger et dormir, on me sert la vie toute préparée... je n'ai jamais pris aucune peine... N'importe ! L'autre, la délabrée, la mourante, c'est une misérable criminelle... Elle a élevé ses frères, nourri son père... oui, mais enfin, pensez donc, ce crime !... C'est moi, la touchante jeune fille, incontestablement ; et si j'avais beaucoup d'argent, je serais encore plus touchante, plus pure, plus digne de toutes les protections, de toutes les adorations... Oh oui ! je suis vertueuse, moi, je ne suis pas une drôlesse... J'ai bien rêvé un mariage d'intérêt, j'ai bien rêvé d'être achetée, entretenue par un homme quelconque pourvu qu'il fût riche... je me suis bien offerte dans un salon, dans un jardin... Ça ne fait rien, je suis honnête et pure... »

Le bruit du fauteuil roulé par Lolo causa une diversion. Lucette tourna la tête, mais, au bout d'un instant, le monologue intérieur, devant la glace, continua :

Jusqu'à présent, je ne m'étais pas jugée si nettement... on dirait qu'une brutalité vient de me nettoyer l'intelligence... J'ai bien des révoltes de chair qui tordent tout mon être, qui ravagent mon imagination... Oh ! que je suis honnête et pure !... Je vis hors nature, sans profit pour personne... et voilà le sublime, l'admirable : sans profit pour personne ! Je ne vis que pour ma sagesse torturante : quoi de plus beau, de plus adorable, de plus touchant? Oh ! quand madame Bigot s'attendrit à me regarder, cette grosse dame au ventre grouillant... ses yeux honnêtes et ridés, sur moi... comme je sais ce qu'ils voient, ce qui les délecte... Et madame Lapalette avec ses yeux de dévote... Et mon père et ma mère! Comme ils jouissent de ma claustration ! comme ils savourent mon sexe inutile !... Et Phonsine peut mourir de faim, et des tas de gens peuvent mourir de misère : il n'y a qu'une nécessité palpitante sur la terre : c'est la conservation, — dans l'hystérie et l'anémie — de notre sublime virginité, à nous, les touchantes jeunes filles...

Lucette aborda Deguy avec une amabilité timide et sournoise. Sa poignée de main fut maladroite.

Après l'habituel : « Vous allez bien? » Deguy prit son pas auprès d'elle, sans rien ajouter, en homme qui attend le jeu de son adversaire.

Comme les jours raccourcissent déjà, dit Lucette, croyant, par des paroles, cacher son embarras et se donner de l'aplomb, alors qu'au contraire sa voix sonnait faux et que la banalité même des mots dénonçait une arrière-pensée.

Oui, dit Deguy, le soleil a peur de l'hiver.

Et il resta sur cette phrase.

On avançait. C'était un jour brumeux d'octobre. le pavé gras manquait de sécurité ; le ciel gras aussi, sali de nuées écrasées, pesait sur l'Hôtel de Ville et sur la Tour Saint-Jacques. Il semblait à Lucette que les secondes duraient indéfiniment ; la houle de la rue était confuse ; les voitures, les magasins défilaient comme des décors de théâtre : les passants avaient une teinte grise uniforme. Ils la gênaient ; sans eux, elle aurait dit ce qu'elle devait dire : ils la frôlaient trop ; ne l'observaient-ils pas? Cette vieille dame, n'avait-elle pas montré une mine sévère?

Il a fait moins chaud ce matin, dit-elle, après avoir cherché.

Je suis sorti assez tard, répondit Deguy péniblement.

Les mots ne comptaient pas ; le sens était dans la vibration des voix.

A entendre cette vibration, Lucette éprouvait un vertige, ses tempes bourdonnaient. Elle avait hâte d'être arrivée à l'endroit où elle avait l'habitude de quitter Deguy, et cependant un remords l'aiguillonnait, de reculer devant un certain devoir.

Ah ! si un passant ne s'acharnait pas à marcher derrière elle, exactement... il devait être très chic, en chapeau haut de forme... sans doute, il écoutait...

On va songer aux dépenses de chauffage, dit-elle avec effort, approchant de son sujet.

— C'est bien rare qu'il fasse réellement froid avant la Toussaint, dit Deguy, la tête un peu inclinée, les paupières à moitié levées sur les prunelles guetteuses.

Elle désira vainement approcher davantage ; aucun mot ne pouvait sortir, autre que le rien de la conversation indifférente. Sa pensée se sauvait, s'attachait à la blouse blanche d'un maçon qui passait, au tablier d'une bonne ; impossible de la ramener ; ses yeux s'intéressaient obstinément aux formes indiquant des professions connues, ils se raccrochaient à l'habitude quotidienne.

— J'avais craint, un moment, d'être en retard, mais je vois que non, d'après les ouvriers qui rentrent...

Enfin, l'angle du magasin du Louvre se dessina au loin ; on se quittait là. Le cœur de Lucette se mit à battre avec violence : « Allons, allons, ose donc... non je ne peux pas... il est encore temps... »

A cause d'un homme ivre qui gesticulait, elle essaya de se tourner en plein vers Deguy. « S'il m'aidait un peu !... » pensait-elle.

Mais Deguy avait aussi son anxiété. Maintenant, l'eût-il voulu, qu'il n'aurait pas su conduire une phrase ; le bouillonnement de ses artères anéantissait son cerveau. Il répondit par un hochement de tête, censément à propos de l'ivrogne... mais il resta un instant, la bouche ouverte, comme s'il étouffait ; Lucette aussi souleva ses lèvres : ils se comprirent crûment par un échange de fluide, par le heurt bête, flagrant, de leur émotion.

On arrivait ; c'était là, le coin du Louvre. Ils s'arrêtèrent, leurs yeux se fuyaient

— Eh bien, à demain ! racla Deguy, la bouche sèche, le geste tremblé.

— A demain, dit Lucette, effarée et honteuse.

Elle éprouva un bien immense à embrasser ses parents, sa mère surtout. Elle était pareille aux enfants très malades, qui, d'un instinct éperdu, essaient de se réfugier le plus au fond possible de la tendresse maternelle.

Pendant que ses parents causaient en mangeant, elle dirigeait sur eux des regards attendris, de ces regards appuyés qui regrettent la vie et qui vacillent vers un restant d'espoir : et elle percevait des mots épars, connus comme des amis : « Le bureau... Lapalette... le paravent... »

La maison lui semblait bonne. Après le dîner, elle resta plus tard que de coutume à finir des raccommodages. L'aiguille, le linge étaient des choses qu'elle aimait, qu'elle sentait faire partie de la maison depuis longtemps. Elle regardait écrire son père avec un intérêt prolongé ; et sa mère appliquée à repriser des bas... Une émotion attachante venait de ces actions si simples, coutumières, tranquilles : — toute la vie tenait là, tout le passé : — il y avait une odeur de cuisine refroidie qui était l'odeur propre de l'appartement ; on était bien là-dedans, comme dans de l'ouate ; on entendait le roulement de l'omnibus et d'autres bruits de rue, très loin, très loin, comme en rêve ; cela rendait l'intérieur encore plus doux. Le présent tombait dans l'oubli : on se pelotonnait dans le silence intérieur qui devenait l'autrefois, l'heureuse enfance, et qui allait durer toujours...

— Eh mais ! on ne se couche donc pas, ce soir? Voilà qu'il est onze heures, dit tout à coup Marcelin à sa femme.

Et, sans transition, il ajouta, en rangeant ses papiers :

— Jadot n'est pas venu aujourd'hui au bureau. Hier, nous nous sommes encore attrapés avec lui : il devient intolérable avec ses mauvaises plaisanteries, cela finira mal. A propos d'une rafle de vagabonds racontée par le journal, il a soutenu que c'était *parce que* nous étions d'honnêtes employés que ces gens-là étaient des brutes, des misérables ! Oui, oui, *parce que*... et de même qu'il faut une quantité de fumier pour développer une belle plante, de même il faut une quantité de misérables, pendant des temps, pour produire un honnête employé... Voilà le monsieur, voilà ce qu'il nous jette à la figure : tu comprends, cela finira mal... Bonsoir, ma fille.

Une tête était penchée, douloureuse. Le baiser distrait de Marcelin ne fut pas la bénédiction demandée.

Le lendemain, Lucette rencontra la concierge dans l'escalier de Phonsine. Cette femme, bouffie de graisse jaune, aux remuements lents, fascinateurs, avait de gros yeux noyés d'eau, pareils à deux mares perfides.

Lolo descendait derrière elle, l'air emprunté.

Phonsine eut un sursaut anxieux : elle

se rassura et parut heureuse quand Lucette sortit seulement de sa poche du pain et du fromage.

— Ici, ça ne va pas trop mal, dit-elle d'un accent insolite, avec son étrange sérénité de mort volontaire.

— Pour sûr, on me cache quelque chose, pensait Lucette.

Après de tranquilles paroles d'un optimisme entêté, Phonsine dut avouer plaisamment, le visage tiré de plis maigres, que Lolo n'avait plus crédit dans le quartier malgré ses cheveux en broussaille et ses nippes archi rapiécées et déteintes. Oui, Lolo n'inspirait plus confiance ; on lui disait de montrer ses mains et, s'il n'y avait pas de sous dedans, on le renvoyait malgré sa mine grave, respectable. Mais bah ! on s'arrangerait tout de même.

CETTE FEMME, BOUFFIE DE GRAISSE JAUNE...

Quant à elle-même, Phonsine jura qu'elle se sentait mieux et qu'elle allait se lever. Des adieux aimables passaient sur ses lèvres, semblait il, tandis que des douleurs rentraient, rentraient, se cachaient dans le creux de ses joues.

Lucette considérait son front très lisse aux petites veines décolorées ; la transparence mobile d'un reflet de soleil le caressait. Comme ce front était délicat ! mais comme il avançait ! N'était-ce pas l'énormité d'une peine qui l'emplissait à le briser? Et cette lumière qui palpitait dessus ! Et pourquoi Lucette avait-elle peur et envie de pleurer?

— Phonsine, comme votre front avance! dit-elle puérilement, pour paraître gaie.

Phonsine tâcha d'imiter la voix du loup habillé en grand'mère, dans le Petit Chaperon rouge :

— C'est pour que tu l'embrasses, mon enfant !

Mais quel pauvre petit loup pulmonique ! Et quels battements de cœur, pour un simple baiser, mon enfant !

Puis, sans transition, un accent qui voulait être insignifiant, naturel :

— Ah ! ma bonne Lucette, ça ne vous ferait rien de vous en aller un peu plus tôt?... vers quatre heures... Il va venir quelqu'un...

Lucette pensa à la concierge, pressentit un mystère pénible, mais le soupçon du vrai ne lui vint pas : elle était toute drôle réellement, l'esprit flottant, incapable de préciser ses impressions.

— Mais oui, je m'en irai, dit-elle comprenant bien que Phonsine épiait son étonnement et respirait avec satisfaction de voir qu'elle ne devinait rien.

Il n'était que trois heures. Les deux amies se turent, plongées dans leurs réflexions. Elles échangeaient de temps en temps des regards tendres ; mais pourquoi Lucette avait-elle le même sourire triste et doux que Phonsine, comme si quelque chose d'inexprimable était convenu entre elles?

Puis, Phonsine, au lieu de se lever, finit par s'assoupir.

Quatre heures approchaient ; Lucette alla dans la pièce d'entrée, tira la porte de la chambre, se disant : « Je partirai sans faire de bruit, sans la réveiller. »

Elle s'assit, en se répétant : « Je vais partir, » et elle restait. De temps en temps, elle se déplaçait, venait regarder, par l'entre-bâillement, la tête calme et martyrisée de Phonsine ; elle se rasseyait, les deux mains sur les genoux, inerte, tournée vers la glace qui lui renvoyait confusément les pensées de la veille, mais sans amertume, plutôt avec un commencement de pitié : « Je suis honnête, moi... je suis pure... »

La demie de quatre heures sonna dehors.

Maintenant, Lucette écoutait le grondement sourd de la rue ; c'était le monde qu'on entendait, les gens et les choses dont toute existence est tributaire. Et voilà que sa rêverie montait en prière anxieuse : « Mon Dieu, qu'est-ce qu'on peut bien faire pour attendrir le monde, pour en obtenir le moyen de ne pas mourir? »

Les yeux vers la salle à manger d'en face, elle exhalait une promesse délirante :

« Je serais si bonne !... je paierais ce secours de tout mon être... »

La pièce d'entrée dormait ; les chaises, la table, les deux vases de coquelicots artificiels dormaient ; une lueur faible, sur le métal de la canne oubliée, veillait au coin de la cheminée.

Lucette restait amollie, sans âme, abandonnée à la Providence.

Tout d'un coup, elle tressaillit : quelqu'un frappait avec précaution. Elle n'était pas très croyante, mais pourtant...

C'était un monsieur grand, large, avec des favoris grisonnants ; une chaîne de montre brillait sur son gilet arrondi par un ventre important. Il avait un air de personnage notable et lourd.

— Madame Phonsine? demanda-t-il, interloqué, tandis que toutes sortes d'aveux gênants, sur son visage, cherchaient à se dissimuler.

Lucette crut recevoir un choc terrible sur le crâne. Elle comprenait, maintenant! Elle ne répondit pas tout de suite ; en un éclair de temps, sa pensée jaillit immensément : miséricorde ! il ne fallait pas réveiller Phonsine ! il ne fallait pas attenter à la beauté résignée de ce sommeil de damnée ! il ne fallait pas assassiner ce malheureux sommeil...

Et ce fut une épouvante : cet homme était pesant, pesant ! Et le front d'enfant de Phonsine, ce front aux veines pâles, avançant impassiblement!... Et ce ventre de l'homme !... Une vision fulgura : vision de cadavre aplati et souriant quand même avec sérénité.

Lucette projeta les mains en un geste d'interdiction affolé :

— Phonsine est sortie... elle n'est pas là...

L'homme fit : « Ah ! ah ! » et tourna les talons.

Lucette resta sur la porte, à l'écouter descendre ; il était déjà loin qu'elle écoutait encore, palpitante. Mais, soudain, comme si le dernier bruit, emportant le dernier effroi, avait détruit en même temps le dernier espoir, elle sentit à l'infini le vide, le silence. Une désolation affreuse l'envahit : l'abandon complet, aucun secours, plus rien... La misère suppliciante de Phonsine était devenue tout d'un coup définitive, sans remède... Cet homme... l'inquiétude d'une dette à l'instant contractée, perçait confusément.

Comme elle allait se décider à fermer la porte, la concierge apparut :

— Un monsieur vient de demander Phonsine, je ne sais s'il a trouvé ? questionna-t-elle d'un air moitié embarrassé, moitié furieux.

— Oui, dit Lucette, je l'ai renvoyé.

— Ah ! je m'en doutais ! exclama la concierge dont la voix devint franchement menaçante. Eh bien, vous savez, le propriétaire n'attendra pas ; c'est cent francs qu'il lui faut demain... Et on me doit aussi, à moi.

Lucette ne répondait pas, pétrifiée. La concierge l'accabla d'un hochement de tête sévère, puis, avant de s'en retourner, elle lança d'un ton de défi ricanant :

— Alors, c'est vous qui paierez, maintenant?

« De quel droit ai-je fait cela ? oui, j'ai une dette, à présent », pensait Lucette, abasourdie par une nouvelle confusion.

Elle alla regarder Phonsine avec des précautions de coupable, puis elle s'assit, brisée, vidée, se disant avec une sorte d'aise : « Ah! maintenant, j'ai une dette. » Elle ne put rassembler sa mémoire ; ses parents étaient loin, depuis des mois, elle ne les avait pas vus ; depuis des mois son père avait prononcé cette phrase : « C'est parce que nous sommes d'honnêtes employés que ces gens sont des misérables. »

Brusquement, elle se leva, se considéra dans la glace avec une espèce de curiosité ironique, une curiosité rétrospective, pour ainsi dire. Puis, se tournant, elle prit son chapeau sur la table et le mit soigneusement. Devait-elle dire au revoir à Phonsine ? Non, elle prit ses gants et elle vit une Lucette inconnue, étrangement souriante, souriante à des pensées qui venaient de la glace.

Avec un glissement d'ombre, elle sortit, ferma la porte sans bruit, descendit. Un vent aigre, pareil à un souffle d'égoïsme, hâtait l'activité de la rue. Alors, elle marcha, comme en état de somnambulisme, sans rien voir, sans rien entendre, insensibilisée pour tout ce qui n'était pas la nécessité fixe, n'ayant plus ni corps, ni âme, ni mémoire, ni entrailles.

XVI

Ce jour-là, dès le matin, Marcelin eut l'air préoccupé. Incapable de rester assis devant son encrier, il était agité comme un homme qui pressent qu'une chose grave pour lui-même se passe en ce moment, quelque part, à une distance impénétrable : depuis deux jours, Jadot n'avait pas paru au bureau ; on était intrigué, on doutait qu'il fût malade.

Marcelin se dérangea plus de dix fois, brusquement, filant dans le couloir, montant, descendant les escaliers. Vers quatre heures, il rentra d'un pas plus posé ; il s'assit à sa place, palpa ses papiers, mouilla sa plume, réfléchit, puis il se leva :

— Messieurs, Jadot n'est pas malade ; il a été appelé au personnel : il ne fait plus partie de notre bureau, il est envoyé en disgrâce au bureau des auxiliaires.

Le bureau des auxiliaires était, dans le sous-sol, un grand réceptacle, sans jour et sans air, éclairé au gaz, où blanchissaient une cinquantaine de surnuméraires qui devaient rester tels, à perpétuité, et qui se trouvaient casés là, passé quarante ans, par l'entremise d'amis politiques. L'assortiment du bureau comprenait des industriels ruinés, des artistes incompris, des commerçants malheureux, patrons ou commis, d'anciens ouvriers, d'anciens condamnés politiques ; c'était une réunion d'épaves arrivant de tous les fonds de la société. Ces messieurs des étages supérieurs, les vrais employés des vrais bureaux, appelaient le sous-sol « le musée des horreurs », et, de fait, les têtes y étaient sculptées effroyablement. Et une mortalité sévissait là-dedans, quelque chose d'inconcevable : tous les jours des manquants et des nouveaux venus, et, généralement, des disparitions subites. On eût dit que ces hommes arrivaient là ayant une blessure grave, un ressort indispensable de cassé ; ils vivaient pendant quelque temps, censément par la vitesse acquise, puis, crac ! ils tombaient. Au surplus, les appointements étaient maigres, et la plupart des auxiliaires avaient des charges de famille ; beaucoup ne mangeaient pas, ils buvaient seulement. Et l'ennui, la conscience de l'*inutile*, en tuait aussi beaucoup ; car leur besogne consistait à compter de vieux papiers et à établir des listes minutieuses et détaillées de pièces centenaires qui devaient être envoyées au pilon ; on recopiait à peu près entièrement des documents reconnus sans valeur, avant de les détruire. La nécessité de ce travail était imposée par le *précédent* : « Le pilon est un destinataire comme un autre, il faut lui adresser des bordereaux de pièces complets. » La discipline était stricte ; le chef et le sous-chef siégeaient dans le bureau, et les auxiliaires, surveillés de près, comptaient, comptaient, épluchaient, recopiaient ; leurs fronts las, leurs nuques aplaties, leurs yeux ternis avaient de ces aspects, qui, vus chez les bêtes, apitoient éloquemment les membres de sociétés protectrices.

Questionné par ses collègues, Marcelin, puissant, tranquille, indulgent, s'élargissait devant eux. Il répondit, penché, une main sur sa table, l'autre en mouvement devant lui, comme un avocat à la barre :

— Il y a un tas de choses contre Jadot, mais en dernier lieu, il a été accusé d'avoir dit du mal du ministère dans un article. Il aurait prétendu que l'idéal des services publics, leur préoccupation souveraine, c'est l'esquivement de la responsabilité. « Alors, on temporise, on se met à vingt pour prendre une décision, on divise un acte entre assez d'agents responsables pour qu'aucun n'ait de responsabilité : de là, le caractère oblique, équivoque, de cet acte..., etc. » Vous voyez ça d'ici ; un tas de balivernes dans ce goût-là. Il y a donc eu une plainte, qui date d'un certain temps. Le chef de notre bureau a donné son avis sur un point, le chef de division s'est prononcé sur un autre point, le directeur a résumé leurs observations ; le chef du bureau des auxiliaires a été consulté, l'Inspection a fait une enquête, le Conseil de discipline s'est réuni, et le chef du personnel a consenti à prendre une mesure provisoire, mais il reste le secrétaire général et le ministre... Et, vous comprenez, au bureau des auxiliaires, ça ne va pas durer longtemps : mon Jadot est déjà au mieux avec les plus sales types. Gare à lui ! on saisira la première occasion... Déjà hier, le premier jour, vous ne savez pas ce qu'il a fait? Vous avez entendu parler d'un nommé Letouret, un des plus beaux ornements du musée? On dit qu'il a neuf enfants et qu'il ramasse des croûtes de pain jetées dans les corbeilles à papier ; un fait certain, c'est qu'il s'esquive trois ou quatre fois dans la journée, pour boire des demi-setiers, sous prétexte d'aller aux cabinets. Donc, hier, il avait touché son mois et, dame ! il s'était arrosé plus que de coutume : à la fin de la journée, il bavait, il chancelait, il semait son argent par terre, il parlait d'acheter neuf paires de souliers vernis. Ah ! Jadot n'a pas raté son coup ! Monsieur Jadot, commis rédacteur de première classe, est parti avec lui, il l'a pris sous le bras, dans la cour même du ministère... ce Letouret, un ancien maçon, soi-disant entrepreneur, qui a encore du plâtre après les mains? Alors vous comprenez : l'honneur de l'administration !...

Marcelin leva sa main droite et il la laissa planer pendant un instant. Cette vaste parole « l'honneur de l'administration », dite avec un sentiment profond, une vibration chantante et pleurante, avait ennobli son visage : son front carré dominait, ses prunelles irradiaient, ses joues émues s'allongeaient, sa bouche tendue restait béante ; toute sa personne s'érigeait en une immobilité saisissante.

L'heure du départ sonna. Marcelin prit sa serviette et son parapluie. Prêt le premier à s'en aller, il dit au revoir aux collègues et, sur le seuil du bureau, il eut un sourire tendre, adorateur :

— Je sais bien quelqu'un qui va être étonné !

XVII

Deguy, tourné devant une boutique, attendait Lucette et semblait ne pas la voir venir. Elle marcha droit à lui, et, ayant donné et retiré sa main, elle exhala sa phrase sur place, par saccades rapides :

— Monsieur... je voulais vous dire... j'ai besoin d'argent... cent francs, pour mon amie Phonsine.

Ses yeux levés vacillaient, hagards, implorant grâce.

— Mais, certainement ! fit Deguy, la voix émue ; tout de suite, nous pouvons aller chercher cela.

Lucette devint livide et ne répondit pas : un arrêt inexorable était écrit sur le visage tourmenté, avide et pâlissant du jeune homme.

Deguy marcha d'autorité ; elle le suivit sans résistance, comme une fille prise en contravention se laisse emmener. Tout en parlant, il quitta le chemin habituel, tourna une rue.

— Justement, tout près d'ici, je me suis installé... Vous n'avez qu'à me dire, je donnerai pour votre amie tout ce qu'il faudra.

On sentait qu'il parlait d'un échange durable.

— A nous deux, nous la sauverons... Vous verrez comme nous serons bons pour elle.

Lucette restait muette : elle suivait, ne vivant qu'à moitié, entraînée aveuglément par la résolution fixe de protéger Phonsine si faible, contre l'homme si pesant.

Elle était possédée tout entière par la fièvre sublime : le respect humain. Il ne serait pas dit que Phonsine tirerait tout l'argent de son corps ! S'il n'existait aucun moyen d'éviter le mal, eh bien, Lucette s'interposait : « Prenez-moi comme rançon, c'est moi qui subirai la peine de Phonsine. » Elle avançait, sans imagination plus précise, par cette invincible nécessité qui fait qu'on ne peut voir une personne menacée d'écrasement sans courir la soutenir, repousser le choc, partager le danger.

Le respect humain commandait implacablement : Phonsine devait se reposer, se revirginiser en la chair de Lucette : et Lucette devait être prête, ayant déjà, pour ainsi dire, subi, en Phonsine, la meurtrissure odieuse.

Elle allait, n'entendant aucun des bruits de la rue : dans sa tête contusionnée fusait un lointain crépitement de friture. Elle cherchait à poser son regard sur des femmes, sur des enfants : mais son regard dansait et virait tout seul dans le vide. Elle n'aurait pu dire dans quel endroit de Paris la portaient ses jambes malheureuses : elle ne percevait qu'une succession d'ombres et de lumières : des lumières blanches de devantures produisaient un éblouissement, un choc douloureux, tandis que le lumignon douteux des fiacres glissait plus doux. Elle se trouvait perdue très loin, dans un quartier inconnu, il était très tard et la destinée s'accomplissait.

Deguy avait prévu cette chance délicate : il fallait, sans laisser le temps à la réflexion, n'avoir qu'à pousser Lucette dans une chambre. Il avait loué, à quelques minutes de la rue de Rivoli, un petit entresol, dans une ancienne maison d'aspect provincial.

— Nous voici arrivés, dit-il.

Lucette alors fut secouée, ressuscitée par la révolte de ses fibres ; elle s'arrêta :

— Je vous attends là, balbutia-t-elle, les épaules rétractées.

— Oh non ! je vous en prie, dit Deguy avec un sourire d'usurier impitoyable.

Malgré sa résolution fanatique, ses instincts chastes se débattaient affreusement ; éperdue, elle tourna la tête, à droite, à gauche, cherchant un secours, espérant un miracle : elle n'aperçut, sur le trottoir, qu'un enfant de la taille de Lolo. Rien ne la défendait. Légèrement, Deguy la poussa dans un vestibule tapissé, orné de plantes vertes, éclairé par un lampadaire en bronze, à vitraux colorés.

En voyant cette décoration, Lucette eut un peu l'impression de trouver le secours souhaité : l'effondrement du passé n'était pas complet : cet apparat la reportait aux croyances familiales ; voyons ! le mal ne pouvait exister dans un cadre si confortable.

Ce mirage permit à Deguy de la faire monter presque facilement, quoiqu'elle retournât à demi la tête pour rappeler la protection de la rue, pour rappeler tout ce qu'elle abandonnait au seuil de cette maison.

Deguy ouvrit une porte et donna de la lumière en touchant un bouton électrique.

— Là... vous voyez, ce n'est pas haut, dit-il, l'air égaré aussi.

Il l'introduisit par le bras et ferma la porte. A ce bruit de fermeture, elle se dégagea violemment, suffocante, criant : « Oh non !... oh non !... » la main tendue vers la serrure.

Mais il la retint pendant un instant, demeurant silencieux jusqu'à ce qu'il sentît, à l'amollissement du bras, son énergie qui s'évanouissait. Alors il parla, très doux, triste :

— Vous n'avez pas confiance en moi ! pauvre mignonne... pourquoi? Vous croyez possible que je vous abandonne?... Oh non, jamais, je le jure... vous serez toujours ma petite femme aimée... j'obtiendrai l'assentiment de mes parents.

Il la poussa, la fit marcher :

— Venez donc, voici le salon.

Comme un enfant s'arrête au milieu d'une crise de larmes pour regarder le vol d'un oiseau, Lucette, anéantie, regarda machinalement autour d'elle. Les meubles étaient petits, tels des bijoux : des chaises étroites, un canapé pour deux personnes, couverts d'étoffe à ramage clair, des dossiers en guirlandes, des pieds très minces ; partout un vernis pur, délicat, une finesse de race affectée par les choses placées en parade.

Obscurément, le respect du rang, l'admiration de la richesse, tout ce qu'on avait enseigné à Lucette depuis son enfance, ressortait et agissait pour confondre ses sentiments. Elle se laissait conduire ; Deguy la faisait se frôler aux tentures soyeuses, aux ornements d'aspect honnête, supérieur.

Ils passèrent dans une salle à manger. Elle ne pouvait pas penser complètement, mais cette perception lui arrivait que le décor, l'atmosphère, le silence étaient indignes et approbatifs. Cet ensemble rappelait l'intérieur des Bigot, des Lapalette, des de Baher.

Deguy chuchotait toujours des mots qu'elle entendait à peine ; il paraissait câliner un enfant: « Pauvre mignonne, elle a peur... comme son petit cœur bat ! » Il approchait sa moustache, son haleine était chaude, le son très ému chantait. Lucette grelottait, mais sa chair n'était pas horrifiée.

Ils arrivèrent dans la chambre à coucher.

Deguy disait :

— Je vais envoyer quelqu'un chez Phonsine... Vous verrez comme nous serons bons pour elle... Rien ne lui manquera... Elle sera bien soignée.

Les larmes jaillirent des yeux de Lucette ; c'était l'abandon qui commençait. L'angoisse de l'accord surhumain entre son moi d'éducation et son moi de race la secouait toute dans un frisson définitif.

« Phonsine ! Phonsine ! », disait-elle éperdûment en son cœur.

Deguy la faisait avancer dans la chambre à demi obscure.

Toute sa résistance partait en larmes persuasives : la bonté, la vraie morale, coulait dans son cœur, se répandait doucement en tout son être détendu.

Elle fut bloquée contre le lit. Ses tempes battaient, une buée obscurcissait ses yeux : son souffle s'échappait rapetissant, la connaissance s'égarait dans un enveloppement moite.

Deguy l'enlaça à la taille. Alors, distinctement, d'une dernière suffocation, elle appela : « Phonsine ! Phonsine ! » comme elle aurait crié : « Tiens, prends ! voilà ma santé, ma pureté, qui va passer en toi ! » Et ses lèvres tendues restèrent serrées frénétiquement ; elle résista un instant, ses mains affolées cherchèrent à se raccrocher dans l'espace ; puis, brusquement, la tête abattue en arrière, ses lèvres s'ouvrirent, laissant envoler le baiser sacré donné à la pauvre chair de Phonsine.

XVIII

Après l'hiver misérable et sans couleur, le printemps bien portant, tout en lilas.

Précisément, aux premiers beaux jours, Lucette a renoncé à sortir, ne voulant plus aller au-devant de son père, ne voulant plus rendre visite à personne.

— Fais comme tu voudras, ont dit ses parents ; nous ne t'avons jamais contrariée, même quand tu étais enfant, nous ne te priverons pas davantage, maintenant que tu es majeure.

Lucette a reconnu avec gratitude que ses parents avaient toujours fait l'impossible pour lui être agréable. Et Marcelin a été content de recevoir, dans un long baiser, l'émolument de ses sacrifices paternels.

Il ne peut cependant s'empêcher de taquiner sa fille avec une bonhomie où perce l'expérience intraitable :

— Tu allais tous les jours chez Rose Ballon et crac ! tu cesses complètement de la voir. Ce manque de suite dans les idées est bien féminin !

On ne donnerait pas moins de trente ans à Lucette. Elle a le sourire maigre, éteint, des gens dont la destinée est finie ; elle a le visage fade, le corsage inhabité des vieilles filles résignées.

Un air sérieux d'institutrice pauvre est dans son regard court, dans des plis de peau défraîchie. Elle commence à ressembler à mademoiselle Tourneur, sa première maîtresse de piano ; elle en reproduira bientôt l'aspect osseux, pointu, endeuillé.

A présent, Marcelin ne trouve pas de différence entre sa femme et sa fille, au point de vue de l'humeur égale et réfléchie.

Lucette n'ouvre plus son piano, ne se met plus à la fenêtre. La journée, le soir, elle s'attache à des ouvrages d'aiguille, raccommodages et confections utiles. Quant à ça, il n'y a pas à se plaindre : elle ne se donne qu'à des besognes *utiles*.

Son assiduité est minutieuse et composée, autant que l'activité ménagère de sa mère.

Marcelin veut bien lui laisser faire une partie des travaux supplémentaires du bureau. Dame! on avouera que c'est

« CELA LUI VA TRÈS BIEN. »

un relèvement d'occupation assez flatteur pour elle.

— Voilà du nanan pour Lucette! dit-il avec une bouche grasse, jouisseuse.

Elle lui a tricoté un gilet de laine incomparable. Il a demandé une calotte, pour le bureau; car on constate que les agitations administratives lui imposent la martiale calvitie des employés. Les grands souffles dénudent les cimes. La calotte préparée, l'appréciation a été unanime : « Cela lui va très bien. »

Et vraiment, son visage fleuri, de gros homme soigné par deux ménagères, est comme cacheté de bonheur là-dessous.

Tous les dimanches, sans exception, l'après-midi entier, le père et la fille jouent aux dames dans le salon.

Le salon fait partie de l'*extra* du dimanche : l'usage de la pièce réservée, ornée, du piano, du tapis, des doubles rideaux, est un régal dont on n'abuse pas.

On installe la table près de la fenêtre, mais à distance suffisante pour n'être pas incommodé par les bruits de la rue : — le bruit populaire est si désagréable ! —

Marcelin, rasé du matin, avec *son* gilet de tricot, avec *sa* calotte, savoure les heures devant le damier, un coude sur la table, le front dans sa main.

Lucette, droite sur sa chaise, les épaules un peu lasses, attelées par d'invisibles liens, fait vis-à-vis en costume de ville, correct, mesquin, retapé.

Autour d'eux, madame Gayard, fantomatique, range, range, range... Deux fois dans l'après-midi, elle époussette avec âme le piano, et le diplôme encadré au-dessus.

Marcelin tient la comptabilité des parties sur un agenda. De temps en temps, après une victoire, il récapitule :

— Voyons ! aujourd'hui, c'est le vingt cinquième dimanche, car nous avons recommencé à jouer aussitôt après la Toussaint, il n'y a pas d'erreur : je t'ai offert ça, pour ta convalescence, le premier dimanche où tu t'es levée, après ta bêtasse de maladie, mademoiselle Sensitive... Ah ! j'en parlais encore au bureau, l'autre jour : avoir failli attraper une fièvre cérébrale parce que nous nous étions croisés un soir sans nous rencontrer !...

Lucette boit d'un regard l'ampleur de son père, un peu de sang anémique colore ses joues ; elle sourit de son mieux ; et vite, les paupières baissées, elle place les pions avec application.

Marcelin s'épanouit et lance immanquablement cette rare plaisanterie :

— C'est vrai, nous ne sommes pas ici pour nous amuser... tu me rappelles à l'ordre. A moi les blancs.

La partie recommence.

A la fin de l'hiver, l'idée est venue à Lucette de mettre à son doigt une méchante bague de jais valant bien deux sous.

Quand elle hésite à pousser un pion, l'index posé dessus, l'anneau noir tranche extraordinairement sur sa main petite et diaphane.

Marcelin, accoudé, reconnaît la main aristocratique de sa mère Marguerite — et son cœur bat contre le damier : Lucette va probablement faire une faute.

Pour paraître le 1er Décembre 1908, le n° 25 :

NOUVELLE COLLECTION ILLUSTRÉE
CALMANN-LÉVY

L'ouvrage complet, **95** centimes. Relié, **1** fr. **50.**

De toute son âme

PAR

RENÉ BAZIN

de l'Académie Française

Illustrations de SUZANNE MINIER

NOUVELLE COLLECTION ILLUSTRÉE
CALMANN-LÉVY

L'ouvrage complet, **95** centimes. Relié, **1** fr. **50.**

En Vente :

N° 1. Pierre Loti, *de l'Académie française* . . . . **Pêcheur d'Islande.**

N° 2. Anatole France, *de l'Académie française* . . . . . **Le Crime de Sylvestre Bonnard.**

N° 3. Ludovic Halévy, *de l'Académie française* . . . . . **La Famille Cardinal.**

N° 4. François Coppée, *de l'Académie française* . . . . . **Le Coupable.**

N° 5. Jules Renard . . . . . . **Poil de Carotte.**

N° 6. René Bazin, *de l'Académie française* . . . . **Donatienne.**

N° 7. Alexandre Dumas fils, *de l'Académie française* . . **La Dame aux Camélias.**

N° 8. Georges Courteline . . . **Boubouroche.**

N° 9. Pierre Veber et Willy . . **Une Passade.**

N° 10. Jules Lemaître, *de l'Académie française* . . . . . **Les Rois.**

N° 11. André Theuriet, *de l'Académie française* . . . . . **L'Oncle Scipion.**

N° 12. Alphonse Daudet. . . . . **L'Immortel.**

N° 13. Prosper Mérimée, *de l'Académie française* . . . . **Diane de Turgis.**

N° 14. Gyp. . . . . **Le Mariage de Chiffon.**

N° 15. François Coppée, *de l'Académie française* . . . . . **Toute une Jeunesse.**

N° 16. Abel Hermant . . . . . . **Les Grands Bourgeois.**

N° 17. Henri de Régnier . . . . **Les Vacances d'un jeune homme sage.**

N° 18. Georges Courteline . . . **Messieurs les Ronds-de-Cuir.**

N° 19. Octave Feuillet, *de l'Académie française* . . . . . **Le Roman d'un jeune homme pauvre.**

N° 20. Marcelle Tinayre . . . . **Avant l'amour.**

N° 21. René Boylesve. . . . . . **Le Parfum des Iles Borromées.**

N° 22. André Theuriet, *de l'Académie française* . . . . . **Amour d'Automne.**

N° 23. Edmond de Goncourt. . . **La Fille Élisa.**

Paris. — Imp. L. Pochy, 52, rue du Château. — 852-9-08

www.ingramcontent.com/pod-product-compliance
Lightning Source LLC
LaVergne TN
LVHW012014220826
846092LV00001B/352

* 9 7 8 2 3 2 9 7 7 4 4 1 1 *